Poesia em tempo de prosa

T. S. Eliot & Charles Baudelaire

POESIA EM TEMPO DE PROSA

Lawrence Flores Pereira
Tradução e notas

Kathrin H. Rosenfeld
Organização e textos introdutórios

ILUMI/URAS

Copyright © 1996:
Lawrence Flores Pereira

Copyright © desta edição:
Editora Iluminuras Ltda.

Capa:
Fê

Revisão:
Ana Paula Cardoso

Composição e filmes de miolo:
Iluminuras

ISBN: 85-7321-038-9

Dados Internacionais de Catalogação na Publicação (CIP)
(Câmara Brasileira do Livro, SP, Brasil)

Eliot, T.S., 1888-1965
Poesia em tempo de prosa / T.S. Eliot & Charles Baudelaire; Lawrence Flores Pereira tradução e notas; Kathrin H. Rosenfield organização e textos introdutórios. - 2. reimpressão - São Paulo: Iluminuras; Porto Alegre: FAPERGS, 2005.

Bibliografia.

1. Baudelaire, Charles, 1821-1867 - Crítica e interpretação 2. Crítica literária 3. Eliot, T.S., 1888-1965 - Crítica e interpretação 4. Poesia - História e crítica 5. Poesia - Traduções em português I. Baudelaire, Charles, 1821-1867. II. Pereira Lawrence Flores. III. Rosenfield, Kathrin H. IV. Título.

05-1225   CDD-809.1

Índice para catálogo sistemático:

1. Poesia : História e crítica   809.1

2005
EDITORA ILUMINURAS LTDA.
Rua Oscar Freire, 1233 - 01426-001 - São Paulo - SP - Brasil
Tel.: (0xx11)3068-9433 / Fax: (0xx11)3082-5317
iluminur@iluminuras.com.br
www.iluminuras.com.br

SUMÁRIO

PREFÁCIO DO CRÍTICO 7
Kathrin H. Rosenfield

PREFÁCIO DO TRADUTOR 9
Lawrence Flores Pereira

POEMAS DE T. S. ELIOT
A Canção de Amor de J. Alfred Prufrock
(The Love Song of J. Alfred Prufrock) 15
Retrato de uma Dama *(Portrait of a Lady)* 22
Gerontion *(Gerontion)* 28
The Waste Land *(The Waste Land)*
I. O Enterro dos Mortos 35
II. Uma Partida de Xadrez 38
III. O Sermão do Fogo 42
IV. Morte pela Água 47
V. O que disse o Trovão 48
NOTAS PARA *THE WASTE LAND* 53
T.S. Eliot
COMENTÁRIOS DO TRADUTOR 59
Lawrence Flores Pereira

WASTE LAND OU BABEL: A GRAMÁTICA DO CAOS 73
Kathrin H. Rosenfield

POEMAS DE CHARLES BAUDELAIRE
As Réprobas [Delfina e Hipólita]
(Femmes Damnées [Delphine et Hippolyte]) 99
O Gato *(Le Chat)* 105
O Cachimbo *(La Pipe)* 107
A Serpente que dança *(Le Serpent qui Danse)* 108
A Alma do Vinho *(L'Âme du Vin)* 110

O Albatroz *(L'Albatros)* 112
O Gosto do Nada *(Le Goût du Néant)* 113
Spleen *(Spleen)* 114
COMENTÁRIOS DO TRADUTOR 115
Lawrence Flores Pereira

POESIA EM TEMPO DE PROSA 127
Kathrin H. Rosenfield

OS PARAÍSOS ARTIFICIAIS
Charles Baudelaire
O Poema do Haxixe
I. O Gosto pelo Infinito 171
II. Que é o Haxixe? 174
III. O Teatro do Serafim 176
IV. O Homem-Deus 192
V. Moral 202

CHARLES BAUDELAIRE 207
J. Barbey d'Aurevilly

PREFÁCIO DO CRÍTICO

Kathrin H. Rosenfield

Poesia suporta ser traduzida e interpretada? Assumimos aqui o desafio de mostrar que tradução e crítica podem se unir para alcançar um núcleo vivo da experiência poética. Tanto os poemas deste volume como o ensaio intitulado *Poesia em Tempo de Prosa* tratam da pressão que as formas abstratas do pensamento exerceram sobre os modos de pensar poéticos – sobre a imaginação figurativa que opera nas encruzilhadas do sensível e do inteligível. Para ressaltar as barreiras e os vasos comunicantes entre poesia e pensamento crítico, enveredamos pela "história das idéias poéticas", cujos périplos já estão inscritos na própria poesia: nos seus jogos estilísticos, nas suas vozes, nos seus timbres e nas suas nuanças. A tradução e a crítica convergem assim ao cerne da poesia – no sentido legível, nas modulações de tom. *Poesia em Tempo de Prosa* é o registro do pensamento intrincado que a poesia foi forçada a produzir – mas de um "pensar que continua a aflorar no ouvido, na retina, no jogo sutil dos sentidos". O grande romancista e crítico francês Barbey d'Aurevilly é a eminência parda desta reflexão a quatro mãos sobre as vicissitudes da poesia. Seu ensaio sobre Baudelaire foi um dos nossos modelos na elucidação crítica da poesia.

PREFÁCIO DO TRADUTOR

Lawrence Flores Pereira

Algumas notas seriam úteis para elucidar o caráter de nossa tradução. A primeira diz respeito à escolha qualitativa da rima. Boa parte das rimas da tradução são consoantes e perfeitas, tendo sido selecionadas segundo sua qualidade intrínseca em cada verso e estrofe. Isto quer dizer que não foram escolhidas por serem simplesmente rimas, mas também porque sua coloração sugestiva e pictórica (cômica, profunda, clara, etc.) reverberava o acento do original. Mas este procedimento não foi adotado em alguns casos. A rima consoante nem sempre tem efeitos benéficos na economia do poema. Eis uma fidelidade que creio tão exagerada quanto a que proíbe todo e qualquer deslocamento semântico na tradução. É comum o tradutor encontrar um par de rimas perfeito quanto à igualdade consonantal, mas que ou não corresponde à qualidade sugestiva da rima no original, ou obriga a modificações semânticas mirabolantes e canhestras no poema. Entregar-se à sedução de uma rima inexpressiva que causará uma verdadeira confusão nas entranhas sintáticas do verso, dilapidando mesmo a clareza, ou admitir honestamente a derrota nessa primeira batalha: o tradutor preocupado em reproduzir a essência do poema optará pela segunda possibilidade. Preferirá o meio-tom das rimas toantes-imperfeitas sempre que a rima consoante não servir. Que se observe os versos do original e da tradução do poema *A Serpente que Dança*.

> *Tes yeux, où rien ne se révèle*
> *De doux ni d'amer,*
> *Sont deux bijoux froids où se mêle*
> *L'or avec le fer.*

> Teu olho onde nada se apura
> De agro, doce ou ácido,
> É fria jóia que mistura
> Feixes de ouro e aço.

Para que o contraste não fique por demais evidente dou uma variação razoável que me ocorreu ao longo da tradução.

> Teu olho onde nada se apura
> De amargo ou doce agouro
> É fria jóia que mistura
> Feixes de aço e ouro.

"Agouro" e "ouro" rimam perfeitamente, mas a palavra "agouro" não consta no original e está de intrusa na tradução. Esta segunda solução não é desprezível, mas não possui a rica textura sonora da versão definitiva. Ela introduz um elemento abstrato demais (agouro) comparado à imagem nítida e concreta do original. Por outro lado, o par de rimas toantes em "ácido" e "aço" tem uma qualidade mais expressiva: dá o sentido frio, cortante e cintilante dos olhos da mulher-serpente. É neste sentido que achei preferível, em alguns casos, usar rimas toantes a rimas consoantes.

O segundo aspecto que gostaria de destacar diz respeito à própria semântica dos poemas. Criamos uma tradução sonora de ambos os poetas com o mínimo de transgressões semânticas significativas. Procuramos sempre a simplicidade da expressão, a palavra franca, sem rodeios e palavras acessórias. Isto para que não se notasse o suor do tradutor, nem a fuligem da forja. Entretanto, onde a língua original era ríspida, como é o caso de alguns poemas de Eliot, traduzimos esta rispidez e criamos para o português uma obra escarpada e acidentada, repleta de bruscas flutuações. Onde havia pontos cegos, obscuridades, não tentamos esclarecer seu conteúdo nem orientar o leitor mais do que o próprio poeta o queria orientado. As coisas obscuras, mesmo elas, devem manter o aspecto nitidamente vago que lhes foi dado. A dimensão coloquial, diferentemente aproveitada por cada um dos poetas, foi seguida à risca, com seus acentos, com suas exclamações, com suas afetações – e tudo isso, mesmo as coisas mais artificiais, deviam ganhar essa tonalidade de natural que faz com que os "personagens" dos dois poetas saltem aos olhos do leitor como realidades tangíveis, coloridas ou opacas, maliciosas ou chãs, perfeitamente caracterizadas, ocupando um lugar perceptível e impermutável na esfera moral.

O terceiro aspecto e talvez o mais importante foi a preocupação em trazer com toda a sua vida a empostação e o acento das vozes. Elas estão principalmente nos poemas de Baudelaire. Vale aqui um exemplo.

> *De sa fourrure blonde e brune*
> *Sort un parfum si doux, qu'un soir*
> *J'en fus embaumé, pour l'avoir*
> *Caressée une fois, rien qu'une.*

Estes versos, aparentemente simples, são talvez os melhores escritos por Baudelaire. Nessa única frase que se estende confortavelmente deitando seu corpo elástico ao longo dos quatro octossílabos, existem todos os movimentos possíveis de um espírito inclinado à afetação analítica que descreve o seu próprio embevecimento com palavras que não poderiam ser mais femininas. O "rien qu'une", no final, rimando pálida e discretamente com "brune", é um golpe de mestre, uma pincelada triunfal, dessas que arrematam um sentido e acrescentam à composição um sorriso, uma inflexão coloquial a um tempo feminina e infantil. O poeta está embevecido com seus próprios pensamentos! Tocou uma só vez a pelagem do gato do seu pensamento, e isso bastou para que ele se visse afogado, narciso inebriado com seus próprios traços! Mas é na frase inteira que está o mistério da estrofe. Desde a primeira palavra, ela flui docemente, deslocando líquida e imperceptivelmente o seu ponto de vista e as sensações envolvidas, recolhendo ao longo de seu desenvolvimento galhos soltos de impressões, até culminar na última oração repleta de estupor admirativo e reverente. Da descrição narrativa do pêlo do animal passa-se a uma lembrança que, por sua vez, produz algo de uma exclamação cuidadosamente contida nos limites da elegância liquefeita dos versos. O efeito de vívida fluidez e maciez se intensifica graças ao uso discreto do *enjambement*, que evita que a cada final de verso a leitura se interrompa. O sentido segue o seu curso sensitivo descendo suavemente, como um declive ameno de águas calmas, de um verso a outro sem os sobressaltos e os socos que os fins rimados e o corte significativo de cada verso costumam provocar entre os segmentos.

Se o tradutor simplificasse essa última partícula a estrofe perderia o seu encanto. O que ela expressa não é simplesmente o número de vezes que o poeta tocou com interessada cautela a pelagem do gato cheiroso. Essa é a informação banal, perfeitamente permutável, para a qual os tradutores poderiam encontrar dezenas de variantes. Mas "rien qu'une" é uma expressão que, apesar de ser um complemento semântico ao que foi dito na oração precedente, tem um valor afetivo, um tom de improviso coloquial, um acento de estremecida surpresa e familiar ironia e uma inflexão de melindre feminino que passariam em branco numa tradução em que o verso em pauta fosse reduzido a uma só oração, eliminando essa pequena mas falante blandícia, essa fagulha de malícia. Esse pequenos acentos, estas inflexões ocorrem em toda a poesia de Baudelaire, são nela uma segunda voz que marca a excelência do estilo do poeta francês. Pode-se ter uma idéia das dificuldades do tradutor. Tem de traduzir não só o conteúdo e encontrar correspondentes formais para o ritmo e para as rimas mas reproduzir estes pequeníssimos acentos. O exemplo acima serve para ilustrar e justificar as infidelidades (poucas) de que se socorreu o tradutor.

> No pêlo loiro e gris flutua
> Odor tão doce de cabelo
> Que um dia me afoguei por tê-lo
> Tocado uma só vez – ou duas.

O curioso acento reproduz-se satisfatoriamente na tradução, apesar de ter sido nesta ligeiramente deslocado o seu sentido e de partir de uma fonte diversa a sua ironia. A expressão "ou duas", precedida do travessão que lhe investe de maior relevo de dúvida, sugere a fala que se corrige imediatamente, por escrúpulo de veracidade ou porque o poeta quis reviver em palavras o embevecimento sensual a que se abandonou quando tocou o gato. Funciona também como um arremate irônico, como se o locutor quisesse expressar com insinuante malícia aos seus cúmplices indulgentes que ele, cedendo ao feitiço de um culpado excesso, não pôde resistir à tentação de afagar uma vez mais o animal. Interessava aqui a fidelidade de tom, e não tanto de sentido.

POEMAS DE T. S. ELIOT

A Canção de Amor de J. Alfred Prufrock

> *S'io credesse che mia risposta fosse*
> *a persona che mai tornasse al mondo,*
> *questa fiamma staria senza più scosse.*
> *Ma per ciò che giammai di questo fondo*
> *non tornò vivo alcun, s'i'odo il vero,*
> *senza tema d'infamia ti rispondo.*

Vamos, então, você e eu,
Quando a noite se esparrama contra o céu
Como um paciente anestesiado sobre a mesa;
Vamos por estas ruas quase solitárias,
Por refúgios sussurrantes
De noites de insônia no reles hotel diário
Vendo conchas dispersas nos sujos restaurantes:
Ruas que seguem como um tedioso argumento
De insidioso intento
Para levá-lo a uma questão crucial...
Oh, não pergunte, "Que é que há?"
Vamos fazer nossa visita já.

Na sala um vai-e-vem que range
Mulheres comentam Miguelângelo.

The Love Song of J. Alfred Prufrock / S'io credessi che mia risposta fosse / a persona che mai tornasse al mondo, / questa fiamma staria senza più scosse. / Ma per ciò che giammai di questo fondo / non tornò vivo alcun, s'i'odo il vero, / senza tema d'infamia ti rispondo. *Let us go then, you and I, / When the evening is spread out against the sky / Like a patient etherised upon a table; / Let us go, through certain half-deserted streets, / The muttering retreats / Of restless nights in one-night cheap hotels / And sawdust restaurants with oyster-shells: / Streets that follow like a tedious argument / Of insidious intent / To lead you to an overwhelming question... / Oh, do not ask, "What is it?" / Let us go and make our visit. / In the room the women come and go / Talking of Michelangelo.*

A névoa amarela que esfrega o dorso nas janelas,
O fumo amarelo que esfrega o focinho nas janelas
Deslizou nas esquinas em lambidelas,
Deteve-se por instantes sobre as poças no asfalto,
Deixou cair nas costas a fuligem das lareiras,
Alteou-se até o terraço, deu um súbito salto,
E ao notar que era uma doce noite de outubro,
Enroscou-se junto e adormeceu na soleira.

E, é verdade, haverá tempo
Para o fumo que resvala nas calçadas
Esfregando o próprio dorso nas vidraças;
Haverá tempo, haverá tempo,
Para ter uma cara pronta para acenar para as velhas caras;
Haverá tempo para assassínio e criação,
Para todos os trabalhos e os dias de mãos
Que elevam e pingam uma questão no prato;
Tempo para você e tempo para mim,
E ainda tempo para mil indecisões,
E para mil visões e revisões,
Antes de vir o chá e seus afins.

Na sala um vai-e-vem que range
Mulheres comentam Miguelângelo.

The yellow fog that rubs its back upon the window-panes, / The yellow smoke that rubs its muzzle on the window-panes, / Licked its tongue into the corners of the evening, / Lingered upon the pools that stand in drains, / Let fall upon its back the soot that falls from chimneys, / Slipped by the terrace, made a sudden leap, / And seeing that it was a soft October night, / Curled once about the house, and fell asleep. / And indeed there will be time / For the yellow smoke that slides along the street / Rubbing its back upon the window-panes; / There will be time, there will be time / To prepare a face to meet the faces that you meet; / There will be time to murder and create, / And time for all the works and days of hands / That lift and drop a question on your plate; / Time for you and time for me, / And time yet for a hundred indecisions, / And for a hundred visions and revisions, / Before the taking of a toast and tea. / In the room the women come and go / Talking of Michelangelo.

E, é verdade, haverá tempo
Pra indagar, "Será que me atrevo?"
Tempo para recuar na escada, depois descê-la,
Com um chuvisco de calvície nos cabelos –
(Dirão: "Mas viste que ralo o cabelo dele?")
Minha gola escalando rente até o queixo, meu matinal colete
Minha gravata rica e modesta, mas presa com simples alfinete -
(Dirão: "Aquelas pernas, mais parecem dois filetes!")
Atrevo-me
A transtornar o mundo?
Em um minuto há tempo
Pra decisões e revisões que num minuto mudam.

Pois já conheço todos, todos em geral –
Conheço noites, tardes e alvoradas,
Tenho medido minha vida a colheradas;
Sei das vozes que morrem com a morte outonal
Sob a música de uma sala afastada.
  Então, de que modo me arriscar?

E eu já conheço os olhos, todos em geral –
Os olhos que te fixam numa frase formulada,
E se estou já formulado, premido no alfinete,
Se estou alfinetado, contorcendo-me no mural,
De que modo começar a
Cuspir os tocos dos meus dias, dos meus modos?
Como posso me arriscar?

And indeed there will be time / To wonder, "Do I dare?" and, "Do I dare?" / Time to turn back and descend the stair, / With a bald spot in the middle of my hair – / (They will say: 'How his hair is growing thin!') / My morning coat, my collar mounting firmly to the chin, / My necktie rich and modest, but asserted by a simple pin – / (They will say: "But how his arms and legs are thin!") / Do I dare / Disturb the universe? / In a minute there is time / For decisions and revisions which a minute will reverse. / For I have known them all already, known them all – / Have known the evenings, mornings, afternoons, / I have measured out my life with coffee spoons; / I know the voices dying with the dying fall / Beneath the music from a farther room. / So how should I presume? / And I have known the eyes already, known them all – / The eyes that fix you in a formulated phrase, / And when I am formulated, sprawling on a pin, / When I am pinned and wriggling on the wall, / Then how should I begin / To spit out all the butt-ends of my days and ways? / And how should I presume?

E eu já conheço os braços, todos em geral –
Os braços com pulseiras, nus e claros
(mas com pêlo acastanhado ao luminário!)
Será o perfume de um vestido
Que me faz assim tão pensativo?
Braços que jazem sobre a mesa, ou envoltos sob um xale.
Deveria me arriscar?
De que modo começar?

. . . . .

Será que digo que andei no crepúsculo por vielas
E vi o fumo que foge dos cachimbos
De homens solitários que se apóiam nas janelas?...

Deveria ser um par de presas estraçalhadas
Em fuga sobre o chão de mares silenciosos.

. . . . .

E o entardecer, a noite, dorme calmamente!
Amaciado por dedos finos,
Dormente... exausto... ou finge doente,
No chão deitado, em meio à gente.
Deveria, depois do chá, dos bolos e sorvetes,
Ter alento para forçar a uma crise este momento?
Mas embora eu tenha chorado e jejuado, chorado e suplicado
Embora eu tenha visto minha cabeça (ligeiramente calva) servida sobre um
                                                                          [prato,

---

And I have known the arms already, known them all – / Arms that are braceleted and white and bare / (But in the lamplight, downed with light brown hair!) / It is perfume from a dress / That makes me so digress? / Arms that lie along a table, or wrap about a shawl. / And should I then presume? / And how should I begin? / . . . . . / Shall I say, I have gone at dusk through narrow streets / And watched the smoke that rises from the pipes / Of lonely men in shirt-sleeves, leaning out of windows?... / I should have been a pair of ragged claws / Scuttling across the floors of silent seas. / . . . . . / And the afternoon, the evening, sleeps so peacefully! / Smoothed by long fingers, / Asleep... tired... or it malingers, / Stretched on the floor, here beside you and me. / Should I, after tea and cakes and ices, / Have the strength to force the moment to its crisis? / But though I have wept and fasted, wept and prayed, / Though I have seen my head (grown slightly bald) brought in upon a platter,

Não sou nenhum profeta – isto não vale um fato;
Vi os meus tempos de grandeza declinar,
Vi o meu eterno lacaio levar meu casaco e casquinar
E afinal, eu tive medo.

E valeria a pena, afinal,
Depois do chá, das xícaras e geléias,
Em meio à porcelana e qualquer troca de idéias,
Teria valido a pena,
Ter cortado com um sorriso o tema,
Ter espremido o mundo à forma oval,
Depois rolá-lo a uma questão crucial,
Dizer: "Sou Lázaro, vindo das avessas,
De volta para dizer-te tudo, de tudo em geral" –
Se alguém, ajeitando um travesseiro na cabeça,
    Retrucasse: "Não era bem esta a questão central –
    Não era nada disso, afinal."

E teria valido a pena, afinal
Teria valido a pena,
Depois do poente, dos pátios e das ruas salpicadas,
Depois do sarau, depois dos chás, do frufru das saias no assoalho –
Isso tudo e quanto mais? –
Impossível dar forma às minhas idéias!

I am no prophet _ and here's no great matter; / I have seen the moment of my greatness flicker, / And I have seen the eternal Footman hold my coat, and snicker, / And in short, I was afraid. / And would it have been worth it, after all, / After the cups, the marmalade, the tea, / Among the porcelain, among some talk of you and me, / Would it have been worth while, / To have bitten off the matter with a smile, / To have squeezed the universe into a ball / To roll it towards some overwhelming question, / To say: "I am Lazarus, come from the dead, / Come back to tell you all, I shall tell you all" – / If one, settling a pillow by her head, / Should say: "That is not what I meant at all. / That is not it, at all." / And would it have been worth it, after all, / Would it have been worth while, / After the sunsets and the dooryards and the sprinkled streets, / After the novels, after the teacups, after the skirts that trail along the floor – / And this, and so much more? / It is impossible to say just what I mean!

Mas como se uma lanterna lançasse os nervos sobre a tela:
Teria valido a pena,
Se alguém, ajeitando o travesseiro ou jogando fora o xale,
Voltando-se à janela retrucasse:
   "Não era nada disso, afinal.
   Não era bem essa a questão central."

. . . . .

Não! Eu não sou o Príncipe Hamlet, nem queria sê-lo;
Sou um lorde auxiliar, um que tudo acentua
Para inflar um certo avanço, iniciar uma cena ou duas,
Ponderar com o Príncipe; fazer-lhe os protocolos,
Respeitoso, feliz de estar em uso,
Cauteloso, político, meticuloso;
Todo prosa grave, mas um tanto obtuso;
Realmente, às vezes, quase estúpido –
Às vezes, quase o Bobo.

Envelheço... envelheço...
Vou usar a bainha de minhas calças ao avesso.

Ouso comer um pêssego? Reparto o cabelo ao meio?
Vou vestir calças de flanela branca e caminhar na areia.
Já escutei ao longe o canto alterno das sereias.

But as if a magic lantern threw the nerves in patterns on a screen: / Would it have been worth while / If one, settling a pillow or throwing off a shawl, / And turning toward the window, should say: / "That is not it at all, / That is not what I meant at all." /. . . . . . / No! I am not Prince Hamlet, nor was meant to be; / Am an attendant lord, one that will do / To swell a progress, start a scene or two, / Advise the prince; no doubt, an easy tool, / Deferential, glad to be of use, / Politic, cautious, and meticulous; / Full of high sentence, but a bit obtuse; / At times, indeed, almost ridiculous – / Almost, at times, the Fool. / I grow old... I grow old... / I shall wear the bottoms of my trousers rolled. / Shall I part my hair behind? Do I dare eat a peach? / I shall wear white flannel trousers, and walk upon the beach. / I have heard the mermaids singing, each to each.

Eu não creio que cantarão para mim.

Eu as vi montadas em ondas rumo ao mar
Penteando as cãs do lombo côncavo das vagas
Quando o vento ondula as negriclaras águas.

Demoramo-nos nas câmaras do mar
Junto às ninfas de escuras e rubras algas
Até acordarmos com vozes humanas e nos afogarmos.

I do not think that they will sing to me. / I have seen them riding seaward on the waves / Combing the white hair of the waves blown back / When the wind blows the water white and black. / We have lingered in the chambers of the sea / By sea-girls wreathed with seaweed red and brown / Till human voices wake us, and we drown.

Retrato de uma Dama

> *Thou hast committed –*
> *Fornication: but that was in another country,*
> *And besides, the wench is dead.*
>
> The Jew of Malta

I

Em meio à névoa e o fumo de uma tarde de dezembro
Tens a cena montada por si mesma – e já madura –
Com: "Guardei esta tarde só para ti";
E quatro velas brilham na sala escura,
Quatro anéis de luz no teto da saleta,
Uma atmosfera de tumba de Julieta
Pronta para o que se tem a dizer, ou que ficou mal dito.
Ficamos, por assim dizer, de ouvir o último polonês
Expelir os Prelúdios pelos dedos e cabelos.
"Tão íntimo, este Chopin! Como queria vê-lo
Renascer, mas só entre o grupo que o amou,
Uns dois ou três que não toquem este botão
Que se esfrega e se analisa nos concertos de salão."
– E assim a conversa resvala
Entre veleidades e lamúrias bem seletas
Ao som atenuado dos moles violinos

Portrait of a Lady - Thou hast commited –/ Fornication: but that was in another country, / And besides, the wench is dead. / The Jew of Malta
I / Among the smoke and fog of a December afternoon / You have the scene arrange itself – as it will seem to do – / With "I have saved this afternoon for you"; / And four wax candles in the darkened room, / Four rings of light upon the ceiling overhead, / An atmosphere of Juliet's tomb / Prepared for all the things to be said, or left unsaid. / We have been, let us say, to hear the latest Pole / Transmit the Preludes, through his hair and finger-tips. / "So intimate, this Chopin, that I think his soul / Should be resurrected only among friends / Some two or three, who will not touch the bloom / That is rubbed and questioned in the concert room." / – And so the conversation slips / Among velleities and carefully caught regrets / Through attenuated tones of violins

Mesclando-se ao remoto das cornetas
E inicia.
"Não tens idéia do quanto valem os amigos para mim,
Nem imaginas o quanto é estranho e raro encontrar
Numa vida assim tão miúda e tão sem fim,
(Pois realmente eu não a amo... sabias? Estás a par!
Mas como és perspicaz!)
Encontrar um amigo que tenha estas qualidades,
Que tenha, e dê
Essas qualidades em que se firmam as amizades.
É tão importante que eu te diga isto –
Sem tais amizades – a vida, que *cauchemar*!"

    Entre os suspiros dos violinos
E as arietas
Das quebras das cornetas
Nos meus miolos um lerdo tom-tom se atola
Martelando, ilógico, um prelúdio de seu som,
Caprichoso monotom
Ao menos, bem-disposta "nota falsa".
– Vamos tragar o ar num transe de tabaco,
Admirar os monumentos,
Discutir os últimos eventos,
Acertar nossos relógios pelos relógios públicos.
Sentar por meia hora e beber algo no clube.

Mingled with remote cornets / And begins. / "You do not know how much they mean to me, my friends, / And how, how rare and strange it is, to find / In a life composed so much, so much of odds and ends, / (For indeed I do not love it... you knew? you are not blind! / How keen / you are!) / To find a friend who has these qualities, / Who has, and gives / Those qualities upon which friendship lives. / How much it means that I say this to you – / Without these friendships – life, what cauchemar!" / Among the windings of the violins / And the ariettes / Of cracked cornets / Inside my brain a dull tom-tom begins / Absurdly hammering a prelude of its own, / Capricious monotone / That is at least one definite "false note". / – Let us take the air, in a tobacco trance, / Admire the monuments, / Discuss the late events, / Correct our watches by the public clocks. / Then sit for half an hour and drink our bocks.

II

Agora, com os lilases em botão
Ela tem um vaso de lilases no salão
E, a enrolar um lilás nos dedos, diz, loquaz.
"Ah, meu amigo, tu não sabes de fato
O que é a vida, logo tu que a tens nas mãos";
(A enrolar com calma o caule do lilás)
"Deixaste-a fugir do próprio prato,
E a juventude é cruel e não se culpa
E de quando em quando sorri às ocultas".
Com o chá quase no meio,
Sorrio sem enleio.
"Mas com essas tardes de abril, que lembram em parte
Minha vida passada, e Paris primaveral,
Sinto-me imensamente em paz e até acho o mundo
Maravilhoso, lindo e jovial."

A voz retorna: insistente desafino
Como em tardes de agosto, as quebras dos violinos:
"Estou sempre certa de que compreendes
Meus sentimentos, certa de que sentes,
Certa de que encontrarás tua mão além do abismo.

Tu és invulnerável, tu não tens tendão de Aquiles.
Irás adiante, e quando te afirmares
Poderás dizer: Bem, muitos por aqui ficaram.
Mas, diz, amigo, me diz, agora

II / Now that lilacs are in bloom / She has a bowl of lilacs in her room / And twists one in her fingers while she talks. / "Ah, my friend, you do not know, you do not know / What life is, you who hold it in your hands"; / (Slowly twisting the lilac stalks) / "You let it flow from you, you let it flow, / And youth is cruel, and has no more remorse / And smiles at situations which it cannot see". / I smile, of course, / And go on drinking tea. / "Yet with these April sunsets, that somehow recall / My buried life, and Paris in the Spring, / I feel immeasurably at peace, and find the world / To be wonderful and youthful, after all." / The voice returns like the insistent out-of-tune / Of a broken violin on an August afternoon: / "I am always sure that you understand / My feelings, always sure that you feel, / Sure that across the gulf you reach your hand. / You are invulnerable, you have no Achilles' heel. / You will go on, and when you have prevailed / You can say: at this point many a one has failed. / But what have I, but what have I, my friend,

O que tenho de especial que podes receber de mim?
Por ora, apenas a amizade e simpatia
De alguém cuja viagem já chega ao fim.

Ficarei por aqui servindo chá aos amigos...."

Pego o chapéu: que resposta darei
Para o que ela disse para mim?
Qualquer manhã destas me verás na praça
Lendo as tiras e a página esportiva.
Então, vejo o que se passa:
Uma condessa inglesa, altiva, sobe ao palco.
Um grego é morto numa dança polonesa,
Mais uma fraude bancária é descoberta.
Conservo-me sereno,
De pé e bem desperto
A não ser que um piano de rua, tonto e mecânico
Reitere uma canção gasta e velha
Com o cheiro de jacinto do jardim botânico
Lembrando coisas que outros desejaram.
Certas ou erradas essas idéias?

III

Cai a noite de outubro – conhecida faceta
Não fosse uma leve sensação de inquietação,
Galgo as escadas e, à porta, giro a maçaneta

To give you, what can you receive from me? / Only the friendship and the sympathy / Of one about to reach her journey's end. / I shall sit here, serving tea to friends..." / I take my hat: how can I make cowardly amends / For what she has said to me? / You will see me any morning in the park / Reading the comics and the sporting page. / Particularly I remark / An English countess goes upon the stage. / A Greek was murdered at a Polish dance, / Another bank defaulter has confessed. / I keep my countenance, / I remain self-possessed / Except when a street-piano, mechanical and tired / Reiterates some worn-out common song / With the smell of hyacinths across the garden / Recalling things that other people have desired. / Are these ideas right or wrong?
III / The October night comes down: returning as before / Except for a slight sensation of being ill at ease / I mount the stairs and turn the handle of the door

E sinto-me como que montado em minhas mãos.
"Então vais viajar, e é para quando a volta?
Mas que pergunta inútil.
Decerto nem sabes se voltas para a pátria,
A escola do mundo te será útil."
Meu sorriso cai em crostas sobre o bric-à-brac.

"Talvez possas me escrever"
Meu autocontrole por instantes se incende;
Era bem isso que eu tinha em mente.
"Não raro, ultimamente, esta questão me invade:
(mas nossos princípios mal conhecem nossos fins!)
Por que razão não conquistamos a amizade?"
Sinto-me como aquele que sorri, e que ao virar de súbito
Há de notar sua expressão no espelho.
Meu autocontrole apaga; estamos de fato no escuro.

"Pois todos achavam isso, todos nossos amigos,
Tinham certeza que nossa ternura teria suporte!
Eu mesma não entendo.
Melhor deixá-la à sorte.
Às cartas não faça corte.
Nunca é tarde, se formos fortes.
Ficarei por aqui servindo chá aos amigos."

And feel as if I had mounted on my hands and knees. / "And so you are going abroad; and when do you return? / But that's a useless question. / You hardly know when you are coming back, / You will find so much to learn." / My smile falls heavily among the bric-à-brac. / "Perhaps you can write to me." / My self-possession flares up for a second; / This is as I had reckoned. / "I have been wondering frequently of late / (But our beginnings never know our ends!) / Why we have not developed into friends." / I feel like one who smiles, and turning shall remark / Suddenly, his expression in a glass. / My self-possession gutters; we are really in the dark. / "For everybody said so, all our friends, / They all were sure our feelings would relate / So closely! I myself can hardly understand. / We must leave it now to fate. / You will write, at any rate. / Perhaps it is not too late. / I shall sit here, serving tea to friends."

    Então a cada expressão devo adotar
Uma nova cor... dançar, dançar
Como um urso dançador,
Chorar como uma arara, charlar feito macaco.
Vamos tragar o ar, num transe de tabaco –

    Bem! E se ela morresse numa tarde destas,
Tarde escura e cinza, noite rosa e amarela;
Morresse, e eu aqui com a mão na pena
E com a fumaça redescendo nos telhados;
Cheio de dúvidas por um certo tempo
Sem saber o que sentir, se é que eu entendo
Se tolo ou sábio, tarde ou cedo.
Ela não sairia ganhando, afinal?
Esta música é perfeita com um "outono desfalecente"
Já que a morte é o assunto em mente –
E agora, tenho ou não o direito de sorrir?

And I must borrow every changing shape / To find expression... dance, dance / Like a dancing bear, / Cry like a parrot, chatter like an ape. / Let us take the air, in a tobacco trance – / Well! and what if she should die some afternoon, / Afternoon grey and smoky, evening yellow and rose; / Should die and leave me sitting pen in hand / With the smoke coming down above the housetops; / Doubtful, for a while / Not knowing what to feel or if I understand / Or whether wise or foolish, tardy or too soon... / Would she not have the advantage, after all? / This music is successful with a "dying fall" / Now that we talk of dying – / And should I have the right to smile?

Gerontion

Thou hast nor youth nor age
But as it were an after dinner sleep
Dreaming of both.

Eis-me aqui, um velho em pleno mês de seca,
À espera de chuva, a ouvir um jovem ler para mim.
Eu não estive nas portas férvidas
Nem lutei na chuva tépida
Nem pé fundo no charco, espada em punho,
Picado por mosquitos, combati.
Minha casa é uma casa arruinada,
E o judeu se debruça na janela, o proprietário,
Desovado numa tasca da Antuérpia,
Bolhas em Bruxelas, casquejado e descascado em Londres.
O bode tosse à noite no campo acima;
Rochas, limo, saião-acre, ferro, bostas.
A mulher cuida a cozinha, aquece o chá,
Espirra à noite e remexe o ralo irritado.
                                                  Eu um velho,
Uma cabeça mole nos vazios do vento.

Gerontion / Thou hast nor youth nor age / But as it were an after dinner sleep / Dreaming of both.
Here I am, an old man in a dry month, / Being read to by a boy, wainting for rain. / I was neither at the hot gates / Nor fought in the warm rain / Nor knee deep in the salt marsh, heaving a cutlass, / Bitten by flies, fought. / My house is a decayed house, / And the Jew squats on the window-still, the owner, / Spawned in some estaminet of Antwerp, / Blistered in Brussels, patched and peeled in London. / The goat coughs at night in the field overhead; / Rocks, moss, stonecrop, iron, merds. / The woman keeps the kitchen, makes tea, / Sneezes at evening, poking the peevish gutter. / I an old man, / A dull head among windy spaces.

Tomam-se sinais por milagres: "Queremos um sinal!"
A palavra dentro da palavra, incapaz de palavra,
Envolta em escuridão. Ao voltar o vigor do ano
Veio Cristo o tigre

Em maio depravado, castanha, olaia e cornisolo,
Para ser comido, bebido e partilhado
Entre suspiros; pelo Sr. Silvero
Com mãos acariciantes, em Limoges
Que caminhou a noite toda no quarto ao lado;
Por Hakagawa, curvando-se ante os Titianos;
Por Madame de Tornquist, no quarto escuro
Deslocando as velas; por Fräulein von Kulp
Que, mão na porta, deu meia volta na ante-sala. Vazias lançadeiras
Entrelaçam o ar. Eu não tenho nenhum fantasma,
Um velho numa casa à mercê do vento
Sob um tufo ventoso.

Com esta consciência, que perdão? Pensa agora
A história é destra em trilhas, tem entradas e saídas
Bem tramadas, seduz com sussurros de ambições,
Guia-nos com vaidades. Pensa agora
Quando nos dá algo, estamos distraídos,
E o que dá, dá com tal balbúrdia
Que esfaima o esfomeado. Ela dá tarde demais

Signs are taken for wonders. "We would see a sign!" / The word within a word, unable to speak a word, / Swaddled with darkness. In the juvescence of the year / Came Christ the tiger / In depraved May, dogwood and chestnut, flowering judas, / To be eaten, to be divided, to be drunk / Among whispers; by Mr. Silvero / With caressing hands, at Limoges / Who walked all night in the next room; / By Hakagawa, bowing among the Titians; / By Madame de Tornquist, in the dark room / Shifting the candles; Fräulein von Kulp / Who turned in the hall, one hand on the door. Vacant shuttles / Weave the wind. I have no ghosts, / An old man in a draughty house / Under a windy knob. / After such knowledge, what forgiveness? Think now / History has many cunning passages, contrived corridors / And issues, deceives with whispering ambitions, / Guides us by vanities. Think now / She gives when our attention is distracted / And what gives, gives with such supple confusions / That the giving famishes the craving. Gives too late

Aquilo em que ninguém mais crê – ou crê ainda,
De memória, via paixão revisitada. Ela dá cedo demais
Às mãos inertes, o já pensado pode ser dispensado
Até que a recusa engendre um medo. Pensa
Medo ou audácia, nada nos salva. Vícios postiços
São filhos de nosso heroísmo, e as virtudes,
De nossos crimes deslavados.
Estas lágrimas caem da árvore da ira.

O tigre salta no ano novo. Nos devora. Pensa enfim que
Chegamos a conclusão nenhuma, quando enrijeço
Numa casa alugada. Pensa enfim que
Essa cena toda eu não a fiz à toa
E nem mesmo por ter-me instigado
Algum demônio do passado.

Quanto a isso te falo honestamente.
Eu que estive em teu peito, dali fui apartado
Para perder a beleza no terror, o terror na inquisição.
Perdi minha paixão: por que a manteria
Se o que é mantido termina adulterado?
Perdi a visão, o olfato, o gosto, o tato e a audição:
Como usá-los contigo para maior contato?

What's not believed in, or if still believed, / In memory only, reconsidered passion. Gives too soon / Into weak hands, what's thought can be dispensed with / Till the refusal propagates a fear. Think / Neither fear nor courage saves us. Unnatural vices / Are fathered by our heroism. Virtues / Are forced upon us by our impudent crimes. / These tears are shaken from the wrath-bearing tree. / The tiger springs in the new year. Us he devours. Think at last / We have not reached conclusion, when I / Stiffen in a rented house. Think at last / I have not made this show purposelessly / And it is not by any concitation / Of the backward devils. / I would meet you upon this honestly. / I that was near your heart was removed therefrom / To lose beauty in terror, terror in inquisition. / I have lost my passion: why should I need to keep it / Since what is kept must be adulterated? / I have lost my sight, smell, hearing, taste and touch: / How should I use them for your closer contact?

Isso e outras tantas deliberações miúdas
Delongam os lucros de seu frio delírio,
Atiçam a membrana com acres condimentos,
Quando os poros já fecharam; propagam variedades
Num rol de espelhos. E a aranha, o que fará?
Suspender operações? E o caruncho
Vai tardar? De Bailhache, Fresca, Mrs. Cammel, lançados,
Estilhaço de átomos, pra lá da trilha da Ursa lucilante.
Gaivota contra o vento, nos estreitos turbulentos
De Belle Isle, ou em périplos sobre o Cabo.
Penas brancas sobre a neve, o Golfo clama,
E um velho é arrastado pelas Trocas
A uma sonolenta toca.
                                            Inquilinos da morada,
Notas de um cérebro seco na estação de seca.

These with a thousand small deliberantions / Protract the profit of their chilled delirium, / Excite the membrane, when the sense has cooled, / With pungent sauces, multiply variety / In a wilderness of mirrors. What will the spider do, / Suspend its operations, will the weevil / Delay? De Bailhache, Fresca, Mrs. Cammel, whirled / Beyond the circuit of the shuddering Bear / In fractured atoms. Gull against the wind, in the windy straits / Of Belle Isle, or running on the Horn. / White feathers in the snow, the Gulf claims, / And an old man driven by the Trades / To a a sleepy corner. / Tenants of the house, / Thoughts of a dry brain in a dry season.

The Waste Land

(1922)

'Nam Sibyllam quidem Cumis ego ipse oculis meis vidi in ampulla pendere, et cum illi pueri dicerent: Σίβυλλα τί θέλεις; respondebat illa: ἀποθανεῖν θέλω.'

Para Ezra Pond
il miglior fabbro

---

*) 'Pois eu mesmo, certa vez, vi com meus próprios olhos a Sibila em Cuma pendurada num frasco, e quando os meninos lhe disseram: "Sibila, o que você quer?", ela respondeu: "Eu quero morrer."'. *Satiricon* de Petrônio.

I. O Enterro dos Mortos

Abril é o mais cruel dos meses, gerando
Lilases na terra morta, mesclando
A memória e o desejo, atiçando
Raízes langues com as primeiras chuvas.
O inverno serviu-nos de abrigo, cobrindo
A terra com neve esquecida, nutrindo
Uma vida ínfima com bulbos murchos.
O verão nos surpreendeu com uma tromba-d'água
Sobre o Starnbergersee; paramos junto aos pórticos,
E à luz do sol seguimos ao Hofgarten,   10
E tomamos café numa prosa de uma hora.
Bin gar keine Russin, stamm' aus Litauen, echt deutsch.
E ainda crianças, em visita ao meu primo,
O arquiduque, ele me pôs num trenó,
E eu tive medo. Ele gritou, Marie,
Marie, segura firme. E lá fomos nós.
Nas montanhas, lá tu te sentes livre.
Leio, boa parte da noite, e no inverno vou ao sul.

Que raízes se agarram, que ramos se agalham
Nesse refugo pétreo? Filho do homem,   20
Nem dizer ou supor tu podes, pois só o que vês
É uma pilha de imagens rotas, onde bate o sol,
E o arbusto morto não abriga, o grilho não dá folga,

I. The Burial of the Dead / *April is the cruellest month, breeding / Lilacs out of the dead land, mixing / Memory and desire, stirring / Dull roots with spring rain. / Winter kept us warm, covering / Earth in forgetful snow, feeding / A little life with dried tubers. / Summer surprised us, coming over the Starnbergersee / With a shower of rain; we stopped in the colonnade, / And went on in sunlight, into the Hofgarten, / And drank coffee, and talked for an hour. / Bin gar keine Russin, stamm' aus Litauen, echt deutsch. / And when we were children, staying at the arch-duke's, / My cousin's, he took me out on a sled, / And I was frightened. He said, Marie, / Marie, hold on tight. And down we went. / In the mountains, there you feel free. / I read, much of the night, and go south in the winter. / What are the roots that clutch, what branches grow / Out of this stony rubbish? Son of man, /You cannot say, or gues, for you know only / A heap of broken images, where the sun beats, / And the dead tree gives no shelter, the cricket no relief,*

A pedra seca não refresca. Somente
há sombra sob esta rocha rubra,
(Vem cá à sombra desta rocha rubra),
Que eu te mostrarei algo distinto
Quer de tua sombra matinal a te escoltar
Quer de tua sombra à tarde a erguer-se para te saudar;
Eu te mostrarei o medo num punhado de pó. 30

Frisch weht der Wind
Der Heimat zu
Mein Irisch Kind,
Wo weilest du?

"Já faz um ano que você me deu jacintos;
Eles me chamaram a menina dos jacintos."
– Mas ao voltarmos, tarde, do jardim,
Teus braços plenos, úmidos os teus cabelos, eu não pude
Falar, e os meus olhos falharam. Não estava nem
Vivo nem morto, e não sabia nada, 40
Olhando o coração da luz, o silêncio.
Oed' und leer das Meer.

Madame Sosostris, célebre vidente,
Contraiu um resfriado, embora
A tenham como a mulher mais sábia da Europa,
Com seu baralho aziago. Eis aqui, disse ela,
A sua carta, o marujo fenício afogado,
(estas pérolas foram seus olhos. Olhe!)

And the dry stone no sound of water. Only / There is shadow under this red rock, / (Come in under the shadow of this red rock), / And I will show you something different from either / Your shadow at morning striding behind you / Or your shadow at evening rising to meet you; / I will show you fear in handful of dust. / Frisch weht der Wind / Der Heimat zu / Mein Irisch Kind, / Wo weilest du? / "You gave Hyacinths first a year ago; / They called me the hyacinth girl." / – Yet when we came back, late, from the hyacinth garden, / Your arms full, and your hair wet, I could not / Speak, and my eyes failed, I was neither / Living nor dead, and I knew nothing, / Looking into the heart of light, the silence. / Oed' und leer das Meer. / Madame Sosostris, famous clairvoyante, / Had a bad cold, nevertheless / Is known to be the wisest woman in Europe, / With a wicked pack of cards. Here, said she, / Is your card, the drowned Phoenician Sailor, / (Those are pearls that were his eyes. Look!)

Aqui, a Beladona, a Dama dos Rochedos,
A dama das situações.   50
Aqui, o homem dos três Bastões e aqui a Roda
E aqui o mercador caolho, e esta carta
Em branco é algo que ele traz às costas,
Que me é proibido ver. Não encontro
O enforcado. Tema a morte pela água.
Vejo multidões, andando em círculos.
Agradeço. Se encontrar a querida Sra. Equitone,
Diga-lhe que levarei o horóscopo pessoalmente:
Hoje em dia todo cuidado é pouco.

Cidade Irreal,   60
Sob a fulva fumaça de uma aurora invernal,
Uma turba fluía pela London Bridge, tantos,
E eu não pensara que a morte desfizera tantos.
Suspiros, breves e infreqüentes, se soltavam,
E cada qual fixava os olhos frente aos pés.
Fluía colina acima e descia a King William Street,
Até onde Saint Mary Woolnoth dava as horas
Com um dobre grave no toque final das nove.
Ali eu vi alguém que eu conhecia, parei-o e gritei: "Stetson!
Tu que estavas comigo nas naves de Mylae!   70
E o cadáver que plantaste no jardim um ano atrás,
Já não brotou? E este ano, vai florir?
Ou a geada súbita perturbou-lhe o leito?

Here is Belladonna, the Lady of the Rocks, / The lady of situations. / Here is the man with three staves, and here the Wheel, / And here is the one-eyed merchant, and this card, / Which is blank, is something he carries on his back, / Which I am forbidden to see, I do not find / The Hanged Man. Fear death by water. / I see crowds of people, walking round in a ring. / Thank you. If you see dear Mrs. Equitone, / Tell her I bring the horoscope myself: / One must be so careful these days. / Unreal City, / Under the brown fog of a winter dawn, / A crowd flowed over London Bridge, so many,I had not thought death had undone so many. / Sighs, short and infrequent, were exhaled, / And each man fixed his eyes before his feet. / Flowed up the hill and down King William Street, / To where Saint Mary Woolnoth kept the hours / With a dead sound on the final stroke of nine. / There I saw one I knew, and stopped him, crying: "Stetson! / You who were with me in the ships at Mylae! / 'hat corpse you planted last year in your garden, / Has it begun to sprout? Will it bloom this year? / Or has the sudden frost disturbed its bed?

Ah, ponha o cão, esse amigo do homem, longe dali,
Ou virá de novo com as unhas cavoucá-lo!
Tu! hypocrite lecteur! – mon semblable, – mon frère!"

II. Uma Partida de Xadrez

A cadeira na qual sentou-se, tal trono polido,
Brilhava no mármore, onde o espelho
Preso a pedestais ornados de videiras
Donde um áureo cupido espreitava   80
(Outro velava os olhos sob as asas)
Duplicava as sete chamas do candelabro
Refletindo luzes sobre a mesa, quando
Rútilos de suas jóias se alçavam
De estojos de cetim vazados em rica profusão;
Em vidros vários destapados e frascos
De marfim, seus perfumes sintéticos – ungüentos,
Líquidos e pós – inquietando, confundindo,
Afogando o olfato em olores; movidos pelo ar
Que soprava da janela, ascendiam   90
Nutrindo altivas chamas candelabras,
Espargiam fumo pela laquearia,
Açulando as gravuras no teto encofrado.
Casco marinho coberto de cobre
Ardia verde e alaranjado na trama de pedras várias,
Em cuja lúgubre luz nadava um delfim lavrado.

'O keep the Dog far hence, that's friend to men, / 'Or with his nails he'll dig it up again! / "You! hypocrite lecteur! – mon semblable, – mon frère!"

II. A Game of Chess / The Chair she sat in, like a burnished throne, / Glowed on the marble, where the glass / Held up by standards wrought with fruited vines / From which a golden Cupidon peeped out / (Another hid his eyes behind his wing) / Doubled the flames of sevenbranched candelabra / Reflecting light upon the table as / The glitter of her jewels rose to meet it, / From satin cases poured in rich profusion. / In vials of ivory and coloured glass / Unstoppered, lurked her strange synthetic perfumes, / Unguent, powdered, or liquid – troubled, confused / And drowned the sense in odours; stirred by the air / That freshened from the window, these ascended / In fattening the prolonged candle-flames, / Flung their smoke into the laqueria, / Stirring the pattern on the coffered ceiling. / Huge sea-wood fed with copper / Burned green and orange, framed by the coloured stone, / In which sad light a carved dolphin swam.

Sobre o consolo da lareira se exibia,
Tal janela a ostentar silvestre cena,
A mutação de Filomela, pelo rei bárbaro
Tão rudemente violada; mas ali o rouxinol   100
Enchia o deserto com voz inviolável,
E ela ainda gritava e ainda persegue o mundo,
"Jug Jug" para ouvidos imundos.
E outras toras secas do tempo
Figuravam no mural: formas de olhar fixo
Insinuavam-se, curvas, impondo silêncio à sala.
Passadas se arrastavam na escada.
À luz da lareira, sob a escova, seus cabelos
Espalhados em pontos fluorescentes
Ardiam em palavras, para logo caírem em silêncio selvagem.   110

"Estou mal dos nervos esta noite. Fique comigo.
Fale comigo! Por que você nunca fala. Fale.
O que está pensando? Pensando o quê? O quê?
Eu nunca sei o que você está pensando. Pense."

Penso que estamos no beco dos ratos
Onde os mortos perderam os seus ossos.

"Que ruído é esse?
O vento sob a porta.
"Que ruído é este agora? Que faz o vento?"
Nada. Como sempre, nada.   120
"Você

Above the antique mantel was displayed / As though a window gave upon the sylvan scene / The change of Philomel, by the barbarous king / So rudely forced; yet there the nightingale / Filled all the desert with inviolable voice / And still she cried, and still the world pursues, / "Jug Jug" to dirty ears. / And other withered stumps of time / Were told upon the walls; staring forms / Leaned out, leaning, hushing the room enclosed. / Footsteps shuffled on the stair. / Under the firelight, under the brusch, her hair / Spread out in fiery points / Glowed into words, then would be savagely still. "My nerves are bad to-night. Yes, bad. Stay with me. / Speak to me. Why do you never speak? Speak. / What are you thinking of? What thinking? What? / I never know what your are thinking. Think." / I think we are in rat's alley / Where the dead men lost their bones. / "What is that noise?" / The wind under the door. / "What is that noise now? What is the wind doing?" / Nothing again nothing. / "Do

Não sabe nada? Você não vê nada? Você não lembra
"Nada?"

Lembro
Aquelas pérolas foram seus olhos.
"Você está vivo ou não está? E na cabeça, não tem nada?
Mas
O O O O aquele rasgo Shakespeariano
É tão elegante
Tão inteligente   130
"Que faço agora? Que é que eu faço?"
"Sairei correndo como estou para caminhar na rua
Com o cabelo solto, assim. E amanhã, o que faremos?
O que faremos afinal?"
                        Água quente às dez.
E se chover, um carro com capota às quatro.
E jogaremos uma partida de xadrez,
Espremendo olhos lívidos e esperando uma batida contra a porta.

Quando o marido de Lil deu baixa, eu disse –
Eu não medi palavras, falei francamente,   140
DEPRESSA POR FAVOR É TARDE
Agora que Alberto está voltando, te ajeita um pouquinho.
Ele vai querer saber daquele dinheiro que te deu
Para arrumar os dentes. Deu sim. Eu estava lá.
Lil, arranca tudo e arranja uma dentadura,
Juro, ele disse, eu mal consigo te olhar.
E nem eu, eu disse, e pensa no pobre Alberto,

---

*You know nothing? / Do you see nothing? Do you remember / "Nothing?" / I remember / Those are pearls that were his eyes. / "Are you alive, or not? Is there nothing in your head?" / But / O O O that Shakespeherian Rag – / It's so elegant / So intelligent / "What shall I do now? What shall I do? / I shall rush out as I am, and walk the street / With my hair down, so. What shall we do tomorrow? / What shall we ever do?" / The hot water at ten. / And if it rains, a closed car at four. / And we shall play a game of chess, / Pressing lidless eyes and waiting for a knock upon the door. / When Lil's husband got demobbed, I said – / I didn't mince my words, I said to her myself, / **Hurry up please its time** / Now Albert's coming back, make yourself a bit smart. / He'll want to know what you done with that money he gave you / To get yourself some teeth. He did, I was there. / You have them all out, Lil, and get a nice set, / He said, I swear, I can't bear to look at you. / And no more can't I, I said, and think of poor Albert,*

São quatro anos de exército, ele quer se divertir,
E se não for contigo, será com outras, eu disse.
Então é isso, ela disse? Assim me parece, eu disse.   150
Então já sei a quem agradecer, ela disse, me olhando fixamente.
DEPRESSA POR FAVOR É TARDE
Se isso não te agrada, faz o que bem entender,
Outras vão saber bem o que fazer.
Mas se Alberto for embora, não será por falta de aviso.
Não tens vergonha de estar assim tão passada?
(E ela só tem trinta e um)
Que culpa eu tenho, ela disse, o rosto inquieto,
Foram as pílulas que tomei para abortar.
(Ela já tinha cinco, e quase morreu ao ter George.)   160
O farmacêutico disse que tudo daria certo, mas nunca fui a mesma.
Tu és a própria idiota, eu disse.
Bem, se Alberto não te deixar em paz, aí é que está.
Por que casou se não queria filhos?
DEPRESSA POR FAVOR É TARDE
Nesse domingo Alberto estava em casa, preparavam um pernil.
Convidaram-me para jantar, aproveitar que estava quente –
DEPRESSA POR FAVOR É TARDE
DEPRESSA POR FAVOR É TARDE
Boa noite Bill. Boa noite Lou. Boa noite May. Boa noite.   170
Até mais. Boa noite. Boa noite.
Good night, ladies, good night, sweet ladies, good night, good night.

---

*He's been in the army four years, he wants a good time, / And if you don't give it him, there's others will, I said. / Oh is there, she said. Something o'that, I said. / Then I'll know who to thank, she said, and give me a straight look. / **Hurry up please its time** / If you don't like it you can get on with it, I said. / Others can pick and choose if you can't. / But if Albert makes off, it won't be for lack of telling. / You ought to be ashamed, I said, to look so antique. / (And her only thirty-one.) / I can't help it, she said, pulling a long face, / It's them pills I took, to bring it off, she said. / (She's had five already, and nearly died of youg George.) / The chemist said it would be all right, but I've never been the same./ You are a proper fool, I said. / Well, if Albert won't leave you alone, there it is, I said, / What you get married for if you don't want children? / **Hurry up please its time** / Well, that Sunday Albert was home, they had a hot gammon, / And they asked me in to dinner, to get the beauty of it hot – / **Hurry up please its time** / **Hurry up please its time** / Goonight Bill. Goonight Lou. Goonight May. Goonight. / Ta ta. Goonight. Goonight. / Good night, ladies, good night, sweet ladies, good night, good night.*

III. O Sermão do Fogo

    Rompeu-se o dossel do rio; os últimos fios de folhas
Fundem-se e se prendem ao úmido baixio. O vento
Cruza, calado, a terra parda. As ninfas se foram daqui.
Corre, doce Tâmisa, até que eu finde o canto.
O rio não arrasta garrafas vazias, papéis de sanduíche,
Restos de papelão, nem tocos de cigarro, lenços de seda
Ou outros testemunhos de noites de verão. As ninfas se foram daqui.
E os seus amigos, os ociosos herdeiros dos chefes do centro financeiro;   180
Se foram, sem deixar o endereço.
À margem do Leman, sentei-me e então chorei...
Corre, doce Tâmisa, até que eu finde o canto,
Corre, que minha fala é baixa e curta por enquanto.
Mas ao meu dorso num sopro frio eu ouço
O trepidar de ossos e um riso rasteiro atravessando o rosto.
Um rato rastejava de mansinho na macega,
Arrastando a barriga sebenta no barranco
Enquanto, numa tarde invernal, nos fundos do gasômetro,
Eu pescava na água estanque do canal   190
Meditando o naufrágio do rei meu irmão
E a morte anterior do rei meu pai.
Corpos-cal, desnudos, na baixa terra úmida
E ossos espalhados no pequeno sótão seco
Pisoteados, ano a ano, apenas pelos ratos.
Mas ao meu dorso de vez em quando eu ouço

III. The Fire Sermon / *The river's tent is broken; the last fingers of leaf / Clutch and sink into the wet bank. The wind / Crosses the brown land, unheard. The nymphs are departed. / Sweet Thames, run softly, till I end my song. / The river bears no empty bottles, sandwich papers, / Silk handkerchiefs, cardboard boxes, cigarette ends / Or other testimony of summer nights. The nymphs are departed. / And their friends, the loitering heirs of City directors; / Departed, have left no addresses. / By the waters of Leman I sat down and wept... / Sweet Thames, run softly till I end my song, / Sweet Thames, run softly, for I speak not loud or long. / But at my back in a cold blast I hear / The rattle of the bones, and chuckle spread from ear to ear. / A rat crept softly through the vegetation / Dragging its slimy belly on the bank / While I was fishing in the dull canal / On a winter evening round behind the gashouse / Musing upon the king my brother's wreck / And on the king my father's death before him. / White bodies naked on the low damp ground / And bones cast in a little low dry garret, / Rattled by the rat's foot only, year to year. / But at my back from time to time I hear*

As buzinas e os motores que na primavera,
Trarão de volta Sweeney à Sra. Porter.
Ah, sobre a Sra. Porter e sua filha
A lua fulgiu lustrosa   200
Elas lavam os pés com água gasosa
Et *O ces voix d'enfants, chantant dans la coupole!*

Tuit Tuit Tuit
Jug jug jug jug jug jug
Tão rudemente violada.
Tereu

Cidade Irreal
Sob a fulva fumaça de uma aurora invernal
O Sr. Eugênides, mercador de Esmirna,
Bolso repleto de passas, a barba por fazer   210
C.I.F. Londres: documentos à vista
Convidou-me em francês demótico
Para um almoço no Cannon Street Hotel
Seguido de um weekend no Metropole.

À hora violácea, quando erguem-se os olhos
Da mesa de trabalho, quando a máquina humana aguarda
Como um táxi palpitante aguarda,
Eu, Tirésias, velho de tetas estriadas,
Embora cego, a pulsar em meio a duas vidas, vejo
À hora violácea, a trilha do crepúsculo rumo ao lar   220
Que traz o marujo de suas idas,
A dactilógrafa à sua casa para o chá, ela recolhe a mesa,

The sound of horns and motors, which shall bring / Sweeney to Mrs. Porter in the spring. / O the moon shone bright on Mrs. Porter / And on her daughter / They wash their feet in soda water / Et O ces voix d'enfants, chantant dans la coupole! / Twit twit twit / Jug jug jug jug jug jug / So rudely forc'd. / Tereu / Unreal City / Under the brown fog of a winter noon / Mr. Eugenides, the Smyrna merchantUnshaven, with a pocket full of currants / C. i. f. London: documents at sight, / Asked me in demotic French / To luncheon at the Cannon Street Hotel / Followed by a weekend at the Metropole. / At the violet hour, when the eyes and back / Turn upward from the desk, when the human engine waits / Like a taxi throbbing waiting, / I Tiresias, though blind, throbbing between two lives, / Old man with wrikled female breasts, can see / At the violet hour, the evening hour that strives / Homeward, and brings the sailor home from sea,

Liga o fogo e improvisa com enlatados seu jantar.
Precariamente pendurados, seus conjuntos
Secam ao sol que já morre na janela.
No divã (à noite, cama) vê-se num ajunto
Meias, sutiãs, camisolas e chinelas.
Eu, Tirésias, velho de tetas estriadas
Percebia a cena e já previa o resto –
Também eu esperava o convidado preste. 230
Chega o rapaz de rosto escavacado,
Contínuo em reles agência imobiliária.
Tipo à-toa, a petulância lhe é concorde
Como uma cartola num ricaço-Bradford.
Algo lhe diz que o momento lhe é propício,
A ceia acabou; ela, exausta e entediada,
Ele tenta envolvê-la em mil carícias
Que, mesmo indesejadas, não são rechaçadas.
Num assomo, decidido, lança o bote;
Mãos ousadas não encontram resistência; 240
Sua vaidade não requer qualquer resposta,
E recebe com deleite a indiferença.
(E eu, Tirésias, eu já sofrera tudo
O que agora se encenava nesta cama;
Eu que em Tebas me sentei ao pé do muro
E cruzei com mortos em profundas câmaras.)
Ele concede um beijo fraternal,
E abre seu caminho no escuro dos degraus...

The typist home at teatime, clears her breakfast, lights /Her stove, and lays out food in tins. / Out of the window perilously spread / Her dying combinations touched by the sun's last rays, / On the divan are piled (at night her bed) / Stockings, slippers, camisoles, and stays. / I Tiresias, old man with wrinkled dugs / Perceived the scene, and foretold the rest – / I too awaited the expected guest. / He, the young man carbuncular, arrives, / A small house agent's clerk, with one bold stare, / One of the low on whom assurance sits / As a silk hat on a Bradford millionaire. / The time is now propitious, as he guesses,/ The meal is ended, she is bored and tired, / Endeavours to engage her in caresses / Which still are unreproved, if undesired. / Flushed and decided, he assaults at once; / Exploring hands encounter no defence; / His vanity requires no response, / And makes a welcome of indifference. / (And I Tiresias have foresuffered all / Enacted on this same divan or bed; / I who have sat by Thebes below the wall / And walked among the lowest of the dead.) / Bestows one final patronising kiss, / And gropes his way, finding the stairs unlit...

Ela mira-se no espelho por instantes,
Nem bem atenta à saída do amante; 250
No cérebro um pensamento malformado;
"Bem, tá feito; melhor que tenha acabado".
Quando bela mulher se entrega à insânia,
E toca de andar no quarto em camisola,
Ela ajeita o cabelo com mão autômata,
E põe um disco riscado na eletrola.

"Esta música rojou ao meu lado sobre as ondas"
E pela Strand até Queen Victoria Street.
Oh, cidade, de vez em quando eu ouço
Junto a um bar da Lower Thames Street, 260
O gemido aprazível de um bandolim
Um tropel e um estrépito sem fim
De onde, ao meio dia, espairecem os homens peixes:
Onde, nos muros da Magnus Martir doura
O inexplicável esplendor do Iônico branco e ouro

    O rio exala
    Óleo e alcatrão
    Barcas que vagam
    Nas vagas que vão.
    Velas vermelhas 270
    Amplas
    A sulavento, balançam o grande vergão
    As barcas lavam
    Toras que cruzam
    Rumo a Greenwich

She turns and looks a moment in the glass, / Hardly aware of her departed lover; / Her brain allows one half-formed thought to pass: / "Well now that's done: and I'm glad it's over." / When lovely woman stoops to folly and / Paces about her room again, alone, / She smooths her hair with automatic hand, / And puts a record on the gramophone. / "This music crept by me upon the waters" / And along the Strand, up Queen Victoria Street. / O City city, I can sometimes hear / Beside a public bar in Lower Thames Street, The pleasant whining of a mandoline / And a clatter and a chatter from within / Where fishmen lounge at noon: where the walls / Of Magnus Martyr hold / Inexplicable splendour of Ionian white and gold. / The river sweats / Oil and tar / The barges drift / With the turning tide / Red sails / Wide / To leeward, swing on the heavy spar. / The barges wash / Drifting logs / Down Greenwich reach

A Ilha dos Cães.
　Weialala leia
　Wallala leialala

Elizabeth e Leicester
No barco a remar   280
A popa era feita
Um casco de ouro
Dourado e rubi
O brusco fluxo
Crespava o cairel
O vento sudoeste
No rio arrastava
Os dobres ao léu
Brancas torres
　Weialala leia   290
　Wallala leialala

"Bondes, arbustos poeirentos.
Highbury me fez. Deixaram-me desfeita
Richmond e Kew. Em Richmond ergui os joelhos
Supino no fundo da canoa estreita."

"Estou com os pés em Moorgate e com o coração
Pisado pelos pés. Depois desses eventos
Ele chorou. Propôs 'um início novo e são'.
Não fiz comentários. P'ra que ressentimentos?"

"Em Margate Sands.   300
Não consigo ligar

Past the Isle of Dogs. / Weialala leia / Wallala leialala / Elizabeth and Leicester / Beating oars / The stern was formed / A gilded shell / Red and gold / The brisk swell / Rippled both shores / Southwest wind / Carried down stream / The peal of bells / White towers / Weialala leia / Wallala leialala / "Trains and dusty trees. / Highbury bore me. Richmond and Kew / Undid me. By Richmond I raised my knees / Supine on the floor of a narrow canoe." / "My feet are at Moorgate, and my heart / Under my feet. After the event / He wept. He promised 'a new start'. / I made no comment. What should I resent?" / "On Margate Sands. / I can connect

Nada com nada.
As unhas rachadas de mãos imundas.
Meu povo, povo humilde, que não espera
Nada."
      la la
Em Cartago então cheguei

Queimando queimando queimando queimando

Ó Senhor tu me arrebatas
Ó Senhor tu arrebatas   310

queimando

IV. Morte pela Água

Flebas, o fenício, morto há quinze dias,
Esqueceu o grito das gaivotas, e o profundo fluxo do mar,
E as perdas e os lucros.
              Uma corrente sob o mar
Picou-lhe os ossos, murmurando. Subindo e descendo
Cruzou os estágios da velhice e juventude
Penetrando o redemoinho.
              Gentil ou Judeu
Oh, vós girando o leme e olhando a barlavento,   320
Lembrai-vos de Flebas que já foi alto e belo como vós.

Nothing with nothing. / The broken fingernails of dirty hands. / My people humble people who expect / Nothing." / la la / To Carthage then I came / Burning burning burning burning / O Lord Thou pluckest me out / O Lord Thou pluckest / burning

IV. Death by Water / *Phlebas the Phoenician, a fortnight dead, / Forgot the cry of gulls, and the deep sea swell / And the profit and loss. / A current under sea / Picked his bones in whispers. As he rose and fell / He passed the stages of his age and youth / Entering the whirlpool. / Gentile or Jew / O you who turn the wheel and look to windward, / Consider Phlebas, who was once hadsome and tall as you.*

V. *O que disse o Trovão*

Após a rubra tocha nas faces suadas
Após o gélido silêncio nos jardins
Após a agonia nas paragens pétreas
A súplica e o clamor
Prisão, palácio e reverberação
De trovão primaveril em remotos montes
Ele que vivia agora é morto
Nós que vivíamos agonizamos aos poucos
Com uma certa paciência.   330

Aqui não há água, apenas rocha
Rocha sem água e a arenosa rota
A rota serpeando entre as montanhas
Montanhas de rocha sem água
Houvesse água,араríamos para beber
Mas entre rochas não se pára ou pensa
O suor está seco e nos pés há pó
Houvesse ao menos água por entre as rochas
Montanha morta boca de arcada rota incapaz de cuspir
Aqui não se pára nem se deita p'ra dormir   340
Sequer há silêncio nas montanhas
Mas só um trovão estéril e sem chuva
Sequer há solidão nas montanhas
Só grunhido e escárnio no escuro carmim das faces
À porta de taperas de adobe
                    Se houvesse água

V. What the Thunder said / *After the torchlight red on sweaty faces / After the frosty silence in the gardens / After the agony in stony places / The shouting and the crying / Prison and palace and reverberation / Of thunder of spring over distant mountains / He who was living is now dead / We who were living are now dying / With a little patience / Here is no water but only rock / Rock and no water and the sandy road / The road winding above among the mountains / Which are mountains of rock without water / If there were water we should stop and drink / Amongst the rock one cannot stop or think / Sweat is dry and feet are in the sand / If there were only water amongst the rock / Dead montain mouth of carious teeth that cannot spit / Here one can neither stand nor lie nor sit / There is not even silence in the mountains / But dry sterile thunder without rain / There is not even solitude in the mountains / But red faces sneer and snarl / From doors of mudcracked houses / If there were water*

E rocha alguma
Se houvesse rocha
E também água
E água
Uma fonte350
Uma poça por entre as rochas
Se houvesse ao menos ruído de água
Não a cigarra
E a grama seca a cantar
Mas ruído de água sobre a rocha
Onde canta o tordo entre os pinhais
Drip drop drip drop drop drop drop
Mas não há nada de água

Quem é o terceiro que sempre anda ao seu lado?
Quando conto, só o que vejo é você e eu360
Mas quando olho adiante a estrada branca
Há sempre um outro ao seu lado a rastejar,
Oculto numa capa parda, encapuzado
Não sei se é um homem ou uma mulher
– Mas quem é aquele do outro lado de você?

Que ruído é esse alto no ar
Rumor de lamentação materna
Que hordas em capuz apinham-se
Na planície infinda e tropeçam nas frinchas da terra
Cingida apenas pelo prato do horizonte370
Que cidade é essa sobre as montanhas

And no rock / If there were rock / And also water / And water / A spring / A pool among the rock / If there were the sound of water only / Not the cicada / And dry grass singing / But sound of water over a rock / Where the hermit-thrush sings in the pine trees / Drip drop drip drop drop drop drop / But there is no water / Who is the third who walks always beside you? / When I count, there are only you and I together / But when I look ahead up the white road / There is always another one walking beside you / Gliding wrapt in a brown mantle, hooded / I do not know whether a man or a woman / – But who is that on the other side of you? / What is that sound high in the air / Murmur of maternal lamentation / Who are those hooded hordes swarming / Over endless plains, stumbling in cracked earth / Ringed by the flat horizon only / What is the city over the mountains

Fenda, reforma, estilhaço no ar violáceo
Torres em queda
Jerusalém Atenas Alexandria
Viena Londres
Irreal

Uma mulher desfez a escura e longa trança
E ali dedilhou uma música sussurrante
E à luz violácea, com caras de criança,
Os morcegos silvaram, ruflaram as asas arfantes   380
E desceram, ponta-cabeça, o escuro muro
E havia torres invertidas no ar afora
Tangendo sinos reminiscentes, que davam as horas
E cantos que emergiam de poços secos e cisternas vazias.
Nesta vala arruinada entre as montanhas
No tênue luar, a relva está cantando
Sobre as tumbas caídas, junto à capela,
Capela vazia lar do vento apenas
Que não tem janelas e cuja porta range,
Os ossos secos já não trazem danos.   390
Só havia um galo na cumeeira
Co co rico co co rico
Num lampejo de relâmpago. Então uma lufada úmida
Trazendo a chuva
O Ganga estava baixo, e as folhas lassas
Aguardavam a chuva, enquanto as nuvens negras
Ao longe se agregavam sobre o Himavant.

Cracks and reforms and bursts in the violet air / Falling towers / Jerusalem Athens Alexandria/ / Vienna London / Unreal /A woman drew her long black hair out tight / And fiddled whisper music on those strings / And bats with baby faces in the violet light / Whistled, and beat their wings / And crawled head downward down a blackened wall / And upside down in air were towers / Tolling reminiscent bells, that kept the hours / And voices singing out of empty cisterns and exhausted wells. / In this decayed hole among the mountains / In the faint moonlight, the grass is singing / Over the tumbled graves, about the chapel / There is the empty chapel, only the wind's home. / It has no windows, and the door swings, / Dry bones can harm no one. / Only a cock stood on the rooftree / Co co rico co co rico / In a flash of lightning. Then a damp gust / Bringing rain / Ganga was sunken, and the limp leaves / Waited for rain, while the black clouds / Gathered far distant, over Himavant.

A selva se agachou, curvada em silêncio.
E então falou o trovão
DA   400
Datta: o que temos dado?
Amigo, o sangue me agitando o coração
A terrível audácia de uma entrega momentânea
Que uma era de prudência não pode resgatar
Disso, e somente disso, temos vivido
O que não estará nos nossos obituários
Nem nas memórias que tece a caridosa aranha
Nem sob os lacres que o magro advogado abre
Nos nossos quartos vazios
DA   410
Dayadhvam: eu ouço a chave
Girar na porta uma vez e girar uma só vez
Pensamos na chave, cada um na sua prisão
Pensando na chave, cada um confirma uma prisão
Somente ao crepúsculo, um etéreo rumor soando
Revive por instantes o arruinado Coriolano
DA
Damyata: o barco respondeu,
Alegre, à mão afeita a vela e remo
O mar estava calmo, teu coração ao convite   420
Teria respondido, alegre,
Com um pulsar governado pelas mãos.

The jungle crouched, humped in silence. / Then spoke the thunder / Da / Datta: what have we given? / My friend, blood shaking my heart / The awful daring of a moment's surrender / Which an age of prudence can never retract / By this, and this only, we have existed / Which is not to be found in our obituaries / Or in memories draped by the beneficent spider / Or under seals broken by the lean solicitor / In our empty rooms / Da / Dayadhvam: I have heard the key / Turn in the door once and turn once only / We think of the key, each in his prison / Thinking of the key, each confirms a prison / Only at nightfall, aethereal rumours / Revive for a moment a broken Coriolanus / Da / Damyata: The boat responded / Gaily, to the hand expert with sail and oar / The sea was calm, your heart would have responded / Gaily, when invited, beating obedient / To controlling hands.

                              Sentei-me para pescar
Às margens, a planura árida atrás de mim.
Porei ao menos ordem em minhas terras?
London Bridge is falling down falling down falling down
Poi s'ascose nel foco che gli affina
Quando fiam uti chelidon – Oh andorinha, andorinha
Le Prince d'Aquitaine à la tour abolie
Nestes fragmentos escorei minhas ruínas   430
Why then Ile fit you. Hieronymo's mad againe.
 Datta. Dayadhvam. Damyata.
       Shantih shantih shantih

I sat upon the shore / Fishing, with the arid plain behind me / Shall I at least set my lands in order? / London Bridge is falling down falling down falling down / Poi s'ascose nel foco che gli affina / Quando fiam uti chelidon – O swallow swallow / Le Prince d'Aquitaine à la tour abolie / These fragments I have shored against my ruins / Why then / Ile fit you. Hieronymo's mad againe. / Datta. Dayadhvam. Damyata. / Shantih shantih shantih

NOTAS PARA *THE WASTE LAND*

T. S. Eliot

Não só o título, como o plano e boa parte do simbolismo incidental do poema foram-me sugeridos pelo livro de Miss Jessie L. Weston sobre a lenda do Graal: *From Ritual to Romance* (Cambridge). Com efeito, o meu débito é tal, que a obra de Miss Weston elucidará as dificuldades do poema bem mais do que o poderão fazer as minhas notas; e eu o recomendo (à parte o grande interesse intrínseco da obra) a quem julgar meritória esta elucidação do poema. Com outra obra de antropologia, que influenciou profundamente nossa geração, estou, de modo geral, em débito; refiro-me a *The Golden Bough*; usei, especialmente, os dois volumes *Adônis, Áttis, Osíris*. Quem estiver familiarizado com essas obras reconhecerá imediatamente, no poema, certas referências às cerimônias da vegetação.

I. O Enterro dos Mortos

Verso 20. Cf. Ezequiel II, i.
23. Eclesiastes, XII, v.
31. V. Tristan und Isolde, I, versos 5-8.
42. Idem III, verso 24.
46. Não estou familiarizado com a exata constituição do maço de Tarô, da qual obviamente afastei-me conforme meu objetivo. O Enforcado, figura do baralho tradicional, ajusta-se ao meu propósito de duas maneiras: porque está associado em minha mente ao Deus Enforcado de Frazer e porque o associo à figura encapuzada na passagem dos discípulos em Emaús na Parte V. O Marujo Fenício e o Mercador aparecem mais adiante; também as "multidões de pessoas" (crowds of people), e a Morte pela Água processam-se na parte IV. O Homem dos Três Bastões (uma imagem autêntica do maço de Tarô) associo, muito arbitrariamente, ao próprio Rei Pescador.

60. Cf. Baudelaire.

> *'Fourmillante cité, cité pleine de rêves,*
> *'Où le spectre en plein jour raccroche le passant.'*

63. Cf. Inferno III, 55-57:

> *'si lunga tratta*
> *di gente, ch'io non averei creduto*
> *che morte tanta n'avesse disfatta.*

64. Cf. *Inferno*, IV, 25-27:

> *Quivi, secondo che per ascoltare,*
> *non avea piante mai che di sospiri*
> *che l'aura eterna facevan tremare.*

68. Um fenômeno que muitas vezes notei.
74. Cf. *White Devil*, de Webster.
76. V. Baudelaire, prefácio de *Fleurs du Mal.*

II. Uma Partida de Xadrez

77. Cf. *Anthony and Cleopatra*, II, ii, 1. 190.
92. Laquearia. V. *Eneida*, I, 726:

> *dependent lychni laquearibus aureis*
> *incensi, et noctem flammis funalia vincunt.*

98. Cena silvestre. V. Milton, *Paradise Lost*, IV, 140.
99. V. Ovídio, *Metamorfoses*, VI, Filomela.
100. Cf. Parte III, 1. 204.
115. Cf. Parte III, 1. 195.
118. Cf. Webster: *"Is the wind in that door still?"*
126. Cf. Parte I, 1. 37,48.
138. Cf. o jogo de xadrez em *Women beware women*, de Middleton.

III. O Sermão do Fogo

176. V. Spenser, *Prothalamion*.
192. Cf. *The Tempest*, I, ii.
196. Cf. Marvell, *To His Coy Mistress*.
197. Cf. Day, *Parliament of Bees*:

> "When of the sudden, listening, you shall hear,
> "A noise of horns and hunting, which shall bring
> "Actaeon to Diana in the spring,
> "Where all shall see her naked skin..."

199. Desconheço a origem da balada da qual foram colhidas estas linhas: tomei conhecimento dela de Sídnei, Austrália.
202. V. Verlaine, *Parsival*.
210. As passas eram cotadas com o "custo de seguro e frete para Londres"; e a nota de embarque, etc., deveriam ser entregues ao comprador mediante pagamento à vista.
218. Tirésias, embora mero espectador e não verdadeiramente um "personagem", é todavia a mais importante figura do poema, unindo todos os demais. Assim como o mercador caolho, vendedor de passas, funde-se ao Marinheiro Fenício, que, por sua vez não é de todo distinto de Fernando, príncipe de Nápoles, as mulheres são uma só mulher, e os dois sexos encontram-se em Tirésias. O que Tirésias *vê*, na verdade, é a substância do poema. A passagem inteira de Ovídio é de grande interesse antropológico:

> "...*Cum Iunone iocos et 'maior vestra profecto est*
> *Quam quae contingit maribus', dixisse, 'voluptas.'*
> *Illa negat; placuit quae sit sententia docti*
> *Quaerere Tiresiae: venus huic erat utraque nota.*
> *Nam duo magnorum viridi coeuntia silva*
> *Corpora serpentum baculi violaverat ictu*
> *Deque viro factus, mirabile, femina septem*
> *Egerat autumnos; octavo rursus cosdem*
> *Vidit et 'est vestrae si tanta potentia plagae',*
> *Dixit 'ut auctoris sortem in contraria mutet,*
> *Nunc quoque vos feriam!' percussis anguibus isdem*
> *Forma prior rediit genetivaque venit imago.*
> *Arbiter hic igitur sumptus de lite iocosa*
> *Dicta Iovis firmat; gravius Saturnia iusto*

> *Nec pro materia fertur doluisse suique*
> *Ludicis aeterna damnavit lumina nocte,*
> *At pater omnipotens (neque enim licet inrita cuiquam*
> *Facta dei fecisse deo) pro lumine adempto*
> *Scire futura dedit poenamque levavit honore."*

221. Isso talvez não pareça tão preciso quanto os versos de Safo, mas tinha em mente o pescador "costeiro" ou do "barco a remo", que retorna ao cair da noite.

253. V. Goldsmith, a canção em *The Vicar of Wakefield*.

257. V. *The Tempest*, como acima.

264. O interior de St. Magnus Martyr é para mim um dos melhores interiores de Wren. Ver *The Proposed Demolition of Nineteen City Churches* (P. S. King & Son, Ltd.).

266. A canção das (três) Filhas do Tâmisa inicia aqui. Do verso 292 ao 306 inclusive, elas falam alternadamente. V. Götterdämmerung, III, i: as Filhas do Reno.

279. V. Froude, *Elizabeth*, vol. I, cap. iv, carta de De Quadra a Filipe da Espanha:

> "À tarde estávamos a bordo de uma embarcação, assistindo aos jogos no rio. (A rainha) encontrava-se sozinha com lorde Robert e comigo na popa, quando começaram a falar amenidades, e foram tão longe que lorde Robert disse enfim, na minha presença, que não havia razão por que não se casassem, se a rainha assim desejasse."

293. Cf. *Purgatório*, V. 133.

> *"Ricorditi di me, che son la Pia;*
> *Siena mi fe", disfecemi Maremma."*

307. V. *Confissões*, de Santo Agostinho: "Para Cartago então eu vim, onde uma caldeira de amores profanos soava em meus ouvidos."

308. O texto completo do Sermão do Fogo de Buda (que corresponde em importância ao Sermão da Montanha) do qual foram extraídas estas palavras, pode ser encontrado traduzido em *Buddhism in Translation* (Harvard Oriental Series), de Henry Clarke Warren. H. C. Warren foi um dos grandes pioneiros nos estudos budistas no ocidente.

309. Novamente das *Confissões* de Santo Agostinho. A inserção

desses dois representantes do ascetismo ocidental e oriental, como ponto culminante dessa parte do poema, não é acidental.

V. O Que Disse o Trovão

Na primeira seção da Parte V empregam-se três temas: o caminho de Emaús, a chegada à Capela Perigosa (ver o livro de Miss Weston) e o presente declínio da Europa oriental.

357. Trata-se do *Turdus aonalaschkae pallasii*, o tordo-ermitão que ouvi na província de Quebec. Chapman diz (*Handbook of Birds of Eastern North America*) que ele "sente-se mais em casa nos bosques isolados e recantos de mata cerrada. Suas notas não se distinguem pela variedade ou pelo volume, mas na pureza e doçura de tom e modulação são inigualáveis. Seu tom de "água gotejante" é com justiça celebrado.

360. As linhas seguintes foram estimuladas pelo relato de uma das expedições à Antártica (não lembro qual, mas acredito que umas das de Shackleton): narra-se que os exploradores, extenuados, tinham a ilusão constante de que havia *mais um membro*, além dos que podiam ser contados.

367-77. Cf. Hermann Hesse, *Blick ins Chaos*:

> "*Schon ist halb Europa, schon ist zumindest der halbe Osten Europas auf dem Wege zum Chaos, fährt betrunken im heiligen Wahn am Abgrund entlang und singt betrunken und hymnisch wie Dmitri Karamasoff sang. Ueber diese Lieder lacht der Bürger beleidigt, der Heilige und Seher hört sie mit Tränen.*"

402. "Datta, dayadhvam, damyata" (Dá, simpatiza, controla-te). A fábula do significado do Trovão encontra-se no *Brihadaranyaka – Upanishad*, 5, I. Uma tradução encontra-se em *Sechzig Upanishads des Veda*, de Deussen, p. 489.

408. Cf. Webster, *The White Devil*, V, vi:

> "...*they'll remarry*
> *Ere the worm pierce your winding-sheet, ere the spider*
> *Make a thin curtain for your epitaphs.*"

412. Cf. Inferno, XXXIII, 46:

> *"ed io senti chiavar l'uscio di sotto*
> *all' orribile torre."*

Também F. H. Bradley, *Appearance and Reality*, p. 346.

"Minhas sensações externas não são menos pessoais para mim do que os meus pensamentos e sentimentos. Em ambos os casos, a minha experiência incide dentro de meu próprio círculo, um círculo fechado em sua parte externa; e, com todos os seus elementos semelhantes, cada esfera é opaca em relação às outras que a circundam... Em suma, considerado como uma existência que surge numa alma, o mundo inteiro, para cada um, é peculiar e particular àquela alma."

425. V. Weston: *From Ritual to Romance*; capítulo sobre o Rei Pescador.

428. V. *Purgatorio*, XXVI, 148.

> *"Ara vos prec per aquella valor*
> *que vos condus al som de l'escalina,*
> *sovenha vos a temps de ma dolor.*
> *Poi s'ascose nel foco che li affina."*

429. V. *Pervigilium Veneris*. Cf. Filomela nas Partes II e III.

430. V. Gerard de Nerval, soneto *El Desdichado*.

432. V. Kyd's *Spanish Tragedy*.

433. Shantih. Repetida como aqui, um desfecho formal para um Upanishad. "A Paz que transcende a compreensão" seria o nosso equivalente para essa palavra

COMENTÁRIOS DO TRADUTOR

Lawrence Flores Pereira

A rica variedade da poesia de Eliot permite ao tradutor poucas generalizações sobre os procedimentos adotados. *Alfred Prufrock* não é somente um poema anterior a *The Waste Land*. É um poema escrito de modo diferente, num outro estilo, com outra música. *Gerontion* afasta-se em tom tanto deste poema como daquele. Não bastassem estas diferenças, as bruscas mudanças de tonalidade e estilo aparecem até mesmo no interior de cada peça. *Waste Land* é um emaranhado tão denso e tão complicado de formas "rachadas" que o tradutor é a todo momento obrigado a remodular os acentos rítmicos e coloquiais. Às vezes tem a impressão de traduzir um texto bíblico; às vezes, crê estar vertendo uma paródia de um poema clássico; outras vezes, depara-se com um diálogo que bem poderia ser o de personagens de um romance. Mas Eliot tampouco segue as leis mais tradicionais da prosódia. O ritmo na sua poesia quase sempre depende mais do fôlego retórico do significado do que de formas métricas perfeitamente discerníveis. Ora é um encadeamento de rimas que ata o poema, ora é uma espécie de paralelismo bíblico, ora é a própria oposição tímbrica e dissonante. E, ainda assim, não são raras as vezes em que o tradutor encontra formas métricas tradicionais, modificadas, rachadas – verdadeiros resquícios – que, quase imperceptivelmente, metamorfoseiam-se em "versos livres" ou em simples versos brancos que são impulsionados por um sutil aparelho de assonâncias e dissonâncias. Exceções feitas, em poucos momentos desta tradução reproduziu-se o número de sílabas do original, o que não quer dizer absolutamente que não nos preocupamos com o seu ritmo. O tempo de efeito emocional do ritmo em português é diferente do do inglês, e o que devemos reproduzir numa tradução não são os ritmos, mas a essência do ritmo. Ritmos binários naquela língua podem corresponder, em muitos casos, a ritmos ternários na nossa, e assim por diante.

A Canção de Amor de J. Alfred Prufrock

Nossa maior preocupação ao traduzir *A Canção de Amor de J. Alfred Prufrock* foi reproduzir seu deliberado caráter de canção, pois este poema, apesar de ser uma paródia mordaz e auto-irônica, é, quanto à sua música, uma verdadeira canção. Tem dela as oscilações de balanço, os refrães, o paralelismo sintático, o jogo de repetições, a especialização rímica. Retoma a todo instante idéias, repete andamentos e trata de um assunto que em outros tempos seria chamado de "tema amoroso". O lirismo se apresenta forte nas interpolações constantes e nas sobreposições repentinas de idéias. Mas *Prufrock* é mais que isso. É coloquialidade refinada e afetada; são vozes que surgem do nada, comentários singulares partindo de terceiros cujo caráter é imediatamente adivinhado graças à peculiaridade dos seus ditos. É essa dimensão coloquial e "realista" do poema que, curiosamente, se atreve a ocupar o lugar sagrado do lirismo e da canção. Tais são as dimensões que tentamos reproduzir na nossa tradução: a lírica e a coloquial.

verso 4. *half-deserted streets* - lit. "ruas semidesertas". Preferi "ruas quase solitárias" por razões sonoras e para garantir a assonância com "hotéis diários" (v. 6).

v. 6. *Of restless nights in one-night cheap hotels* - lit. "De noites inquietas em hotéis baratos de uma só noite", isto é, hotéis baratos, semelhantes a albergues ou hospedarias para o descanso de uma só noite. A escolha de "noites de insônia no reles hotel diário" reproduz de modo satisfatório a idéia desses hotéis encortiçados.

v. 7. *And sawdust restaurants with oyster-shells* - A solução para o verso " vendo conchas dispersas nos sujos restaurantes" desloca sintaticamente o conteúdo da oração, modificando-lhe tenuemente o sentido, mantendo, porém, o sentido *voyerista* das observações de Prufrock.

v. 8. *overwhelming question* - lit. pergunta / questão esmagadora / irresistível. Em outras palavras, uma questão ou pergunta avassaladora que está prestes a aflorar ou, melhor ainda, transbordar irresistivelmente, contra, talvez, todo o desejo e toda a expectativa do personagem que parece trair o seu desconforto em relação a essa possibilidade. É portanto uma questão realmente crucial. Há uma razão melhor ainda para essa escolha. A repetição ao longo do poema da rima em "all" tem a função de criar uma espécie de ritmo ondulado, sinuoso, velar, cujo efeito mais sensível é o de uma comicidade enfastiada, morosa, repetitiva e derretida. Esta rima é tão importante nesse poema como o foi o refrão "nevermore" para o célebre poema de Edgar Allan Poe.

***vv. 13-14** In the room the women come and go / Talking of Miguelangelo* - Outro caso em que a especialização da rima, aqui ligeiramente alterada, resulta em efeito cômico. Como se vê, a sobreposição de um verso com terminação em oxítona e um outro com terminação esdrúxula, e sem a assonância necessária, quebraria repentinamente o andamento tão perfeito desses dois versos. A solução dada, "Na sala um vai-e-vem que range/ Mulheres comentam Miguelângelo", tem a vantagem da rima, mas também sugere esse bulício tímido e constrangedor dos salões elegantes.

v. 15. window-panes - lit. vidraça, vidro.

v. 17. Licked its tongue into the corners of the evening - lit. "Lambeu sua língua nos cantos/ esquinas da noite". Preferiu-se aqui "Deslizou nas esquinas em lambidelas" para reforçar a cadeia de rimas dessa estrofe. O esquema rímico da tradução não é o mesmo do original.

v. 18. Lingered upon the pools that stand in drains - Acrescento o termo "asfalto", que, além de perfeitamente compatível ao cenário urbano e nebuloso da estrofe, acrescenta a rima prolongada "alto" que reforçará a impressão de verdadeiro pulo do "gato" no verso 20.

v. 20. Slipped by the terrace, made a sudden leap - A escolha de "altear" (elevar, erguer, mas também esticar) em substituição ao verbo "deslizar" deve-se aqui à tentativa de reconstituição sonora do salto do gato. O encadeamento sonoro de "ts" e "ds" (alTeou-se aTé o Terraço, Deu um súBiTo salTo) com as velares ascendentes (aLteou-se / saLto) imita a mecânica elástica e macia do salto desse gato.

v. 22. Curled once about the house, and fell asleep - Acrescento o termo "soleira" no final do verso.

v. 27. To prepare a face to meet the faces that you meet - lit. Para preparar um rosto para encontrar os rostos que você encontra. Traduzido literalmente, esse verso fica flácido e perde parte de sua oportuna ironia. A expressão bem comum e popular de "aprontar a cara" ou "ter uma cara pronta", ou seja, conformar a expressão do rosto conforme o ambiente, serviu aqui perfeitamente para reproduzir essa cena de constrangimento social.

v. 30. Preferimos, muitas vezes, ao uso explícito da rima integral a assonância interna do verso, reforçada pelo ritmo, pelo jogo tímbrico e pela alternância sutil da cadência entre um verso e outro. Compare-se, por exemplo, o verso 29 ao verso 30, onde se passa de um ritmo complexo para um verso de ritmo binário ascendente reforçado pela assonância dos sons bilabiais. Há aqui uma súbita aceleração da cadência do poema. Para "plate" escolhi "prato" ao invés de "bandeja", etc.

v. 34. Before the taking of a toast and tea - Para rimar, substituiu-se aqui "toast" (torrada) por "afins", significando os salgados e outros comes que acompanham a mesa do chá.

v. 40. With a bald spot in the middle of the hair - lit. Com um sinal calvo no meio do cabelo.

v. 41. (They will say: "How his hair is growing thin!") - lit. Dirão: "Como o cabelo dele está crescendo ralo!" As ligeiras modificações das exclamações devem-se não somente à necessidade de rimar, mas também de torná-las naturais e coloquiais.

v. 44. (They will say: "But how his arms and legs are thin!") - lit. Dirão: "Mas como as pernas e os braços dele estão finos!"

v. 51. I have measured out my life with coffe spoons - Tenho medido/ medi minha vida com colheres de café.

v. 5.2 I know the voices dying with a dying fall - Conheço as vozes morrendo com uma queda de morte. Esta seria uma tradução hiperliteral, pois "dying fall", locução que se repete em *Portrait of a Lady*, sugere também um "outono desfalecente, declinante, morrente".

v. 54. So how should I presume - o verbo "presume", no contexto do poema, tem o sentido realmente de "correr um risco", "pré-assumir alguma coisa" e é uma variação sobre o tema musical de "should I dare?" (Ouso?) que se repete em todo o poema.

v. 60. "butt-ends" - tocos queimados, restos de cigarros.

v. 64. But in the lamplight, downed with light brown hair! - lit. (Mas à luz da lâmpada revestido/ "penugeado"* com pêlo claro e marrom). Há aqui um jogo aliterativo com consoantes velares que tentei reproduzir no português com "mas com pêlo acastanhado ao Luminário".

v. 84. and here's no great matter - lit. "aqui não há nenhuma grande questão". Isto é, nada que valha a pena levar em consideração. A tradução busca a rapidez do efeito coloquial: "isto não vale um fato".

vv. 93-93. O uso irregular da preposição "a" após o verbo "espremer" é proposital e visa criar uma idéia de gradação nesta transformação do mundo numa "bola". No contexto cômico da imagem, a sugestão da "forma oval" do mundo é extremamente expressiva, a tal "questão crucial" tantas vezes repetida ao longo do poema – e que nunca realmente é trazida à tona – é um verdadeiro "chocar" de ovo.

v. 95. No original está "Sou Lázaro, vindo [do mundo] dos mortos". A associação do mundo dos mortos como um mundo invertido é comum a toda tradição ocidental e oriental: o mundo às avessas, contrário ao mundo dos vivos.

v. 125. Usei aqui um termo mais raro da música, "alterno", para significar alternado, o canto em que há alternância de vozes, como num certame poético.

Retrato de uma Dama

Nesta tradução, mais que nas outras aqui feitas de T. S. Eliot, a posição e a qualidade do rimário sofreram algumas modificações. Como preocupamo-nos em reproduzir a dimensão coloquial do poema, a fala da dama e a voz em *off* do seu interlocutor, trazendo à tona as modulações vitorianas acompanhadas de seus gestos de natural artificialismo, fomos obrigados alterar a posição do rimário. Esse procedimento, porém, foi adotado apenas nos trechos ou estrofes em que estas mudanças não comprometessem a expressão estética. Convém repetir que sempre que um uso de rimas consoantes pôs em cheque a naturalidade do poema preferimos a alternativa rica das rimas toantes.

v. 2. No final do verso, entre travessões, introduzimos apenas a confirmação mais clara do que é mencionado no início do verso: a constatação de que a cena inteira está preparada para uma *cena*, agora no outro sentido do termo. No original "já madura" não aparece, mas o comentário sardônico do narrador de que ele já sabe de antemão o desfecho da história (– as it will seem to do –).

v. 3. Escolhi a segunda pessoa do singular "tu" para a fala da dama em todo o poema. As possibilidades verbais e pronominais oblíquas dessa forma permitiram uma concisão muito maior ao longo do poema que seria impossível com o uso do pronome "você", forma cujos pronomes oblíquos correspondentes podem gerar ambigüidade e confusão. Ao mesmo tempo, a dama adora posar como a grande amiga e grande conselheira do seu interlocutor, com quem ela finge ou pensa, na sua egocêntrica e fútil vaidade, desfrutar de uma grande intimidade, para não dizer de uma cumplicidade picante. Assim, ela o trata com o "tu" dos bons amigos.

v. 21. Embora no original seja "broken cornets" (cornetins/cornetas quebradas/rachadas), preferi a expressão "quebra das cornetas", sugerindo aqui "quebras sonoras", "desafinos" patéticos e desajeitados desse instrumento que, no cenário constrangedor da conversa, desempenha, junto com os violinos, a função de melodia *chic* de fundo.

v. 40. No original, "sentar por meia hora e beber nossas cervejas". A palavra "clube", introduzida em função da rima toante com "públicos", embora não se encontre no original, é plausível no contexto de um poema de Eliot. Nada mais conforme à esquisitice dos seus personagens do que ventilar um pouco o tédio (ou levá-lo ao paroxismo) numa dessas associações típicas do mundo burguês – e não burguês – vitoriano.

v. 89. No original, simplesmente "jardim", sem o adjetivo "botânico". Com o acréscimo deste adjetivo, a cena permanece nos enfadonhos lugares públicos por onde esse personagem, como o seu gêmeo Prufrock, passeia os seus pensamentos.

v. 84. "returning as before" que traduzi por "conhecida faceta", expressa mais o enfado de ver novamente cair a noite de outubro do que propriamente uma constatação indiferente. Ele "já conhece" a faceta que agora, mais uma vez, repetindo o mesmo ciclo, se oferece à sua contemplação.

v. 92. Em vez de traduzir literalmente o advérbio "heavily" por "pesadamente", que soaria artificial em português, preferi "em crostas", que dá a justa medida do sorriso decepcionado, amarelo do personagem.

Gerontion

A dificuldade da tradução de *Gerontion* está na expressão ambígua e lacunar do poema, repleta de suposições cujo significado só se pode colher pela sua interpretação geral. A todo momento aparecem termos insignificantes, saídos como que do nada, de uma arbitrariedade (aparente) tal como não se encontra nem mesmo neste poema dilacerado que é *Waste Land*. Este estava repleto de fragmentos, mas cada registro era identificável e mesmo suas figuras mais obscuras eram de uma obscuridade *inteligível*. Quando os termos ambíguos e anódinos apareceram evitamos torná-los mais inteligíveis na tradução e procuramos reproduzir o seu caráter escorregadio e inespecífico.

v. 14. "ralo irritado" (peevish gutter): a expressão é igualmente estranha em inglês, com conotação nitidamente erógena.

v. 32. Um desses versos anódinos difíceis de traduzir. A palavra "knob" foi propositalmente usada para criar uma confusão angustiante entre os seus diversos sentidos. Pode significar "protuberância", "tufo", "morro pequeno" ou mesmo "novelo", e tende a confundir-se com "knot", palavra com qual partilha a mesma raiz etimológica e a qual também pode significar "protuberância". Como "protuberância", "tufo (novelo) de lã" ou "rolo de corda" responderia à imagem presente no poema das "lançadeiras vazias", instrumentos do destino, correspondentes negativos aos fusos dos séculos fiados pelas Parcas. Se a tais imagens (vazias) de destino juntarmos outras do poema, como "trilhas destras" e "entradas e saídas", assim como a idéia de uma consciência incapaz de escapar às suas próprias determinações e sagacidades morais ("Com esta consciência, que perdão?"), não poderemos duvidar que "knob" não significa somente uma protuberância geográfica, mas também uma metáfora negativa para os fusos. Usamos o termo "tufo" para traduzir a expressão, que tanto tem sentido de "protuberância" como de "novelo", ou seja, o correspondente vulgar dos fusos das Parcas, os quais aqui aparecem sem "fado" possível. Por assim dizer, a excessiva consciência esvazia o fio do tempo. Eliot não pode mais dizer com Virgílio, o "profeta dos gentios", "Talia saecla suis dixerunt currite fusis/ concordes stabili fatorum numine Parcae".

vv. 34-35. Parafraseio o sentido destes versos para encurtar seu tempo de enunciação.

v. 72. "Trades": Preferimos "Trocas" a "comércio", preservando a opacidade do termo.

Waste Land

Comparado a *Canção de Amor de J. Alfred Prufrock*, *The Waste Land* é um poema de poética infinitamente mais seca. O que restava de um sorriso auto-irônico na *Canção*, aqui desaparece, e nota-se que Eliot, despedindo-se definitivamente das graças francesas de Lafourgue e Corbière, vai assumindo sua faceta mais bíblica, mais desértica, de uma seriedade que sorri pouco: sua poesia perde em ironia e se engolfa em sua profundidade. É um poema em vários tons; tem diversos cenários; formas tradicionais da poesia clássica misturam-se aos rigores de uma fala bíblica, terrível, como a de Elohim nas suas aparições diante dos homens. Secura, aridez desértica, suspensão apocalíptica: estas são palavras aplicáveis não só ao conteúdo desse poema-ruína, mas também à sua forma. As mudanças são tão bruscas que entre as cenas parece se abrirem precipícios que não devolvem eco para quaisquer indagações. Tudo isso no plano puramente formal do som. Nas cenas pavorosas n'*O que disse o Trovão,* ambientadas num deserto onde se apinham "hordas em capuz", soa, no fundo dos versos, um estranho tambor, ritmo repetitivo, tirando o seu efeito de assonâncias e dissonâncias. Este intrincado sistema de efeitos e vozes é um verdadeiro desafio para o tradutor que não conta com nenhum exemplário para a sua tradução. O estilo tácito e bíblico de alguns trechos de *Waste Land* não possui correspondente em nenhuma obra em língua portuguesa, nem nas nossas traduções bíblicas.

Esta tradução foi feita a nu. Todo conhecimento técnico de poesia foi aqui de pouca serventia. Quando se trata de traduzir *Waste Land,* o tradutor deve nutrir certa desconfiança em relação a tudo o que aprendeu em poesia, seus trejeitos, suas expressões, suas inflexões características, pois nestes versos há algo de ríspido e cru que tolera pouco os torneios mais tradicionais da poesia. Isso se nota logo de início na escolha dos termos. É curioso como nesse poema – mas também em outros de Eliot – as palavras são de tal modo empregadas que o seu sentido perde parte do colorido pictórico que teriam em outro contexto. Eis algo difícil de reproduzir na língua portuguesa, cujas palavras e expressões resistem mais a se descolarem de seus sentidos e mesmo a operarem com certa oscilação semântica. Torcidas, elas não se acomodam, mas voltam à sua posição normal. Para resolver esse problema que acreditava importante numa tradução de *Waste Land*, fiz o possível, sempre que fosse o caso – e somente *nestas* ocasiões –, de introduzir e escolher os termos de tal maneira que eles aparecessem ventilados *um pouco* da aura de sentido que normalmente os envolve e libertos das *estruturas e palavras* de que vêm geralmente acompanhados na linguagem habitual da poesia. O resultado disso são expressões mais secas e menos substanciosas, propositalmente menos pitorescas e coloridas, que correspondem melhor ao clima ressequido e amarelado de certas partes do poema. Essa tradução é propositalmente ríspida, rugosa e crua, como *Waste Land* é cru e cruel.

Esse procedimento não teria tido nenhum sucesso se o ritmo não tivesse ganho, ele também, um aspecto cortante e afiado que forçasse, por pressurização, os termos a assumirem suas formas mais coesas. Os versos

> *What are the roots that clutch, what branches grow*
> *Out of this stony rubbisch? Son of man,*
> *You cannot say, or guess, for you know only*
> *A heap of broken images, where the sun beats,*
> *And the dead tree gives no shelter, the cricket no relief,*
> *And the dry stone no sound of water.*

estão entre os mais frios e terríveis de toda poesia. Enfáticos, sem serem retóricos; desnudos, sem serem inexpressivos, despejados como um bloco de Elohim sobre a cabeça do homem. As quatro orações finais, num encadeamento tipicamente bíblico, imperam solitárias.

> Que raízes se agarram, que ramos se agalham
> Nesse refugo pétreo? Filho do homem,
> Nem dizer ou supor tu podes, pois só o vês
> É uma pilha de imagens rotas, onde bate o sol,
> E o arbusto morto não abriga, o grilo não dá folga,
> A pedra seca não refresca.

O tempo rítmico, a pulsação e o tom cruel dos versos originais são preservados na tradução, graças a uma certa economia da enunciação. Seria impossível determinar o princípio prosódico que faz a força desses versos. Na verdade o que lhes dá sua pulsação vital (ou mortal) são diversos elementos heterodoxos.

Afora a dimenção bíblica há trechos de *Waste Land* que são resquícios de formas estilhaçadas da prosódia do inglês. Na cena da sedução, no final d'*A Partida de Xadrez,* boa parte dos versos são decassílabos, ora perfeitos, ora imperfeitos, mas em cuja forma estilística fria e lapidar, seca ao se considerar a natureza dramática do tema, é inconfundível a presença de Pope. O tradutor tem sempre nestes casos a oportunidade – e o justo direito – de escolher metros mais longos na sua língua, mas preferi conservar os tempos originais sempre que possível. Nos versos em que Eliot confiou-se ao fôlego puro do sentido, fiz o mesmo, usando metros variados de *essência* musical correspondente.

Bem diferente é o método contemplado por Eliot ao introduzir diálogos no poema. As conversas vulgares pontilhando o poema inteiro são bastante coloquiais, mas receberam um tratamento tal ou foram inseridas de tal maneira que o poema jamais mergulha no cotidiano inexpressivo. Confiamo-nos nesses casos ao fôlego das próprias conversas, modificando aqui e ali algumas partículas somente para evitar a quebra da naturalidade.

verso 3. As duas primeiras palavras, "memória" e "desejo" receberam artigos em função do tempo da leitura.

verso 4. Substituiu-se a referência à primavera e às suas chuvas nesse verso pela expressão "primeiras chuvas" de modo a fechar o tempo da primeira frase iniciada ainda no primeiro verso. A menção às chuvas basta para se compreender o sentido aqui contemplado, uma vez que o mês de abril já foi mencionado no primeiro verso. Há entre o presente verso e o anterior um jogo sutil de assonâncias e dissonâncias (stiring/ Dull roots with spring rain) que modula os sons "escuros" de "Dull" e "rOOts" com os sons luminosos de "sprIng rAIn" que reproduzi criando um efeito de contraste entre a sílabas longas de "atiçANdo" e "lANgues", os sons luminosos de "raÍzes"e "prImEIras" e o som escuro e fosco de "chUva".

verso 7. Neste verso, a configuração sonora e tímbrica da tradução difere um pouco da do original. Pretendeu-se reproduzir com mais força os contrastes de sílabas borbulhantes e abertas presentes ao longo da abertura do poema (vIda ÍnfIma com bUlbOs mUrchOs).

vv. 19-24. Para reproduzir o andamento do original, assim como o paralelismo rítmico de alguns dos trechos do segmento, modificaram-se algumas palavras, assim como as suas respectivas posições no verso. Ao termo "trees" (árvores), só para dar um exemplo, preferiu-se "arbusto", de maneira que a oração refletisse o ritmo das orações seguintes. No 24º verso, em vez de "a pedra seca [não dá] nenhum som de água" simplificamos sem prejudicar o sentido: "A pedra seca não refresca", cujo ritmo joga perfeitamente com o das orações anteriores.

v. 35 e seguintes. Com exceção do primeiro verso onde o termo "first" não é traduzido para evitar um prolongamento excessivo da enunciação, este diálogo foi traduzido literalmente, confiando em que a naturalidade seguiria seu curso normal e preencheria o ritmo. Na cena da cartomante adotou-se o mesmo procedimento, mas dando especial ênfase ao tom afetado da linguagem de Madame Sosostris.

v. 60 e seguintes. Na descrição da multidão (turba) que flui por ruas de Londres preferi usar o pretérito imperfeito ao pretérito perfeito, recuando a cena a um passado memorial, a um passado de sonho. Aqui, como em quase toda a tradução, utilizei-me de toda espécie de assonância e dissonância para atar as figuras rítmicas dos versos, como por exemplo em

> Com um dobre grave no toque final das nove.

onde o dobre grave (morto) do sino se repete no jogo de "os". Ou ainda no verso

> Fluía colina acima e descia a King William Street

onde os repetidos "is" de pronúncia longa e acentuada em "FluÍa" e "descIa" imitam sonoramente o movimento lendo, alongado da turba a subir a colina. Em todos os versos mantenho o efeito de impessoalidade que torna os versos propositalmente foscos.

vv. 77-110. Esta estrofe é um verdadeiro desafio ao tradutor. A sua dificuldade está em diversos lugares. Antes de tudo, nenhum sistema métrico foi aqui explorado ortodoxamente, embora muitos dos versos sejam decassílabos. Em segundo lugar, o tradutor não pode contar com o amparo da rima, que é sempre um bom recurso para atar versos aparentemente soltos. Terceiro lugar, não existe nada aqui que se assemelhe ao paralelismo bíblico que, em outros versos de *Waste Land*, amarra as diversas orações e segmentos frásicos. São versos, portanto, sem rima, sem metro definido, mas escritos seguindo uma sintaxe ondulante e variada que, repleta de idas e voltas e de inserções estranhas, observa os movimentos barrocos da imagem metonímica. E ainda assim ninguém duvidaria de que se trata de versos extremamente musicais – mas onde está esta musicalidade? Num ponto qualquer que conjuga a lógica do sentido e um princípio de fôlego retórico. Tudo isso auxiliado por um discreto aparelho rítmico e tímbrico que soa nas junturas das orações e das frases. Estes versos só existem por reflexão sobre uma tradição de retórica poética, da qual eles fazem a paródia e da qual seu efeito musical depende inteiramente. O tradutor, deste modo, precisa seguir a vaga natural das orações, o seu fôlego retórico. Toda imitação fiel do tempo silábico seria aqui inútil.

v. 111 e sq. Os pronomes pessoais nem sempre são os mesmos nos vários diálogos do poema, e a sua escolha baseou-se em parte no sentido, em parte nas exigências dramáticas de cada cena. Se aqui uso o "você", logo adiante introduzo a segunda pessoa do singular, "tu".

v. 19 e sq. O diálogo aqui é bastante vulgar, mas de um tipo de vulgaridade incomum em português. Vulgaridade pérfida, mas com os tons de um proselitismo doméstico típico que a literatura inglesa nunca deixou de retratar. Essa conversa miúda de bar mereceu uma linguagem miúda também na tradução, com todas as suas mesquinharias cheias de significado que dão relevo perfeito aos dois caracteres nela envolvidos: a "boa conselheira" e a moça fragilizada. No final desse segmento manteve-se no original a célebre frase de Ofélia (Good night...).

v. 173. O curioso ritmo de "tambor" inventado por Eliot inicia aqui. Ele não se manifesta em pequenas mas em longas extensões de verso(s). Depende, em parte, da arritmia presente entre as partes, arritmia não só entre sons e acentos, mas também entre significados que se sobrepõem uns aos outros sem desenvolvimento gradativo. No trecho

> O vento
> Cruza, calado, a terra parda. As ninfas se foram daqui.

nota-se que o *andamento* sofre, logo depois de "parda", uma súbita aceleração, decorrente da mudança brusca de um ritmo binário para um ritmo ternário ascendente. Nem sempre os efeitos de "tambor" obtidos na tradução reproduzem o mesmo tempo dos do original: o tempo *emotivo* do português é diferente do do inglês.

v.214. Mantenho em inglês "weekend", para reforçar a vulgaridade do convite e também porque o Sr. Eugênides fala, realmente, um francês demótico.

v.215. A ênclise depois do verbo da oração temporal é proposital e visa dotar o segmento de um efeito sonoro esdrúxulo. Para que não se perdesse o fôlego do andamento, não traduzimos "back" (costas). A idéia, contudo, fica bastante clara com a referência aos "olhos" que se erguem da mesa de trabalho.

v. 217. "palpitante" é aqui usado para traduzir "throbbing", um termo que, em inglês, pode-se atribuir, sem estranhamento, ao chacoalhar de um motor ligado. É a "pulsação" de uma máquina angustiada, mas principalmente o palpitar violento de um coração permeado de angústias. No verso 219 do original, o mesmo termo reaparece, mas agora na sua acepção menos específica.

v. 218. No original, "tetas enrugadas de fêmea". A solução "tetas estriadas", escolhida em função do esquema sonoro da tradução, é igualmente forte e chocante. O que interessa aqui é simplesmente reproduzir a imagem de declínio corporal de Tirésias.

v. 219. Novamente o termo "thobbing". Tirésias é o sábio-adivinho que experimentou os prazeres dos dois sexos, masculino e feminino. Ele "pulsa", "palpita" entre estes dois mundos. Por mais que a palavra aconselhe expressões como "dividido entre dois mundos", clichê desagradável, ou algo parecido, confiei nas possibilidades de leitura que o termo mais fosco poderia sugerir ao leitor.

v. 224-225. Fizeram-se algumas modificações nestes versos em função da economia prosódica. A menção aos "últimos raios de sol" que "tocam" as roupas da dactilógrafa foi substituída pela imagem inteira de "seus conjuntos secam ao sol que já morre na janela", onde aparece o aspecto crepuscular e miserável da cena.

v. 227. A palavra "chinela" não consta no original, mas adequou-se perfeitamente ao cenário desse quarto típico de uma dactilógrafa.

v. 230-34. A cena inteira sofreu modificações em português, em função agora do metro e do ritmo. No verso 233, uso o termo "concorde", usualmente sinônimo de "concordante", que recebe aqui um sentido diferente, comparável à expressão "cair bem", "combinar". Embora esse uso configure uma violação, o termo harmoniza-se perfeitamente ao contexto e o seu sentido está perfeitamente claro. A justaposição de "ricaço" (millionaire) e "Bradford, no verso 234, apresenta um componente de artificialidade ausente no original, mas nossa sensibilidade lingüística acostumada às invenções bizarras das placas comerciais tende a aceitá-la sem grandes esforços. Há uma lógica lingüística que faz a expressão não só aceitável como extremamente expressiva nesse trecho do poema: a cabeça do ricaço devidamente encartolada.

v. 254. Embora a palavra "camisola" tenha sido introduzida aqui para rimar com "eletrola" no último verso, ela preenche uma função definida nesse cenário desolador, onde uma mulher recém-violentada pelo próprio amante caminha pelos aposentos gesticulando como um autômato. Ofélia da urbe contemporânea, vestida também de branco, que não se suicida, mas se consola com o seu disco na eletrola.

v. 256. No original é "gramofone" e o disco não está riscado. Apenas sublinhamos o patético da cena, sem perder o efeito da rima cômica que fecha a estrofe (camisola/ eletrola).

v. 266 e sq. As canções receberam um tratamento musical que comportasse suas flutuações melódicas. Especialmente na primeira canção, inspirei-me em certas modalidades pentassilábicas muito graciosas das pelejas nordestinas, como os versos seguintes citados por Câmara Cascudo em *Vaqueiros e Cantadores*.

> A barca farol
> O farol da barca
> Lumina na arca
> Os raios do sol
> O mesmo arrebol
> Faz a luz tão quente
> A maré crescente
> Na força da lua
> A barca flutua
> Nas águas pendentes

v. 331 e sq. Com o mínimo de desvio semântico, a tradução reproduz os tons ressequidos, amarelados, desérticos destes versos. No verso 332, por exemplo, escolhemos "rota" para traduzir "road", logrando deste modo criar um jogo equivalente de "rs" ao longo da estrofe. Evitamos palavras como "estrada", longas demais e cuja demorada pronúncia amorteceria o ritmo do segmento. No verso 339, a imagem forte da montanha incapaz de cuspir ganha relevo graças à sucessão sonora de "os", "rs", criando um contraste "desagradável" com a última sílaba da palavra "cuspir".

WASTE LAND OU BABEL:
A GRAMÁTICA DO CAOS

Kathrin H. Rosenfield

The Waste Land oferece o que só a grande poesia pode oferecer: atingir de súbito, captar o leitor, ingênuo ou culto. Provoca-lhe perplexidade e o alerta dos sentidos, das charadas e dos mistérios. O crítico empenhado em desvendar o sentido oculto põe-se logo a abrir-lhe as inúmeras caixas, que o levarão de referência em referência, *ad infinitum*. De uma caixinha aberta surge outra, cada verso e palavra remetendo a vários *topoi* na *Babel* literária. E este "regresso *ad infinitum*", a crítica tem por hábito contorná-lo, optando por um rastrear alusivo e "aberto" das relações entre *The Waste Land* e a literatura universal. Northop Frye, em *T. S. Eliot. An Introduction*[1], esboça uma enumeração abrangente de algumas das linhagens literárias em que *Waste Land* se inscreve: o Antigo Testamento, os mitos indo-europeus, os clássicos gregos e romanos, os medievais, Shakespeare, os metafísicos, e também Pope, Keats e Baudelaire. Não adota, contudo, uma interpretação sistemática, mas uma técnica de *enumeração*, das menções rápidas e disruptivas às analogias. Seu método paralelístico tem o efeito de uma miscelânea eclética, em que estilos, épocas, línguas e registros, confundindo-se, fazem lembrar o que no linguajar popular e erudito chamamos "Babilônia". O que a crítica precisamente não explicita é *como* estas relações infinitamente demultiplicáveis são *significantes* e mesmo propiciatórias para a estética de *The Waste Land*, preferindo acentuar a mera proliferação do diverso e da diferença pela diferença.

Ora, o aleatório ali não é *ausência de forma*, mas *princípio formal da composição*, o que vale dizer que tanto a *temática* como o *conteúdo* do poema desenvolvem-se por mediação da forma. Há um fulcro em torno do qual a figura temática se articula: a confusão babilônica ou ainda um cosmos que irrompe, ao acaso, das entranhas infernais, aqui como cidade e

---

[1] Chicago and London, The University of Chicago Press, 1962.

deserto, ali como rainha e prostituta e lá como corpo social vazio e corpo feminino corrompido. Uma técnica de acumulação de imagens aparentemente aleatóreas deságua sobre um verdadeiro agregado indistinto de criaturas desalmadas, cujo único vínculo consiste na avidez que faz cada um presa do outro. Ressalte-se, contudo, que a proliferação de diferenças, a aparente perda de forma e coesão, de conteúdos e esperanças, que aflora nas inúmeras paracitações, não nos atinge apenas como temática intelectual e abstrata. Não obstante ou graças a sua sofisticação, *Waste Land* nos toca pela ação irresistível de imagens poderosíssimas do corpo vegetal, animal, humano e social. Ávidos de expansão e vida, esses corpos são logo abortados e castrados, sofrendo o rechaço de si mesmos. Curto-circuito que cria no leitor a vertiginosa sensação de impotência física e intelectual, igualmente presente no cerne do relato da queda de Babel.

Babilônia e Sulamita:
a Diferença Fundadora do Princípio Formal do Poema.

Para a apresentação do poema como formalmente unificado e tematicamente coerente, tomaremos como eixo de análise uma oposição residual, porém clara, entre as imagens sombrias da devastação e as da alegria luminosa. Apesar da proliferação hipertrófica das imagens da terra devastada que se inscrevem na figura da Babilônia bíblica e das suas reescrituras na tradição poética ocidental, *The Waste Land* conserva certos traços da beatitude jubilatória das uniões amorosas que remetem ao modelo da exaltação nupcial – ao *Cântico dos Cânticos*[2]. A "Sulamita", pólo diametralmente oposto à "Babilônia", é

---

2) As referências ao *Cântico dos Cânticos* remetem sobretudo ao texto estabelecido e traduzido por Ernest Renan, Calmann-Levy, s.d. Renan foi um dos primeiros a fazer uma leitura laica e não alegórica deste poema submerso numa milenar tradição de exegese. Abandonando a distribuição canônica das vozes entre a Sulamita e o rei Salomão, Renan mostra um diálogo em quatro vozes. De um lado, a Sulamita, raptada pelos homens do rei e introduzida no harém, dialoga com o seu noivo pastor, do outro, as damas do harém e o rei Salomão se esforçam a convencer a jovem cativa a aceitar de bom grado o casamento com o rei. Para explicar a estrutura aparentemente frouxa do *Cântico*, Renan lembra que os ritos de casamento hebraicos, escalonados sobre vários dias, são acompanhados de cantos nupciais semelhantes aos cantos de amor egípcios: exaltação do júbilo e da fidelidade duradoura entre os esposos. No *Cântico*, o bem-estar carnal é assim invocado como garantia da virtude moral da constância, assegurando a paz doméstica e a prosperidade da linhagem. Renan sublinha o valor não necessariamente religioso, mas sobretudo moral do *Cântico*, comparando a sua estrutura poética ao *Jeu de Robin et Marion* (cf. pp. 84-88).

um motivo literário, ao nosso ver, particularmente importante para a interpretação de *The Waste Land*. Esboçado este horizonte, Eliot pode vincular o imaginário mítico arcaico dos ciclos vitais e da perenidade da vida tanto às figuras religiosas de ascese, típicas das duas "religiões de renúncia", cristianismo e budismo, quanto às tradições artísticas e narrativas determinantes do ocidente[3]. Assim como Joyce retrilha a senda de Odisseu, Eliot reconflagra o Apocalipse. Mas não é a superfície temática que irrompe, expondo a profusão profética do texto bíblico, mas um âmago imaginário que apenas sugere, longínqua, a sua presença arcaica. Desde o Antigo Testamento, a imagem da Babilônia cinde (e vincula!) dois universos espirituais diversos e progressivamente hostis: de um lado, o dos mitos das culturas fluviais do Oriente Médio, imageticamente nítidos e palpáveis, de ostentação francamente opulenta; de outro, o do monoteísmo judaico e cristão que renuncia ao profuso imaginário sensual politeísta. No *Apocalipse* segundo São João nota-se o esforço que custa esta renúncia às promessas sensuais e físicas dos antigos mitos. Ali, insistentes descrições da invejada riqueza e da opulência sedutora acusam o intensíssimo trabalho de luto que a renúncia cristã exige em relação às figuras pagãs. O prazer físico e a plenitude material espiritualizam-se e moralizam-se, plasmando o corpo numa espécie de terra vaga entre o mundo terreno e o celestial. Rejeitados os ídolos e as imagens das civilizações arcaicas, eis que se produzem a um só tempo uma consciência moral aguda e a saudade perenemente acesa das antigas figuras da terra, da vida e do corpo concreto. Saudade à qual o cristianismo, acossado por um imaginário popular residual, mas poderoso, deverá parcialmente ceder, admitindo entre seus próceres de culto as virgens, os santos e os mártires, que não são senão figurações convenientemente moralizadas dos deuses de antes. "Concessões" do cristianismo que permitirão a Eliot alinhar no mesmo eixo associativo

---

3) A referência à polaridade Babilônia-Sulamita (isto é, volúpia oriental, comércio impuro dos assírio-babilônicos contra o purismo moral da lei judaica) é um dos traços característicos do imaginário do século XIX. Cf. por exemplo, Michelet, *Bible de l'Humanité*, Paris, Calmann-Lévy, s.d. (cf. pp. 311-385). Michele afirma os valores centrais da nossa cultura (em particular, a liberdade, a lei e o valor do indivíduo) contra o despotismo oriental, a idolatria e a escravidão. Muitos outros historiadores (Jakob Burkhardt ou Gaston Maspero) compartilham esse imaginário histórico, embora os juízos morais neles permaneçam mais implícitos. O grande sucesso da obra The *Golden Bowl* de Frazer e o imenso interesse que despertou não impedem que o leitor europeu sinta-se profundamente chocado com os regicídios divinos.

imagens como o jacinto (flor de Adônis), o filho do homem (Cristo), o pescador, o tigre, Baco e Dionísio.[4]

A Babilônia permanece sendo a dupla figura de uma renúncia e de aspirações e saudades jamais superadas, de orgulhos e culpas, vitórias e fracassos no campo da moralidade. Não por acaso a poesia e o ensaísmo filosófico do século XIX e XX recorrerão às imagens apocalípticas. Do "Muro dos séculos" de Victor Hugo às paisagens oníricas do *Zaratustra* de Nietzsche, de Baudelaire a Blake, sempre o mesmo imaginário de devastação, prenunciando outras catástrofes tanto mais fulminantes. Estas visões literário-filosóficas da perda dolorosamente ressentida plasmam-se, no início do século XX, na extraordinária releitura que D. H. Lawrence fará do *Apocalipse* de São João. Além das grandes articulações do poema bíblico, Lawrence analisa a importância que esta narrativa adquire no imaginário das camadas desfavorecidas da sociedade industrial. Os mineiros de carvão de Glasgow, como também as massas assalariadas das metrópoles, vislumbram no *Apocalipse* a promessa de uma revanche futura. Notam ali a retórica a exprimir os seus mais íntimos ressentimentos. Amputados e castrados pela racionalidade da sociedade industrial, deleitam-se morbidamente ao verem humilhado o corpo esplendoroso, inebriam-se com a promessa, subalterna e reativa, da vingança que ainda está por vir. Percebe D. H. Lawrence que o papel gratificante, atribuído outrora às imagens de bem-estar, beleza e opulência, desloca-se agora para imagens de ódio e vingança. Toda a obra do autor gira em torno da inquietante descoberta de que o desejo assume, no imaginário moderno, feições decididamente reativas, negativas e destruidoras. Renunciando à ilusão de uma retribuição terrena, o trabalho fantasmático torna-se hostil a todas as manifestações do corpo e da realidade sensual.

O texto de Lawrence, publicado nove anos depois de *The Waste Land* (em 1931), é um bom guia para penetrar nas câmaras ocultas de um sentimento de desespero que ressoa na poesia primeira de Eliot. Ali a desolação do corpo arruinado, o prazer banalizado pela demasia do diverso, reverte-se na mais neutra indiferença, fazendo recuar as imagens da sublime beatitude. Da possessão do corpo único, doador de um maravilhamento pleno – tema do *Cântico dos Cânticos* –, restam somente os estilhaços: em *The Waste Land*, seis versos vagamente

---

4) Eliot prolonga e transforma desta maneira uma tradição poética e imaginária bem circunscrita na história literária pelos pré-românticos alemães, em particular Hölderlin.

esboçados, tal recôndida lembrança, dão a justa medida da alegria celestial. São versos de importância capital, pois injetam na carne cansada do poema o olvidado enlevo dos sublimes arrebatamentos de outrora. Em meio à devastação, no solo rochoso e desértico deste poema ainda brotam, aqui e ali, as imagens do jacinto (v. 35s.), do coração da luz (v. 41) ou ainda do barco manejável (vv. 419-423). São estas imagens que fazem arder zonas doloridas, cauterizadas pela renúncia, com a periclitante e remota sedução do amor vivificante. É provável que Eliot tenha conhecido a tradução de Ernest Renan do *Cântico dos Cânticos*, cuja adaptação dramática resgata (ou ainda cria) as antigas imagens míticas da união sensual dos belos corpos jubilosos.[5]

O cenário apocalíptico, quase imperceptivelmente esboçado, encontra um limite e ponto de referência fixo que faz perceber a dimensão da perda. O corpo íntegro das origens e o corrupto do fim da história ganham relevos particulares que os diferenciam: o da poesia pura, inocente e direta dos *Cânticos* e o da narrativa do *Apocalipse* de São João, híbrida e complexa. A tensão entre as figuras da Babilônia e da Sulamita (do corpo mortificado e do corpo exaltado) servirá, portanto, como artifício heurístico no rastreamento da **ordem narrativa subjacente**, assim como na reconstituição – não obstante as violentas elipses que fragmentam o poema – de um pensamento denso e coeso que permitirá comunicar ao leitor as tonalidades e nuances precisas de um sentimento.

Um Pilha de Imagens Rotas

[...] Son of man,
You cannot say, or guess, for you know only
A heap of broken imagens, where the sun beats, (vv. 20-22)

O verso que nos fala de um "pilha de imagens rotas" resume este sentimento de impotência. Nos primeiros trinta versos, o poema evolui das imagens iniciais do verdejar e brotar às de estagnação no calor estéril do deserto. Passa-se, com essa inversão, a um movimento rumo a um duplo declínio, que faz coincidir a esterilidade da natureza com a de signos desprovidos de sentido. A terra já não é mais um harmonioso jardim, e tampouco o livro aberto cujos signos revelam Deus oculto. É

---

5) Cf. notas 2 e 3.

a tensão entre seco e úmido, petrificado e flexível, deserto e jardim, morto e vivo, corrompido e íntegro que dá encaixe às articulações do poema. Onde caminhavam homens e seres vivos, pulsantes e sensíveis, agora vagam turbas de mortos-vivos, à espera de um evento último que dê fim a sua errança infernal. À revelação luminosa da experiência mística e passional substituem-se as anódinas e equívocas "revelações" da cartomante. O rio torna-se esgoto, a metrópole uma torre derruída.

O tema bíblico da Babilônia[6] desdobra-se de maneira circular: a Babilônia domina, explora, devora os rios, as cidades, os reis, os reinos que cavalga como a deusa Ishtar monta seus leões. Em contrapartida, o castigo divino faz dela o objeto de dominação, de exploração, de devoração, representados, na maioria dos casos, sob os signos da violação e da depravação *sexuais*.

Eliot retoma esta estrutura, porém travestindo e prolongando a guirlanda de metáforas e imagens. Na verdade, por modernas que sejam as elipses, ele segue, nas suas articulações principais, a idéia dominante do século XIX – a da progressão da história universal e do progresso da espiritualidade ou da humanidade –, acentuando o avesso deste movimento, sua reviravolta e seu refluxo: a autofagia da civilização.

Os primeiros versos (vv. 1-7) do poema esboçam as imagens do germinar primaveril, que Eliot coloca sob o signo das hierofanias míticas, como as de Isis e Osiris, de Adônis e Astarté. Mas a consumação (*consummatio*) desta união vivificante – que assegura nas sociedades míticas a perenidade do prosperar e do bem-estar material –, torna-se, do outro lado da história, a consumpção (*consumptio*) de uma cultura esplêndida. Nos versos seguintes, Eliot evoca, de maneira elíptica, a grande derrocada, precipitada por um fato anódino, contingente, e, no entanto, emblemático da porosidade das grandes culturas: os amores

---

[6] A idéia da Babilônia tem um lugar privilegiado tanto no nosso imaginário como na estrutura figurativa e narrativa de *The Waste Land*. Já na Bíblia ela é muito ambivalente, expressando através de um certo repúdio moralizante, a antiga admiração pelas grandes culturas orientais e a nostalgia recalcada das imagens concretas e sensuais da abundância. No Apocalipse segundo São João, a Babilônia confunde os antigos perseguidores do povo de Israel (os reis da Mesopotâmia, da Síria e do Egito) com os novos perseguidores (os imperadores de Roma, vivendo na devassidão). Ela designa assim, ao mesmo tempo um civilização perversa e opulenta e os homens que nela vivem. Seu corpo encarna a sedução idólatra e sensual que embriaga os mercadores e marinheiros (Apo, 18, 19). Como os navegadores bíblicos, a série de mercadores, comerciantes e agentes financeiros que servem na City de Londres dedica-se, em *The Waste Land*, a uma exploração selvagem do comércio sexual e mercantil.

do arquiduque Rodolfo da Áustria com sua amante plebéia. A "Marie", duquesa Larisch, dos versos 11-18 é, sem sabê-lo, a mediadora deste amor principesco despojado de toda magia mítica, cujo escândalo esconde outro problema bem mais grave – a provável conspiração do arquiduque contra o imperador seu pai. As saudades banais da velha "Marie" da liberdade nas montanhas e do calor do sul são como relíquias inócuas, emblemas da decadência da velha cultura européia.

O "tema" assim introduzido nos primeiros versos, segue a lógica da fusão-confusão da *consumação vivificante* com a *consumpção esterilizante*. Eliot amplifica desta maneira seu velho tema da impotência sexual e da esterilidade espiritual (*Prufrock* ou *Gerontion*), transferindo-lhe a densidade de uma reflexão sobre a história universal e o destino da cultura. Ao longo do poema, o leitor assiste a uma espécie de "história em quadrinhos" – uma série de imagens que alternam os emblemas (sempre periclitantes) da aspiração à união erótico-mítica e à união beatificante, com as imagens da decomposição. É breve a alusão a *Tristão e Isolda* (vv. 31ss.), amantes unidos pela poção mágica, e ela desliza, fluida, para as belas reminiscências do corpo pairando no momento fugaz do pleno deleite, os braços cheios de jacintos, bem no estilo da alegria nupcial do *Cântico*. Nem ainda bem esboçada, esta beatitude já é abortada pelo verso 42 (*Oed und leer das Meer* – o mar, triste e vazio) que prenuncia o esvaziamento das míticas revelações. O maço de tarô da Madame Sosostris é o triste condensado das verdades sagradas do antigo Egito.

O contexto arqueológico, que Eliot sugere nas notas indicando os livros de Frazer e de Miss Weston como tonalidade de fundo, surge desde a epígrafe. A *Sibila de Cumae* funda o mistério da realeza romana, enquanto Tirésias e os profetas bíblicos são, no imaginário antigo, os pilares transcendentes do governo político. Toda esta verdade fundadora se esvai, agora, no ridículo mistério das superstições exploradas pela cartomante (vv. 43ss), no humilhante retrato da Sibila tal como a vê Petrônio, na embaraçosa postura de *voyeur* de Tirésias.

A *Cidade-City* irreal (v. 60) é o que sobrou da *polis* quando os herdeiros da racionalidade "fenícia"[7], os marujos, comerciantes e diretores financeiros, aperfeiçoaram sua obra de colonização mercantil. Eliot insinua uma linhagem contínua que liga os diretores dos grandes bancos da *City* (o bairro-centro financeiro de Londres) com seus agentes

---

7) Os diretores, agentes e empregados da City: cf. versos 179, 209, 221, 222 e 312.

e empregados e os grandes comerciantes míticos da bacia mediterrânea. Assim a Londres moderna aparece como herdeira dos cartagineses vencidos pelos Romanos em Mylae, no ano 260 a.C. (v. 70). Os cartaginenses, por sua vez, são o elo que prolonga a tradição dos navegadores fenícios de Tiro e de Biblos, com seus ritos – tão escandalosos para a mentalidade ocidental – da prostituição sagrada e de sacrifícios humanos (cf. nota 3). Por este viés, os animadores do *Comércio universal*[8] nas sociedades modernas aparecem também como os sucessores do *comércio* carnal impuro da antiga Babilônia. Nada distingue a nova Babilônia (Londres) da antiga exploração bárbara que choca os historiadores – começando por Heródoto até os ensaístas do século XIX. As guirlandas metafóricas do poema apresentam as explorações selvagens desta estirpe como promíscua confusão da *consumação* (alimentar, visual, sexual, artística, etc.) e da *consumpção* (a destruição dos espaços vitais e a transformação de seres vivos e humanos em autômatos).

Graças a esta lógica metafórica e imagética, o *indivíduo* reconhecido no verso 69, o *"Stetson"* identificado como pessoa e companheiro de armas que se destaca na massa homogênea de infinitos autômatos vivos, recai logo no abismo dos fantoches da produção industrial: *"Stetson"* é o nome de uma marca de chapéus, precisamente daquela vestimenta típica da *City* de Londres que iguala todos na massa indistinta dos empregados de grandes empresas.

No fim desta linhagem de comerciantes "babilônios" e "fenícios", no momento em que a avidez material perfaz a banalização do saber racional e da sabedoria sagrada, os antigos ritos representando a ressurreição de Adônis e de Osíris – a esperança na Vida perene – são nada mais que emblemas da podridão generalizada: a das plantas e das águas que se desfazem em lama cloacal; a das relações entre homens, onde prevalece a devoração mercantil e sexual; a do retorno de uma hostilidade mal velada que opõe homem e animais – o Cão do verso 74 ronda os túmulos para devorar o que resta do seu dono.

A intelectualidade moderna nega a visão romântica da Babilônia e se recusa a admirar a opulência e a sofisticação das grandes civilizações. O olhar romântico projetava sobre a Torre de Babel o sonho (ilusório) da atmosfera estimulante das grandes cidades cosmopolitas – emblemas da riqueza material e espiritual. Mas nestes encontros do múltiplo e do

---

8) Cf. no final de *Gerontion*: "as Trocas" que arrastam o velho e impotente Gerontion.

heterogêneo opera-se também a banalização e a relativização de todos os valores. De Baudelaire a Eliot, a cidade grande perde seu charme equívoco. Os tons da poesia de Baudelaire, que Eliot faz ressoar nos seus próprios versos, esboçam a exaustão do pensamento incapaz de se reconhecer na "floresta de símbolos", naquele habitat onde a significação se manifesta como inquietante estranheza. Na Babel moderna, a Natureza não se afirma como sucessão ritmada de momentos contrastantes e de signos diferenciais. A proliferação infinita do diverso, as estimulações ilimitadas do múltiplo exacerbam, sobreexcitam e, finalmente, cauterizam a sensibilidade. Desta maneira, a imagem da Babilônia robusta e imperial tende a deslizar, na lógica narrativa de Eliot, em direção às imagens da hiperestesia da tensão nervosa e do desequilíbrio psíquico e físico.

Londres – a *City* corrompida – aparece assim como a "puta apocalíptica", cavalgando as águas, antigamente férteis e prazerosas, do Tâmisa. Mas esta "prostituta" é, por sua vez, possuída e violada pelos seus habitantes. O *comércio* mercantil e sexual subjuga as fêmeas ávidas de progressão social. Os diretores e agentes da *City* as seduzem ou estupram sumariamente (vv. 230ss., 292ss.)[9].

Ao brilho de Babel que emoldurava o corpo sedutor com esplendorosa opulência, substitui-se rapidamente a atmosfera pesada – as cores "violetas" misturadas ao chumbo do crepúsculo – do sofrimento físico (vv. 215, 220). O corpo feminino ocupa, em *The Waste Land*, posições subalternas e submissas. Seduzido-estuprado ou oprimido pela necessidade, pelo desejo e a dor, ele reflete as imagens da Babilônia punida, da prostituta das "carnes consumidas" pela voraz Besta apocalíptica.

As Imagens do Objeto Perdido: o Corpo da Amada no Cântico

Degradação urbana e moral – eis as imagens que predominam no poema. A elas respondem, como leve contraponto, as evocações esparsas de terras férteis, de navegações exaltantes e de momentos de perfeita

---

9) No Apocalipse de São João, os reis e navegadores dedicam-se a exaltar o esplendor da Prostituta, mas em compensação a despojam e a consomem pelo fogo. Cf. Apo, 17, 15-18. Será precisamente esta descrição do luxo e da opulência (ouro, prata, ungüentos e perfumes, mármores e pedras preciosas) que se infiltram em *The Waste Land* com o tema da feminilidade imperial dos versos 77 a 111.

plenitude. No início do poema, os bulbos que brotam, *Tristão e Isolda*, o jardim dos jacintos; no final, o corpo do barco acolhedor e obediente: (vv. 419-423) tudo isso evoca as atmosferas nebulosas de embriaguez erótica que fornecem o fundo sensual da sensibilidade mística. Nestas imagens afloram – para logo desaparecer – as reminiscências da paixão sublime: o Amor concebido como perfeita liberação, como fusão carnal e espiritual. Estes sentimentos extremados, que fornecem os *topoi* para a poesia "ingênua" formam o horizonte irrecuperável para o poeta moderno.

As devorações atrozes da sociabilidade babélica, onde os mais ávidos e fortes "comem" os mais fracos e dóceis, desdobram-se em múltiplas seqüências. Na primeira (vv. 139ss), Lil, a esposa consumida por tantos partos, corre o perigo de perder seu marido cobiçado pela "amiga". O retorno ao lar deste valente guerreiro se faz sob o signo duma imensa "fome": direito do herói depois de quatro anos de guerra, mas também da "amiga" que pretende dar seu bote no percurso de um jantar de "presunto assado". "*Hot gammon*" (v. 166) significa, a um tempo, o assado e uma "vitória triunfal" no jogo, veiculando, além disto, as conotações do golpe irregular, do roubo.

A segunda devoração erótico-alimentar tem lugar no quarto desolador da datilógrafa. A cena de sedução é precedida por uma refeição de enlatados (vv. 220). O "*gran finale*" da exaustão amorosa é o "Canto das Sereias" (*Thames-daughters*). A primeira aparece como clássica devoradora: Elizabeth I brincando-assassinando seu amante Leicester; as duas outras são "devoradas" – pobres secretárias alegrando os piqueniques dos patrões da *City* (vv. 279-300).

Num horizonte longínquo, muito além destes lúgubres banquetes, permanece o tênue contraste da beatitude. O início e o fim do poema evocam, embora quase *in absentia*, os deleites e o júbilo do *Cântico*: amantes oferecendo seus corpos como flores deliciosas e frutos suculentos, a beleza das metáforas enaltecendo a do corpo e transfigurando a sensualidade palpável em extática suspensão.

O líquido singrar dos barcos, no início e no fim do poema, transmite maravilhosamente o encanto das aventuras marítimas – expansões da alma e do corpo. Vôos nas imensas superfícies abertas, os movimentos dos barcos na poesia de Eliot oferecem algo como um terno invólucro que se assemelha à beatitude dos casais de Chagall, derramados num leve flutuar.

Em *The Waste Land*, uma elaboração mais sólida destas imagens exaltadas é impossível. Lembrança efêmera e rapidamente rechaçada, as deliciosas metáforas do corpo erótico – jacintos, uvas, mandrágoras e barcos – aparecem todas em conexões equívocas, onde o charme sensual se metamorfoseia em repulsa. As passas de uva são a mercadoria do senhor "Eugênides" (v. 210), a mandrágora, a "Belladonna" no maço de tarô de Madame Sosostris. A resposta do amante às palavras apaixonadas da "menina dos jacintos" começa com um "Sim, porém..." (v. 37) – reticência diante dos apelos femininos que fazem pensar na "prudência" senil dos heróis Prufrock e Gerontion, ou naquela outra paixão, efêmera e homossexual, do Jacinto da mitologia greco-romana.

O Insidioso Apocalipse de Eliot

O motivo apocalíptico e babélico concilia-se com a leitura, geralmente admitida, que vê neste poema fragmentário a escritura-sintoma de um mundo dilacerado por contradições insolúveis. Na discussão sobre a pós-modernidade, noções como a da fragmentação sobredeterminam-se pela idéia de uma coexistência aleatória de imagens heteróclitas desprovidas de nexo causal ou lógico. São muitos os críticos que consideram a ausência de uma narrativa convencional um impedimento para a interpretação ou mesmo o sinal da falta de unidade do poema.

No entanto, acreditamos que esta leitura "negativa" poderia ser o resultado de certa visão *conceitual*, resultado de um olhar que procura as estruturas do pensamento reflexivo e privilegia conteúdos conceituais, em vez de formas e superfícies propriamente poéticas. As tendências "grotescas", "góticas" e "barrocas" da arte sempre trabalharam com distorções deliberadas da unidade convencional, lançando assim um desafio para a interpretação.

Na perspectiva do mundo fragmentado da era industrial, o poema de Eliot foi rapidamente interpretado como alegoria do conceito de fragmentação[10]. Embora pertinente, esta leitura intelectualizada desconsidera a concatenação entre elementos concretos e realistas com elementos simbólicos e figurativos. A trama tecida entre duas formas

---

10) Ruth Nevo identifica a "fragmentação" de Eliot como uma "desconstrução" que anularia qualquer estruturação latente ou oculta sobre a qual poderia se apoiar uma interpretação coerente. Cf. seu ensaio "Deconstruction" in T.S. Eliot (*Modern Critic Views*) editado por H. Bloom, New York, Chelsea House Publishers, 1985, pp. 95-102.

de expressão – a do "senso comum" e a das imagens complexas e cultas – permitirá redesenhar a progressão narrativa de um relato não totalmente destruído, mas comprimido em elipses poético-imagéticas. Eliot mistura dois registros opostos: o das conversas coloquiais, de fácil compreensão, e o registro discursivo culto, emprestado à literatura e à cultura ocidental, que, latente e obscuro, habita a memória do leitor, leigo ou culto. Reconstruir a significação do poema depende tão somente da capacidade de reativar o potencial semântico inerente ao linguajar comum, como as gírias, os trocadilhos e as metáforas coloquiais que sorrateiramente põem em cena o corpo físico camuflado. Perceber-lhe os dúbios sentidos fará elucidar as imagens eruditas que procedem analogicamente com as figuras vulgares. As relações entre molhado e seco, duro e mole, quente e frio, alto e baixo, evocarão sempre sensações corpóreas que ganham sentido graças às figuras metafóricas da comunicação informal e cotidiana.

As modulações flexíveis entre registros lingüísticos e estilísticos distintos entrelaçam e *articulam* (embora de maneira implícita) os elementos da nossa sensibilidade imediata com o nosso conhecimento latente e passivo. Aquilo que vemos, ouvimos, sentimos, comemos (por exemplo: comidas apetitosas ou enlatadas, mulheres e cidades atraentes ou imundas, rios limpos ou fétidos) é posto em contato com os grandes temas da cultura livresca (a Babilônia como cidade e prostituta, a Ceia eucarística, *Apocalipse* e *Revelação*, o *Inferno* dantesco, a *Harmonia* celestial, o *Nirvana* e o pleroma dos místicos).

Os nexos implícitos, o ritmo das evocações e justaposições, os ecos sonoros e as "pontes" verbais e imagéticas estabelecem um vínculo figurativo entre a compreensão imediata das palavras "comuns" e a compreensão adiada de signos, símbolos e imagens historicamente construídos e investidos de significações complexas. Os fenômenos da experiência imediata, os hábitos lingüísticos coloquiais de um lado (as sensações visuais, auditivas e gustativas, os verbos ver, ouvir, comer) têm significações simultaneamente sensíveis-sensuais e figurativas-intelectuais, e nos remetem assim espontaneamente à lógica secreta das figuras eruditas. Tanto no linguajar vulgar como nas formulações elevadas do *Apocalipse* e da Ceia eucarística, "comer", "ver" e "ouvir" designam realidades ao mesmo tempo sensuais e espirituais, comer o corpo do Cristo conserva o sentido da união das "núpcias" agora elevadas ao nível do casamento místico. Assim, a poesia de Eliot sempre permite duplas leituras das mesmas imagens. Nas mais grosseiras ou chulas imagens ouvimos tênues ressonâncias do sublime – contrastes que aumentam o luto e a desolação.

Cabe analisar com mais vagar a transformação que Eliot faz sofrer às imagens emprestadas à tradição literária. É, antes de tudo, uma transformação *formal* e *estilística*, uma subordinação do conteúdo tradicional da Babilônia a uma ação de desgaste rítmico e mesmo imagético. Em *Waste Land*, o inferno engendra articulações poéticas misteriosas, que deixam escapar a idéia da "morte da poesia" e da ruína do espaço estético, seja como sensação física, seja como experiência artística. Parece haver uma aparente perda de forma e coesão, que aflora, em cruzadas citações, sob a espécie de conteúdos e esperanças. Não convém pensar, contudo, que tais figuras nos atinjam apenas por seu caráter apegadamente intelectual e abstrato. Nota-se, com efeito, a supressão do desdobramento dramático das antigas figuras. Desdobramento que, em outras obras de inspiração apocalíptica, caracteriza-se geralmente pelo exagero de imagens fantásticas, pela profusão de alocuções em linguagem cifrada, por um certo movimento dramático e fatal de céus, mares, montanhas, etc. Lembremo-nos de Lautréamont e de Victor Hugo em *La Legende des Siècles*, mas principalmente de William Blake. Por outro lado, Eliot não aplica o imaginário apocalíptico a ambientações históricas. Não faz como William Blake , em *The French Revolution*, onde o estilo apocalíptico é evidente.

The dead brood over Europe, the cloud and vision descends over chearful France.[11]

O gênio de Eliot está em ter descarnado as imagens demasiadamente evidentes que remetiam a textos antigos. Arrancou-lhes o que tinham de mais característico e reconhecível, o que poderia dar margem a uma compreensão imediata e apaziguadora. Nem o ritmo irresistível e fatal do apocalipse, nem o seu imaginário aberrante e figurativamente profético: apenas aquela nódoa terrível, sutil, primeiro indício de decomposição, que desperta e acossa uma zona vaga da memória. Em *The Waste Land*, a Babilônia não opera como figura alegórica que se

---

11) Cf. *The Complete Poems of William Blake*, Alicia Ostricker, Faber and Faber, 1971, pp. 90-97.

desdobra dramaticamente, mas como estilhaços deste drama antigo e ilusoriamente soterrado, os quais inoculam *clandestinamente* em nossa percepção – além ou aquém da atenção consciente – as olvidadas esperanças e terrores plasmados em obras de arte. Neste sentido, são referências *camufladas* e, num primeiro momento, irreconhecíveis. Evitam o perigo do hábito que anestesia e anula o efeito de metáforas e imagens. Eliot roeu as imagens antigas e deixou só os ossos, e depois misturou tudo *organizadamente*.

O Olhar de Tirésias

A convenção, o hábito e os costumes institucionalizados, todavia assegurem ou **pareçam assegurar** a vida social, são a "terra desolada" da experiência viva. Após os trágicos clássicos e elisabetanos, a narrativa (sobretudo a de Flaubert e de Henry James) reforça esta suspeita contra as conquistas culturais cada vez mais refinadas, considerando-as empobrecedoras. Anteparos defensivos e costumes que degeneram em hábito atenuam e abafam a relação do indivíduo com o mundo e com seus próximos, transformando a experiência (outrora viva) em um "dicionário de idéias gastas". Os manuais de *Bouvard et Pécuchet*, de conteúdo adstrito ao círculo de preconceitos pequeno-burgueses, correspondem, na moderna bestialidade, aos desejos autofágicos e incestuosos dos heróis trágicos. Eis a perspectiva que faz parecer um deserto a ambientação pessoal de Eliot. Autor e leitor tornam-se *alter egos* do personagem central do poema, um Tirésias senil e ridículo, *voyeur*, de tetas estriadas, impotente para tudo e bom para nada.

Como nos "heróis" de Flaubert, a fonte de saber do poeta (e do homem Eliot) não é a vida imediata. Tudo que sabe desta vida, mas também dos ciclos vitais e dos mistérios fertilizadores e regeneradores, absorve, truncada e indiretamente, de *livros de antropologia* (Eliot cita Frazer e Miss Weston como fontes principais)! Ora, as notas de Eliot nunca remetem a uma experiência vivida. Apenas recuperam *possíveis experiências* por via de textos e representações artísticas. Sensibilidade e paixão – forças que os poetas trágicos e o *Tirésias* clássico acreditavam oportunas para "pôr suas terras em ordem" – extraviam-se numa selva de signos e figuras. O que a civilização deveria proteger, conservar e educar, essa selva selvagem trata agora de aniquilar.

O olhar do poeta não é um olhar direto sobre o mundo. O poema não é expressão de um sentimento oriundo do contato imediato com a vida. A própria vida é vista através do olhar alheio: o do personagem Tirésias, espécie de "encruzilhada" onde inúmeros personagens, externos e internos ao poema, encontram-se e confundem-se. Eliot deposita este seu *alterego* numa situação que mais parece a do adivinho de Nietzsche (*Also Sprach Zarathustra)*, abatido frente à onírica visão de pântanos, desertos e cavernas de um mundo soçobrado. Nada nele se assemelha ao robusto adivinho da Tebas dos poetas trágicos.

> Tirésias, embora mero espectador e não verdadeiramente um "personagem", é todavia a mais importante figura do poema, unindo todos os demais. Assim como o mercador caolho, vendedor de passas, funde-se ao Marinheiro Fenício, que, por sua vez, não é de todo distinto de Fernando, príncipe de Nápoles, as mulheres são uma só mulher, e os dois sexos encontram-se em Tirésias. O que Tirésias vê, na verdade, é a substância do poema. (Nota de Eliot referente ao v.218.)

Eliot refere-se às *Metamorfoses* de Ovídio, citando, em seguida, vinte versos em latim onde Tirésias é chamado a intermediar uma discussão entre Júpiter e Juno sobre a delicada questão de saber quem – homem ou mulher – sente maior gozo sexual. Tirésias aparece mais de uma vez nas *Metamorfoses*. Nele o motivo *visão/vidência* se confundem. Conhece a sabedoria que transcende os estreitos limites humanos, graças ao seu maior "*conhecimento*" do gozo carnal. Conhece tanto o gozo masculino como o feminino, já que havia noutros tempos metamorfoseado-se em mulher. O relato dessa metamorfose precede o mito de Penteu, no qual Tirésias tenta em vão lembrar este da necessidade de honrar Baco, permitindo às bacantes abandonarem-se aos cantos e às danças extáticas dos antigos ritos. O rei, cioso demais das obrigações cívicas, insiste na necessidade de usar racionalmente as forças dos cidadãos. Tentará reprimir pessoalmente os ritos dionisíacos, sendo por isso dilacerado pela própria mãe e pela tia, participantes do cortejo das Bacantes.

O mito ovidiano parece ter incorporado o pensamento dos poetas trágicos, cuja reflexão sutil sobre os abusos da razão aponta como *destino trágico* não apenas as invenções audaciosas do homem, mas também seu pendor de aplicar perversamente as conquistas racionais, leis e regras que, por má administração, findam por **desregular** a boa ordenação da comunidade.

A mesma preocupação está disseminada em todas as articulações de

The Waste Land. A palavra *"City"* – cidade no sentido de *polis* – perde a significação originária ao enredar-se no tecido das imagens eliotianas. O que Tirésias vê são exércitos de mortos transformando-se em rebanhos de comerciantes, diretores e agentes financeiros, cuja avidez irrompe em surtos priápicos nos quais a sedução beira o estupro. Correspondem à grosseria masculina a histeria e a apatia de mulheres escravizadas pelo cálculo racional da *City*, fragilizadas por um "pensar" vil e doentio e pelas mesmas considerações racionais e discursivas que levaram Prufrock à impotência física e psíquica.

O "mito" ovidiano (tal como Ovídio desenvolveu, catalogando-o) fornece a Eliot a articulação da recepção de um mesmo tema através da história. Ovídio rearranja e recria temas literários já milenares, e sua poesia, por sua vez, é retrabalhada por outros artistas: escritores, escultores, pintores, como o que pintou as gravuras do teto da "bela" do *Jogo de Xadrez*.

Se o poeta, nos primórdios da literatura, iguala-se ao profeta leitor do futuro, cuja palavra favorece os destinos humanos (Eliot cita Isaías e Ezequiel, profetas que decisivamente modificaram a história do povo de Israel), o Tirésias-Zaratustra-Eliot está tão enredado em referências simbólicas – numa "Natureza cujos pilares vivos deixam às vezes escapar confusas palavras"[12] – que faz lembrar a "bela" do *boudoir*, totalmente míope ao antigo valor significativo dos objetos ao seu redor. O verso que introduz a beldade é emprestado a Shakespeare, *Anthony e Cleópatra*. Sabe-se, ademais, que a "Cleópatra" eliotiana não é absolutamente um exemplo de paixão.

Sobejam, em *The Waste Land*, citações e alusões à obra de Shakespeare. Afora *Antony e Cleópatra*, encontram-se ali *Coriolanus*, *The Tempest* e esparsas alusões a Ofélia demente: uma mulher que sai à rua com cabelos soltos e os fragmentos de verso *good night, sweet Ladies*, palavras de Ofélia ao despedir-se às vésperas do suicídio. Eliot, porém, cita Shakespeare obliquamente, ampliando e torcendo um dos motivos secretos da tragédia shakespeariana: o da cegueira humana frente ao conflito entre a paixão e a razão de Estado. Se a tragédia elisabetana explicita este **conflito** (pelo menos para o espectador sobrevivido à devastação da cena), a poesia de Eliot não passa de um

---

12) Cf. Baudelaire, "Correspondances" in *Les Fleurs du Mal*, Paris, Gallimard (Pléiade), 1961, p. 11: "A natureza é um templo onde vivos pilares/ Deixam às vezes sair confusas palavras;/ O homem aí passa através das florestas de símbolos/ Que o observam com olhares familiares".

réquiem à vitória da razão de Estado sobre os sentimentos espontâneos. Sua personagem central ramifica-se numa série de mulheres presas a "papéis" atribuídos pelo Estado civil-burguês, mulheres exaltadas, que refinaram a finesse, como as damas de Henry James, ou ainda histéricas apaixonadas como Ema Bovary, mulheres acabadas e vulgares, interesseiras e insensíveis.

O drama shakespeareano põe em cena terras e reinos devastados por ambições vorazes, todavia nunca reconhecidas em sua raiz originária: o desejo de ser amado pelos heróis. A cegueira e a negação desta demanda amorosa faz com que desejos legítimos degenerem em indiferença, repugnância, ódio e loucura, expressões abastardadas de aspirações originárias. É uma Vênus desolada que abandona o mundo dos homens[13] porque um Adônis desvirilizado prefere brincar de guerreiro a deleitar-se em jogos amorosos com a deusa. Desolação que também se infiltra nas relações entre homens e mulheres em *The Waste Land*. A segunda parte do *Jogo de Xadrez* nos mostra o corpo devastado por um sexo sem Eros, comércio carnal sem amor, surtos de uma voracidade vaga que consome sem discriminação corpos, comidas e mercadorias degradadas.

Além disto, as "lamúrias" das melindradas senhoras de Eliot têm todos os tons e descoloridos das decaídas heroínas de Flaubert e Maupassant. Revela-os não tanto o conteúdo quanto o tom da fala que os vincula ao patrimônio artístico universal. Se comentam Miguelângelo ou elogiam o Bardo, fazem-no por mera aceitação passiva de um cânone. E isso denuncia não só uma miopia estética, como uma atrofia da alma, bem própria de um público habituado a instalar-se cômoda e mediocremente à sombra segura de grandes nomes. Convívio domesticado com obras de museus, teatros e bibliotecas, condicionando o trivial do hábito, pondo a perder toda relação viva e compreensiva com a obra.

Daí serem muitos versos de Eliot verdadeiras colagens de múltiplos empréstimos literários. Empréstimos "polidos" ao derradeiro grau, trabalhados, malhados, organizados, não raro a ponto de confundirem-se com o linguajar comum, cotidiano e vulgar, do mundo contemporâneo. É patente em *The Waste Land* o patrimônio cultural, artístico e literário que se funde aos nossos hábitos. Fusão que, todavia, nada acrescenta ao enriquecimento de nossos costumes. Tais convenções, irrefletidas em sua aceitação, só anulam e esterilizam o valor do chamado patrimônio

---

13) W. Shakespeare, *Venus and Adonis*, in *The Complete Works*, Atlantis, 1980, s.l.

cultural. Como a imperatriz do *Jogo de Xadrez*, mulher vulgar achegada a cosméticos, *The Waste Land*, com seu mar ao mesmo tempo bastardo e sublime de referências – referências, convém ressalvar, muito bem administradas, quase indistinguíveis, a Whitman, Laforgue, Keats, Webster, Pope, Hugo, aos mitos e à tragédia – faz explicitar a própria impotência e a incapacidade de dominar o patrimônio cultural. Baudelaire já alfinetara a relação "sociável" do público com artistas como Miguelângelo.

Tudo faz sentir que a experiência não é mais direta e espontaneamente acessível. O sentimento "autêntico" não existe mais, todas as dimensões e todos os aspectos da vida já foram sentidos, representados e re-representados, e os nossos sentimentos estão irremediavelmente impregnados desta Babel de formas que nos cuspiu. Não é mero preciosismo pedante, se *The Waste Land* nos apresenta os homens e as mulheres que nós mesmos somos (nós, leitores, e ele, o autor Eliot), através das **imagens** de homens e mulheres que a arte nos legou. Os heróis de Shakespeare, Belinda de Pope, as estrelas efêmeras de Hollywood, as damas dos *Salons* parisienses, as datilógrafas e mães de família estão **todas** já "registradas" como figuras **literárias**. **Todas** as imagens de Eliot – dos lírios de Whitman ao Shantih dos Upanixades – são *déjà vus* literários.

A Especificidade da Poesia de Eliot

O uso da citação literária em *Waste Land* distingue este poema de outros poemas modernos e faz refletir o próprio sentido desta prática. Eliot adota o deslize fluido e ininterrupto de imagens que lembra, não raro, o funcionamento do "pensar" inconsciente. Neste processo, a linguagem torna-se maleável, o vocabulário aparentemente mais simples, a frase complexa-construída dissolve-se habilmente em "lances" sintáticos curtos e seriados. A série de frases simples sofre, não obstante, uma hierarquização interna que progressivamente se desvela graças a rimas internas, aliterações e correspondências imagéticas.

O que mais distingue Eliot de outros poetas é o trabalho com as alternâncias rítmicas de tom, ênfase e registros lingüísticos distintos. Rastreemos esta particularidade com um exemplo. Eliot deixa claro o seu débito a Baudelaire no que toca à figuração da atmosfera lúgubre e urbana. Além da reelaboração da temática, Eliot mesmo cita, quase textualmente, um dos mais célebres versos das *Flores do Mal*, mas imprime-lhe, ironicamente, a desolada resignação, a pose, entre ridícula e pedante, de um público medianamente culto que se reconhece nestes chavões convencionais. Esta **forma** irônica reproduz, num segundo momento, a própria substância da poesia baudelairiana: um certo enfado, um mal-estar, spleen do sujeito anestesiado, pervertido e insensível, asfixiado que está pelas sensações que lhe proporciona o mundo moderno. O efeito anestesiante do convívio na cidade massificada provoca, num primeiro momento, momento da poesia baudelairiana, a angustiada busca de estímulos sensuais inéditos. A perda dos elãs espontâneos, compensa-os a indiferença ou a luxúria artificial, os deleites estudados e as perversões picantes. Num segundo momento, contudo – e aqui se situa a poesia eliotiana –, mesmo as mais estudadas perversões não passam de *déjà-vus*, de *topoi* que a literatura vulgar da pornografia ou das páginas policiais já triturou, deglutiu e anulou.[14]

Baudelaire produz esta atmosfera de maneira séria e partindo de um ponto de vista unificado: a do poeta que se coloca como a vítima de uma perda amargamente ressentida. Em *The Waste Land*, ao contrário, nem Tirésias, nem os outros personagens revoltam-se contra o seu destino. Dóceis e acafajestados, satisfazem-se em requentar suas comidas enlatadas. Até a datilógrafa estuprada responde às desculpas do galã: "Pra que ressentimentos?" – como se todas as expectativas imaginárias não fossem senão ficção. Baudelaire retrata a paisagem urbana na perspectiva do lesado desejoso de compensar suas perdas e, para tanto, desenvolve um drama que opõe exigências subjetivas e objetivas. Em Eliot, este núcleo dramático-lírico desaparece; o desejo subjetivo, como a paixão e o amor, desvanecem: os sentimentos não são frustrados mas **implodem**. É um universo desolador onde assalariados alegram-se em banquetes de comidas em conserva, a poesia tornando-se igualmente um festival de versos "enlatados", que críticos e leitores podem até requentar.

A poesia de Baudelaire é ainda muito menos radical. Ainda que os temas e a franqueza da expressão lexical possam chocar, eles se encontram "emoldurados" por formas poéticas convencionais (soneto,

---

14) Em *Cosmos* (Paris, Denoël, 1976), W. Gombrowicz retrabalhará esse tema à maneira de E. A. Poe. Em *O Homem da Multidão*, Poe despoja a narrativa da criminalidade urbana de sua anedota dramática. Da mesma maneira, Gombrowicz retoma o tema do erotismo aviltado e pornográfico não mostrando mais a sua história, mas somente a repetição de poses endurecidas nas quais estagna uma pulsão em curto-circuito.

etc.) e por um discurso que unifica a sintaxe poética, destacando o assunto como merecedor da atenção do autor e do leitor.

Eliot, ao contrário, não permitrá mais uma rápida identificação do ponto de onde partem as vozes de seu poema e do assunto de que fala. Incorporou na temática lírica baudelairiana os expedientes da moderna narrativa de Flaubert a Henry James: deslizes de ponto de vista, modulações cada vez mais livres de discursos (direto e indireto) e de vozes que, de um lado, distinguem-se por tons e registros lingüísticos, e, de outro, por ênfases emocionais diferenciadas: tensão nervosa e angustiada, exaltação histérica, relaxamento depressivo, alfinetadas ressentidas e vingativas.

Expedientes próprios da narrativa que já estão prontos na poesia eliotiana anterior a *The Waste Land* e nos primeiros manuscritos preparatórios. Pound submeterá estes esboços aos famosos cortes, espécie de "edição" que liberará o poema de sua linearidade narrativa, suspendendo certos núcleos narrativos no vazio de ousadas elipses.

O que se ganha com estas modificações? Voltemos à idéia do quadro "emoldurado" de Baudelaire. Sua maneira de ver e nossa percepção da sua visão combinam-se historicamente em uma determinada *convenção*. Baudelaire torna-se um dos fundadores da "poesia maldita" – identificação e rótulo que atenuam e banalizam o impacto das suas imagens e da sua expressão sobre nós. O leitor moderno já não percebe mais quais são as palavras "comuns" que ele introduz violentando as convenções anteriores. Eliot estilhaça o ponto de vista e a forma convencionais, distribuindo a voz entre um narrador e personagens que falam tanto em discurso direto como em discurso indireto ou discurso indireto livre. Se os motivos de ambos os poetas assemelham-se no que toca à significação, o mesmo não se pode dizer no que diz respeito à forma. Em ambos, a urbe medonha, as prostitutas, os bordéis, os bares e as multidões são as figurações-chaves que problematizam suas visões do mundo moderno. Há porém um fato formal que faz toda a diferença e que amplifica o efeito da poesia eliotiana para o nosso tempo. Se de um lado Baudelaire emoldura as imagens de sua poesia segundo as formulações práticas de Edgar Alan Poe, em *Philosophy of Composition*, ordenando-as conforme uma ordem temática que evolui claramente no poema – ordem que, apesar das correlações e correspondências ousadas, operam, em termos estilísticos, respeitando uma discursividade linear e apenas brandamente elíptica –, Eliot faz com que este imaginário de degradação ultrapasse os limites da menção vocabular e de conteúdo, forçando a própria forma a expressar esta degradação, por meio de elipses abissais e daqueles súbitos desvios temáticos e narrativos que dão a *The Waste Land* a impressão de poema hiperfragmentado e incompreensível.

Mas a chamada "fragmentação" deste poema tem ao menos dois sentidos que se completam: o de espelhar o tema do esfacelamento humano na própria superfície opaca do poema e o de esconder a sua substância mais rapidamente cognoscível e domesticável pelo leitor, rarefazendo enunciados por demais evidentes e discursivos numa cisma de imagens quebradiças e fugidias, as quais, por isso mesmo, escapam a uma interpretação primeira que apaziguaria o efeito emotivo – de terror e horror – almejado pelo poeta. Quando Eliot escreve, a poesia de Baudelaire já está em perigo de ser percebida como peça decorativa, totalmente familiar e assimilada, quase sem o choque estético que permite provocar surpresa ou acordar feridas, de modo a mediar um pensamento. Tornada convencional, é ela peça para colecionadores, como os enfeites que circundam a *Cleópatra* do verso 77. Ali, uma longa descrição desemboca na visão de um quadro decorando a lareira – a metamorfose de Filomela e Procne. Mera decoração festiva, o quadro parece obscurecer o conteúdo horripilante e sanguinolento do mito. Atingem-nos os pios do rouxinol, agora, como agradável diversão e não mais como mórbidas lamentações. Mas o conteúdo nada edificante deste quadro – os gritos desarticulados de esposas e moças indefesas seduzidas, abusadas e violadas – renasce sob uma nova forma que nos atinge pelo realismo, fazendo ver de novo as formas convencionais mortas. Os atropelos humilhantes, as seduções truculentas, a exploração forçada das fraquezas alheias, a fome insaciável dos homens e das mulheres de *The Waste Land* dão um novo conteúdo ao antigo mito da violação de Filomela e da ira destruidora e autodestruidora da esposa. Eliot parece ter tirado o quadro da parede e da moldura, recortado a tela em seus elementos constitutivos, que renascem nos sofrimentos de homens e mulheres atuais.

Nesta perspectiva, *The Waste Land* seria ao mesmo tempo um manifesto do pessimismo moderno (tal como a crítica, na maioria dos casos, o interpretou) e uma "ruminação rítmica" que expressa o "desgosto pessoal e totalmente insignificante [de Eliot] com a vida". O próprio autor sempre insistiu sobre o lado excessivamente subjetivista do seu grande poema. Sentem-se, com efeito, os traços nítidos de um desespero pessoal, as inibições e impossibilidades do corpo que Eliot e sua primeira esposa souberam pôr em cena, num *ludus* grotesco e em formalidades complicadíssimas. Mas todo este "jogo" trágico que, durante anos, forma uma "jaula" rígida em sua volta – "*A Jaula*" era o título previsto nos manuscritos originais de *The Waste Land* – não é totalmente estranho à "jaula" social onde vivemos todos. Entretemos e somos entretidos por uma máquina de convenções e jogos muitas vezes bastante perversos, que, em todo caso, sempre tendem a abrir um hiato entre a experiência viva, autêntica e o papel que encarnamos na realidade exterior.[15]

A tarefa do poeta moderno é árdua. Cabe-lhe vencer a inércia do nosso imaginário sobrecarregado e anestesiado pelo excesso de estimulações estéticas, pela inflacionada indisciplina de contemplar imagens sem fim: em museus, em livros, revistas, filmes. Identificar uma imagem como pertencente a um período, a um estilo ou a uma escola significa não raro armar-se contra o seu impacto imediato e significação. O poeta moderno, encurralado por uma "Natureza" que é uma verdadeira "floresta de símbolos", tem assim como primeira tarefa a de mascarar, velar o fato que as imagens que ele apresenta são imagens já usadas e convencionais.

Na primeira leitura do início do *Jogo de Xadrez* (e de outras passagens do poema) surge uma dúvida. Trata-se de uma descrição séria da magnificência imperial ou de simples paródia? A leitura desta cena como figura alegórica da Babilônia confirmaria a primeira hipótese, mas esta não exclui outras imagens igualmente possíveis. Sabemos, por um livro da prima do arquiduque Rudolph da Áustria, Condessa Marie Larisch (a Marie mencionada nos versos 21ss.), que o *boudoir* da imperatriz Elisabeth correspondia exatamente à descrição dada por Eliot.[16] Não obstante os inúmeros paralelos, o leitor ignorante destes detalhes reservados ao crítico erudito não deixará de ver nesta cena uma representação teatral, uma intromissão nas intimidades de um cabaré ou ainda de um luxuoso bordel. Nenhuma das visões é excluída pelo contexto do próprio poema.

Ora, este deslize de possibilidades sugere que o pronome pessoal "*she*", "ela", pode designar qualquer mulher. E por que não uma vizinha

---

15) Cf. a discussão da interpretação pessoal e biográfia de *The Waste Land* no capítulo "The First Waste Land" de R. Ellmann, in *T. S. Eliot* (*Modern Critical Views*), ed. H. Bloom, New York, Chelsea House Publishers, 1985, p. 67, e a excelente biografia de Peter Ackroyd, *T. S. Eliot*, Londres, Hamish Hamilton, 1984.
16) Marie Larisch, *My Life*, Londres, 1913.

nossa, já que a vida "cosmopolita" e o comércio internacional inundam lojas e interiores com réplicas e imitações de obras de arte dos mais diversos lugares? Quem não já viu em casa de amigos ou parentes colunas gregas, estatuetas romanas, poltronas renascentistas, cristais venezianos, combinados com biombos chineses, obeliscos egípcios e leões assírios? E quem não tem na sua própria casa uma mistura de estilos e de objetos que só se justifica pelo esquecimento e banalização do sentido que estes objetos e estilos possuíam?

Em *The Waste Land*, a imagem não é necessariamente e não é apenas paródia da figura literária e histórica da majestade. É algo mais e algo menos, ou, melhor dito, algo além da mera paródia: representação séria do fato que a realidade ambiente **é**, ela própria, uma paródia involuntária das formas da sociabilidade e da representação artística que a história nos legou. A cena em questão é a descrição do gosto pequeno-burguês, que anula e tritura o sentido do patrimônio cultural, e da insensibilidade e da incompreensão que determina a nossa atitude frente às obras de arte do passado. A familiaridade do hábito é o túmulo da sensibilidade. Faz com que não sintamos necessidade de compreendê-las, de ler o que elas já significaram, permitindo-nos degradá-las, consumi-las, devorá-las como berloques decorativos.

Nesta perspectiva, as figuras literárias acumuladas e emprestadas de outros autores ganham a mesma função dos personagens: nem as primeiras, nem os últimos são **reconhecidos** no seu valor interior: são ambos consumidos (no duplo sentido do prazer hedonístico e do desgaste) por uma voracidade produzida, agora, pela sensação vazia que as formas inflacionadas provocam.

Para apreciar *The Waste Land* como **poema**, que o leitor mantenha-se no meio-termo entre reativação e esquecimento das reminiscências de sentido que envolvem as imagens do poema. A tentativa de reativar **tudo** precipitar-nos-ia no próprio abismo da Torre babélica, na terra desolada do atropelo aniquilador de infinitas línguas e sentidos. Esquecer estas línguas, ocultar o sentido histórico correspondente das citações, por sua vez, leva à terra arrasada do esteticismo e da indiferença.

POEMAS DE CHARLES BAUDELAIRE

As Réprobas (Delfina e Hipólita)

À pálida lucidez das lânguidas lâmpadas,
Em profundas almofadas prenhes de odor,
Hipólita sonhava com carícias amplas
Que lhe erguessem o manto do jovem candor.

Ela buscava, com olhos atormentados,
O já longínquo céu da sua inocência sã,
Como marujo que se volta para o lado
Do azul horizonte cruzado de manhã.

Dos olhos tristes as lágrimas mandriãs,
O ar cansado, o estupor, o brando anelo morno,
Seus dois braços largados como armas vãs,
Tudo servia à sua graça como adorno.

Estendida aos seus pés, calma, a volúpia acesa,
Delfina a devorava com olhar ardente,
Como forte animal que espia a sua presa,
Um pouco depois de marcá-la com os dentes.

A forte beleza aos pés da beleza frágil,
Soberba, com volúpia ela sorvia o alento
De seu triunfo, e a ela se alongava ágil,
Talvez à espera de um doce agradecimento.

Femmes Damnées (Delphine et Hippolyte) / *A la pâle clarté des lampes languissantes, / Sur de profonds coussins tout imprégnés d'odeur, / Hippolyte rêvait aux caresses puissantes / Qui levaient le rideau de sa jeune candeur. / Elle cherchait, d'un oeil troublé par la tempête, / De sa naïveté le ciel déjà lointain, / Ainsi qu'un voyageur qui retourne la tête / Vers les horizons bleus dépassés le matin. / De ses yeux amortis les paresseuses larmes, / L'air brisé, la stupeur, la morne volupté, / Ses bras vaincus, jetés comme de vaines armes, / Tout servait, tout parait sa fragile beauté. / Étendue à ses pieds, calme et pleine de joie, / Delphine la couvait avec des yeux ardents, / Comme un animal fort qui surveille une proie, / Après l'avoir d'abord marquée avec les dents. / Beauté forte à genoux devant la beauté frêle, / Superbe, elle humait voluptueusement / Le vin de son triomphe, et s'allongeait vers elle, / Comme pour recueillir un doux remercîment.*

Procurava nos olhos da vítima hirta
O cântico mudo que canta o ardor do gozo,
E aquela gratidão sublime e infinita
Que desliza do olhar como ofego moroso.

– "Cara Hipólita, sobre isso o que tu glosas?
Ora, compreendes que não convém devotar
O sacro holocausto das tuas primeiras rosas
Ao violento alento que as pode desbotar?

Meus beijos são ligeiros como estas libélulas
Que à noite acariciam lagos transparentes,
E os de teu amante hão de abrir fundas mazelas
Como carreta e arado de excruciantes pentes.

Passarão por ti como pesada parelha
De cavalos e bois com cascos sem piedade...
Hipólita, irmã, apaga esta centelha,
Tu, meu coração, meu todo, minha metade,

Volta-me o teu olhar pleno do azul dos céus!
Por um olhar apenas, bálsamo supremo,
Do mais obscuro gozo elevaria os véus
E a dormir te poria com sonhos extremos.

Elle cherchait dans l'oeil de sa pâle victime / Le cantique muet que chante le plaisir, / Et cette gratitude infinie et sublime / Qui sort de la paupière ainsi qu'un long soupir. / - "Hippolyte, cher coeur, que dis-tu de ces choses? / Comprends-tu maintenant qu'il ne faut pas offrir / L'holocauste sacré de tes premières roses / Aux souffles violents qui pourraient les flétrir? / Mes baisers sont légers comme ces éphémères / Qui caressent le soir les grands lacs transparents, / Et ceux de ton amant creuseront leur ornières / Comme des chariots ou des socs déchirants; / Ils passeront sur toi comme un lourd attelage / De chevaux et de boeufs aux sabots sans pitié... / Hippolyte, ô ma soeur! tourne donc ton visage, / Toi, mon âme et mon coeur, mon tout et ma moitié, / Tourne vers moi tes yeux pleins d'azur et d'étoiles! / Pour un de ces regards charmants, baume divin, / Des plaisirs plus obscurs je lèverai les voiles / Et je t'endormirai dans un rêve sans fin!"

Mas Hipólita, então, erguendo a tenra testa:
Eu não sou nada ingrata e sequer me arrependo,
Cara Delfina, apenas sofro e estou inquieta,
Como após um banquete atroz, soturno e horrendo.

Sinto fundir-se em mim um gigantesco pânico
E negros batalhões de fantasmas esparsos,
Que querem me arrastar por estradas satânicas
Que um horizonte em sangue veda a cada passo.

Diz-me, não cometemos um estranho arranjo?
Explica meu tormento e terror e recua:
Tremo de medo ao ouvi-la dizer: 'meu anjo!'
No entanto, sinto minha boca buscar a tua.

Mas não me olha assim, tu, minha idéia amada!
Tu, que sempre amarei, cara irmã de eleição,
Mesmo se um dia fores armadilha armada
E o começo da minha triste perdição."

Delfina, a sacudir a cabeleira trágica,
E como a tripudiar um tripé de metal,
O olhar fatal, corta com voz tirana e drástica:
"Quem ousa frente ao amor falar do que é infernal?

Mais Hippolyte alors, levant sa jeune tête: / - "Je ne suis point ingrate et ne me repens pas, / Ma Delphine, je souffre et je suis inquiète, / Comme après un nocturne et terrible repas. / Je sens fondre sur moi de lourdes épouvantes / Et de noirs bataillons de fantômes épars, / Qui veulent me conduire en des routes mouvantes / Qu'un horizon sanglant ferme de toutes parts. / Avons-nous donc commis une action étrange? / Explique, si tu peux, mon trouble et mon effroi: / Je frissonne de peur quand tu me dis: 'Mon ange!' / Et cependant je sens ma bouche aller vers toi. / Ne me regarde pas ainsi, toi, ma pensée! / Toi que j'aime à jamais, ma soeur d'élection, / Quand même tu serais une embûche dressée / Et le commencement de ma perdition!" / Delphine secouant sa crinière tragique, / Et comme trépignant sur le trépied de fer, / L'oeil fatal, répondit d'une voix despotique: / "Qui donc devant l'amour ose parler d'enfer?

Maldito seja aquele sonhador inútil
Que por primeiro quis, na sua insanidade,
Afeito a uma questão insolúvel e fútil,
Às coisas da paixão mesclar a honestidade.

Aquele que quiser unir num pacto místico
A noite com o dia, a sombra e o calor,
Jamais aquecerá seu corpo paralítico
Sob este rubro sol que se nomeia amor.

Vai, se quiseres, busca um marido imbecil;
Corre a ofertar teu viço aos seus beijos cruéis;
E repleta de horror e remorso e febril,
No teu seio trarás máculas e labéis...

Só um mestre se pode agradar neste confim!"
Mas Hipólita, plena de um pesar malsão,
Grita subitamente: "sinto abrir-se em mim
Um abismo. É o abismo do meu coração,

Suspenso no vazio, lançando lavas ígneas!
E nada saciará este monstro sombrio
E nem refrescará a sede da Erínia
Que, tocha na mão, o combura até o fastio.

Maudit soit à jamais le rêveur inutile / Qui voulut le premier, dans sa stupidité, / S'éprenant d'un problème insoluble et stérile, / Aux choses de l'amour mêler l'honnêteté! / Celui qui veut unir dans un accord mystique / L'ombre avec la chaleur, la nuit avec le jour, / Ne chauffera jamais son corps paralytique / A ce rouge soleil que l'on nomme l'amour! / Va, si tu veux, chercher un fiancé stupide; / Cours offrir un coeur vierge à ses cruels baisers; / Et, pleine de remords et d'horreur, et livide, / Tu me rapporteras tes seins stigmatisés... / On ne peut ici-bas contenter qu'un seul maître!" / Mais l'enfant, épanchant une immense douleur, / Cria soudain: "- Je sens s'élargir dans mon être / Un abîme béant; cet abîme est mon coeur! / Brûlant comme un volcan, profond comme le vide! / Rien ne rassasiera ce monstre gémissant / Et ne rafraîchira la soif de l'Euménide / Qui, la torche à la main, le brûle jusqu'au sang.

Que estes véus nos separem do mundo restante,
E a lassidão nos traga o repouso que dura!
Quero aniquilar-me na tua garganta hiante
E em teu seio encontrar a fresca sepultura!"

Descei, descei, descei, ó seres vitimados,
Descei para o caminho deste inferno eterno!
Mergulhai ao profundo abismo, onde os pecados,
Feridos pelo vento a ressoprar do Averno,

Em tumulto borbulham ao troar do trovão.
Doidas sombras, buscai vossa cobiça intensa;
Vós jamais podereis fartar vossa aversão,
E de prazeres tais virá vossa sentença.

Jamais um raio há de luzir vossas cavernas;
Pelas frinchas dos muros miasmas febris
Se infiltram, comburando assim como lanternas
E inoculam nos corpos perfumes hostis.

A áspera aridez de vosso gozo vil
Corrompe a vossa sede e estica a vossa tez,
E o vento furibundo do lúbrico covil
Estala vossa carne como mastro soez.

Que nos rideaux fermés nous séparent du monde, / Et que la lassitude amène le repos! / Je veux m'anéantir dans ta gorge profonde / Et trouver sur ton sein la fraîcheur des tombeaux!" / - Descendez, descendez, lamentables victimes, / Descendez le chemin de l'enfer éternel! / Plongez au plus profond du gouffre, où tous les crimes, / Flagellés par un vent qui ne vient pas du ciel, / Bouillonnent pêle-mêle avec un bruit d'orage. / Ombres folles, courez au but de vos désirs; / Jamais vous ne pourrez assouvir votre rage, / Et votre châtiment naîtra de vos plaisirs. / Jamais un rayon frais n'éclaira vos cavernes; / Par les fentes des murs des miasmes fiévreux / Filtrent en s'enflammant ainsi que des lanternes / Et pénètrent vos corps de leurs parfums affreux. / L'âpre stérilité de votre jouissance / Altère votre soif et roidit votre peau, / Et le vent furibond de la concupiscence / Fait claquer votre chair ainsi qu'un vieux drapeau.

Para além dos povos errantes, condenados,
Pelas tundras, correi como alcatéia atroz
Cumpri vosso fado, seres desordenados,
E fugi do infinito que trazeis em vós.

Loin des peuples vivants, errantes, condamnées, / A travers les déserts courez comme les loups; / Faites votre destin, âmes désordonnées, / Et fuyez l'infini que vous portez en vous.

O Gato

No meu cérebro anda à passeio,
Tal como em seu apartamento,
Um gato belo, forte e lento.
Quando ele mia eu fico alheio,

Tanto é seu tom terno e discreto;
Mas que sua voz abranda ou funda,
Ela é sempre rica e profunda.
Eis o seu charme e dom secreto.

Esta voz que perla e que filtra
No meu fundo o mais tenebroso
Me farta como verso undoso
E me jubila como um filtro.

Ela abranda os maus mais cruéis
E contém todos os enlevos
E se faz frases de relevo
Não precisa de cinzéis.

Não, não há arco algum que acorde
O meu peito, perfeito instrumento,
E faça com tão nobre acento
Cantar seu mais vibrante acorde,

Le Chat - *Dans ma cervelle se promène, / Ainsi qu'en son appartement, / Un beau chat, fort, doux et charmant. / Quand il miaule, on l'entend à peine, / Tant son timbre est tendre et discret; / Mais que sa voix s'apaise ou gronde, / Elle est toujours riche et profonde. / C'est là son charme et son secret. / Cette voix, qui perle et qui filtre, / Dans mon fonds le plus ténébreux, / Me remplit comme un vers nombreaux / Et me réjouit comme un philtre. / Elle endort les plus cruels maux / Et contient toutes les extases; / Pour dire les plus longues phrases, / Elle n'a pas besoin de mots. / Non, il n'est pas d'archet qui morde / Sur mon coeur, parfait instrument, / Et fasse plus royalement / Chanter sa plus vibrante corde,*

Que esta voz, gato misterioso,
Ser seráfico, estranho arranjo,
Onde tudo é, como num anjo,
Tanto sutil quanto harmonioso!

No pêlo loiro e gris flutua
Odor tão doce de cabelo
Que um dia me afoguei por tê-lo
Tocado uma só vez – ou duas.

É o espírito bom da morada;
Ele julga, preside, inspira
Todas as coisas sobre a pira;
Talvez é um deus, talvez é fada?

Se meu olho ao gato que gosto,
Raptado por amor somente,
Volta-se lenta e docemente
E se ante meu rosto me posto,

Eu vejo, atônito, em frente
O fogo das pupilas pálidas,
Claros faróis, vivas opalas,
Que me contemplam fixamente.

Que ta voix, chat mystérieux, / Chat séraphique, chat étrange, / En qui tout est, comme en un ange, / Aussi subtil qu'harmonieux! / De sa fourrure blonde et brune / Sort un parfum si doux, qu'un soir / J'en fus embaumé, pour l'avoir / Caressé une fois, rien qu'une. / C'est l'esprit familier du lieu; / Il juge, il préside, il inspire / Toutes choses dans son empire; / Peut-être est-il fée, est-il dieu? / Quand mes yeux, vers ce chat que j'aime / Tirés comme par un aimant, / Se retournent docilement / Et que je regarde em moi-même, / Je vois avec étonnement / Le feu de ses prunelles pâles, / Clairs fanaux, vivantes opales, / Qui me contemplent fixement.

O Cachimbo

Eu sou o cachimbo de um autor;
Nota-se, ao contemplar-me as linhas
Da face cafrínia e abissínia
Que é um bom fumante o meu senhor

Quando em seu corpo pesa a dor,
Fumego como a cabaninha
Onde se prepara a cozinha
Para a volta do lavrador.

Eu balanço e enlaço a sua alma
Na rede móvel, blau e gris
Que em chamas sai do meu nariz,

E emano um aroma que acalma
E deleita-lhe o peito e cura
A mente das fadigas duras.

La Pipe - *Je suis la pipe d'un auteur; /On voit, à contempler ma mine / D'Abyssinienne ou de Cafrine, / Que mon maître est un grand fumeur. / Quand il est comblé de douleur, / Je fume comme la chaumine / Où se prépare la cuisine / Pour le retour du laboureur. / J'enlace et je berce son âme / Dans le réseau mobile et bleu / Qui monte de ma bouche en feu, / E je roule un puissant dictame / Qui charme son coeur et guérit / De ses fatigues son esprit.*

A Serpente que Dança

Que eu amo ver, cara indolente,
   Da tua tez tão bela,
Como tecido aquoso e fluente,
   Brilhar a lapela.

No cabelo amplo e profundo
   De aromas febris,
Mar odoroso e vagabundo
   De ondas blaus e gris,

Como um navio que desatraca
   À brisa da aurora,
Minha alma a sonhar se desata
   Plena céu afora.

Teu olho, onde nada se apura
   De agro, doce ou ácido,
É fria jóia que mistura
   Feixes de ouro e aço.

Em te ver em cadência mansa,
   Bela em teus desleixos,
Dir-se-ia naja que dança
   No apogeu de um eixo.

Le Serpent qui Danse - *Que j'aime voir, chère indolente, / De ton corps si beau, / Comme une étoffe vacillante, / Miroiter la peau! / Sur ta chevelure profonde / Aux âcres parfums, / Mer odorante et vagabonde / Aux flots bleus et bruns, / Comme un navire qui s'éveille / Au vent du matin, / Mon âme rêveuse appareille / Pour un ciel lointain. / Tes yeux, où rien ne se révèle / De doux ni d'amer, / Sont deux bijoux froids où se mêle / L'or avec le fer. / A te voir marcher en cadence, / Belle d'abandon, / On dirait un serpent qui danse / Au bout d'un bâton.*

Sob tua preguiça obesa
    Teu rosto de infante
Se balouça com a moleza
    De um tenro elefante,

E teu corpo se alça e revela
    Como o bom navio
Que a singrar pela costa as velas
    Lança ao mar bravio.

Como onda crescendo à fusão
    De gelos frementes,
Quando da boca as águas vão
    Te alagando os dentes,

Creio beber vinho perfeito,
    Boêmio e vitorioso,
Líquido céu que banha o peito
    De estrelas e gozos.

Sous le fardeau de ta paresse / Ta tête d'enfant / Se balance avec la mollesse / D'un jeune éléphant, / Et ton corps se penche et s'allonge / Comme un fin vaisseau / Qui roule bord sur bord et plonge / Ses vergues dans l'eau. / Comme un flot grossi par la fonte / Des glaciers grondants, / Quand l'eau de ta bouche remonte / Au bord de tes dents, / Je crois boire un vin de Bohême, / Amer et vainqueur, / Un ciel liquide qui parsème / D'étoiles mon coeur.

A Alma do Vinho

A alma do vinho, à noite, cantou nas botelhas.
Homem, para ti, ser deserdado, eu compus,
No meu claustro de vidro e ceras vermelhas,
Um cântico fraterno e repleto de luz.

Sei o quanto é preciso, na colina em calma,
De suor e pesar, trabalho e sol pungente,
Para engendrar-me a vida e produzir-me a alma.
Mas não serei contigo ingrato e negligente,

Pois um júbilo imenso eu sinto quando sulco
A goela de meu dono exausto na refrega,
E seu cálido peito é um doce sepulcro
Onde me alegro mais do que na fria adega.

Escutas retinir os refrãos de domingo,
E a esperança que ecoa em meu seio fremente?
Os braços sobre a mesa, as mangas com respingos,
Tu me celebrarás e ficarás contente.

L'Âme du Vin - *Un soir, l'âme du vin chantait dans les bouteilles; / "Homme, vers toi je pousse, ô cher déshérité, / Sous ma prison de verre et mes cires vermeilles, / Un chat plein de lumière et de fraternité! / Je sais combien il faut, sur la colline en flamme, / De peine, de sueur et de soleil cuisant / Pour engendrer ma vie et pour me donner l'âme; / Mais je ne serai point ingrat ni malfaisant, / Car j'éprouve une joie immense quand je tombe / Dans le gosier d'un homme usé par ses travaux, / Et sa chaude poitrine et une douce tombe / Où je me plais bien mieux que dans mes froids caveaux. / Entends-tu retentir les refrains des dimanches / Et l'espoir qui gazouille en mon sein palpitant? / Les coudes sur la table et retroussant tes manches, / Tu me glorifieras et tu seras content;*

Farei brilhar o olhar da tua esposa querida,
A teu filho darei a potência e as cores
E serei pra este frágil atleta da vida
O óleo que traz força às fibras dos lutadores.

Em ti mergulharei, vegetal ambrosia,
O raro grão que lança o eterno semeador,
Pra que de nosso amor renasça a poesia
Que se erguerá a Deus como uma rara flor.

J'allumerai les yeux de ta femme ravie; / A ton fils je rendrai sa force et ses couleurs / Et serai pour ce frêle athlète de la vie / L'huile qui raffermit les muscles des lutteurs./ En toi je tomberai, végétale ambroisie, / Grain précieux jeté par l'éternel Semeur, / Pour que de notre amour naisse la poésie / Qui jaillira vers Dieu comme une rare fleur!"

O Albatroz

Às vezes, para entreterem-se, os marinheiros
Prendem o albatroz, vasto pássaro dos mares
Que acompanha, indolente e dócil companheiro
O navio a singrar sobre golfos de azares.

Nem bem eles o jogam nas pranchas à bordo,
E este rei do azul, desastrado e indigente,
Já deixa se arrastarem como remos tortos
As amplas asas brancas lamentavelmente.

Esta ave veloz, como está feia e frouxa!
Antes tão bela, como ora é grotesca e lassa!
Este lhe imita o jeito amolecendo as coxas,
Aquele o bico irrita-lhe ao soprar fumaça.

O poeta se assemelha a este rei das alturas
Que caçoa do arqueiro e adentra os temporais.
Exilado na terra entre os berros da turba,
Impedem-no de andar as asas colossais.

L'Albatros - *Souvent, pour s'amuser, les hommes d'équipage / Prennent des albatros, vastes oiseaux des mers, / Qui suivent, indolents compagnons de voyage, / Le navire glissant sur les gouffres amers. / A peine les ont-ils déposés sur les planches, / Que ces rois de l'azur, maladroits et honteux, / Laissent piteusement leurs grandes ailes blanches / Comme des avirons traîner à côté d'eux. / Ce voyageur ailé, comme il est gauche et veule! / Lui, naguère si beau, qu'il est comique et laid! / L'un agace son bec avec un brûle-gueule, / L'autre mime, en boitant, l'infirme qui volait! / Le Poëte est semblable au prince des nuées / Qui hante la tempête et se rit de l'archer; / Exilé sur le sol au milieu des huées, / Ses ailes de géant l'empêchent de marcher.*

O Gosto do Nada

Cálida alma, tão afeita outrora à luta,
A espora da esperança que atiçou-te o ardor
Já em ti não tem efeito! Deita sem pudor,
Cavalo velho cujo pé tropeça e chuta.

Desiste, ó alma, dorme o teu sono de bruta.

Espírito incapaz, pra ti, defraudador,
O amor não tem mais gosto, assim como a disputa.
Adeus, flautas, desejos, doçuras de fruta.
Canto! Poupe o meu peito tomado de dor.

A amada primavera perdeu seu odor!

E o tempo me engoliu com suas mil minutas,
Como a geleira imensa um corpo já sem cor;
Contemplo a bola terra em olhos de ator
E meu lar não procuro ao findar a labuta.

Avalancha, não vais me enterrar nas tuas grutas?

Le Goût du Néant - *Morne esprit, autrefois amoureux de la lutte, / L'Espoir, dont l'éperon attisait ton ardeur, / Ne veut plus t'enfourcher! Couche-toi sans pudeur, / Vieux cheval dont le pied à chaque obstacle bute. / Résigne-toi, mon coeur; dors ton sommeil de brute. / Esprit vaincu, fourbu! Pour toi, vieux maraudeur, / L'amour n'a plus de goût, non plus que la dispute; / Adieu donc, chants du cuivre et soupirs de la flûte! / Plaisirs, ne tentez plus un coeur sombre et boudeur! / Le Printemps adorable a perdu son odeur! / Et le Temps m'engloutit minute par minute, / Comme la neige immense un corps pris de roideur; / Je contemple d'en haut le globe en sa rondeur / Et je n'y cherche plus l'abri d'une cahute. / Avalanche, veux-tu m'emporter dans ta chute?*

Spleen

Eu sou como o monarca de um país chuvoso,
Rico, mas impotente, jovem, porém idoso
Que, do pajem banindo mesura e capricho
Enfada-se com cães, como com outros bichos.
Nada o pode alegrar, nem caça, nem falcão,
Nem o povo morrendo ao pé de seu balcão.
Do bufão favorito a grotesca balada
Não distrai do doente a face entediada,
Seu leito flor-de-lis transforma-se num túmulo,
E as donzelas de honor, que amam reis ao cúmulo,
Já não encontram uma impudica *toalete*
Que um riso arranque deste jovem esquelético.
O sábio que faz ouro e prata nunca pôde
Deste ser extirpar o elemento podre;
E, nos banhos de sangue, legado romano,
Que os poderosos lembram ao findar seus anos
Não soube reaquecer o cadáver exangüe
Por onde o Estige verde escoa ao invés de sangue.

Spleen - *Je suis comme le roi d'un pays pluvieux, / Riche, mais impuissant, jeune et pourtant très-vieux, / Qui, de ses précepteurs méprisant les courbettes, / S'ennuie avec ses chiens comme avec d'autres bêtes. / Rien ne peut l'égayer, ni gibier, ni faucon, / Ni son peuple mourant en face du balcon. / Du bouffon favori la grotesque ballade / Ne distrait plus le front de ce cruel malade; / Son lit fleurdelisé se transforme en tombeau, / Et les dames d'atour, pour qui tout prince est beau, / Ne savent plus trouver d'impudique toilette / Pour tirer un souris de ce jeune squelette. / Le savant qui lui fait de l'or n'a jamais pu / De son être extirper l'élément corrompu, / Et dans ses bains de sang qui les Romains nous viennent, / Et dont sur leurs vieux jours les puissants se souviennent, / Il n'a su réchauffer ce cadavre hébété / Où coule au lieu de sang l'eau verte du Léthé.*

COMENTÁRIOS DO TRADUTOR

Lawrence Flores Pereira

Toda a dificuldade de traduzir Baudelaire reside na qualidade ao mesmo tempo lapidar e sinuosa da sua poesia. O rigor que ela pode ostentar não é jamais duro e, por mais sinuosos que sejam os seus versos, não se encontra aqui qualquer espécie de frouxidão. Sobretudo, não há, na poesia de Baudelaire, tipo nenhum de rarefação porosa, vazios a serem preenchidos, mas tudo aparece claro, cristalino, nítido, inteligível e supremamente brilhante como um móvel lustrado. São versos que dão a idéia de vigas de metal inteiriças descendo vagarosamente ante os olhos do leitor, encaixando-se uma a outra com perfeição geomética. Isto torna fluida a sua leitura, a ponto às vezes de esconder seus cantos secretos e obscuros. Cada elemento prende-se à mecânica da sintaxe que se expande em inflorescências. É por meio dela que percebemos a existência de uma segunda voz, mais recuada, elegante, esquisita, que tinge o satanismo de certa ternura. Os espiralados sintáticos parecem às vezes seguir não a lógica da frase, mas de uma percepção visual metonímica que desliza mansamente sobre o objeto contemplado, como uma câmara cinematográfica, mas que alucinasse embevecida a cada instante metáforas ou comparações desconcertantes.

> No cabelo amplo e profundo
> De aromas febris,
> Mar odoroso e vagabundo
> De ondas blaus e gris,
>
> Como um navio que desatraca
> À brisa da aurora,
> Minha alma a sonhar se desata
> Plena céu afora.

A dimensão sintática e tonal é importantíssima em Baudelaire. Evitamos, sempre que possível, modificá-la e, neste sentido, ajudou-nos bastante a liberdade que assumimos no campo do rimário. No que diz respeito à prosódia do alexandrino, *quase* todos os versos traduzidos ganharam uma acentuação correta, embora nem sempre foi feita a sinalefa na sexta sílaba. Este procedimento, já consagrado, visa unicamente evitar as inversões e abrir possibilidades mais amplas de expressão. Verdade seja dita, o alexandrino clássico francês, pelo menos na sua forma tradicional, com um acento de palavra oxítona na sexta sílaba separando os dois hemistíquios ou de paroxítona elidindo com a sílaba seguinte, é uma forma que impõe tantos limites à expressão em português que não se compreende por que ela não sofreu modificações ao ser adotada entre nós. Em alguns versos a acentuação recaiu sobre outras sílabas e, num único exemplo em toda essa seleção, criamos um "alexandrino de treze sílabas", imitando a forma medieval dessa modalidade de verso, em que não se conta a sílaba subseqüente ao acento da sexta sílaba. No Brasil a mesma técnica foi adotada por Castro Alves no poema "Poeta".

As Réprobas

Nada a dizer do título traduzido, único possível numa língua em que uma "mulher danada" virou apenas uma mulher um pouco passada.

N'*As Réprobas* Baudelaire mostra a sua própria interpretação de uma das regras que Edgar Allan Poe considerava fundamental ao bom poema: o crescendo imitado à arte dramática, a idéia de gradação e progressão expressa em termos formais. Com efeito, é um poema que inicia calmo, brando, descritivo, apesar dos sentimentos ambíguos e tormentos que afligem a frágil personagem, mas que vai ganhando, gradualmente, acentos mais violentos e sonoridades mais marcadas. De dentro da calmaria plena de pressentimentos engendra-se a tormenta. O poeta economiza os seus mantimentos, condimenta o terreno para a explosão que irromperá nas três últimas estrofes.

Ao iniciar a tradução tinha-se em mente a regra acima. Ela não podia de modo algum ser transgredida. As últimas estrofes deviam soar mais violentas, suas rimas, seus timbres e seu ritmo ter um caráter mais tirânico. Respeitado esse princípio, os outros vinham de enfiada: evitar inversões típicas da poesia portuguesa e *não baudelairianas*; preferir ao obscurantismo arrevesado dos termos genéricos o límpido cristal bordô do estilo "clássico" de Baudelaire; acentuar e rimar de modo correto, mas valer-se da transgressão consciente sempre que o respeito pudico às regras impusesse impedimento à expressão plena da alma do poema; reproduzir os acentos, as empostações a um tempo afetadas e naturais da voz das personagens; traduzir o fundo satânico da fala de Delfina e a candidez reprimida de Hipólita seduzida.

3ª estrofe."Tudo servia à sua graça como adorno" (Tout servait, tout parait sa fragile beauté) - Parafraseio ligeiramente o sentido do verso para introduzir no seu final a palavra "adorno" que rima com "morno". O uso transitivo indireto do verbo serve aqui para sublinhar de alguma solenidade a distância entre o agente e o receptor.

6ª estrofe. 1º verso. "vítima hirta" (pâle victime) - Na tradução, a fisiopatologia da angústia de Hipólita é modificada. Ao invés de ressaltar a sua palidez horrorizada, introduzimos a imagem igualmente suspensa de seu aspecto enrijecido usando o adjetivo "hirta". *4º verso.* "como ofego moroso" (ainsi qu'un long soupir). - A idéia de um "ofego moroso", ou seja, vagaroso, longo, reproduz perfeitamente o "longo suspiro" do original.

8ª estrofe. 4º verso. "excruciantes pentes" - Bem compreendido aqui, os dentes pregados nos arados.

9ª estrofe. "Hipólita, minha irmã, apaga esta centelha" ("Hippolyte, ô ma soeur, tourne donc ton visage") - Isto é, "desvie o pensamento do seu amante". Na tradução, preferimos a imagem da centelha, pequeno fogo amoroso que insiste em permanecer na memória e na lembrança de Hipólita indecisa.

10ª estrofe. Os dois verbos no futuro dos dois últimos versos da estrofe receberam em português a condicionalidade do nosso futuro do pretérito (elevar, erguer). A razão dessa troca, em princípio, está na prosódia do poema, mas o efeito resultante é extremamente malicioso e insinuante, e sugere o tempo futuro do francês.

11ª estrofe. "tenra testa" (jeune tête) - Não se trata aqui de uma *mistranslation*, mas simplesmente deslocamos o ponto de foco da cabeça para a testa, criando um efeito mais metonímico. Quanto ao adjetivo "tenra" está aqui substituindo a qualidade mais abstrata de "jovem" pela imagem mais palpável de "maciez tenra".

13ª estrofe. "estranho arranjo" (action étrange) - o pânico culpado de Hipólita a faz compreender que algo "estranho" se consumou. Há no fundo do seu sentimento a sensação de que algum tipo de simetria moral foi violada, que os elementos *se ordenaram segundo um arranjo estra-*

nho. Ela se sente, realmente, como a criança que, voltando para casa depois de uma viagem, encontra o seu quarto arrumado de modo diferente de como foi deixado: sensação de estranhamento onírico, sensação de exílio, medo. Ainda na mesma estrofe, escolhi o verbo "recuar" no imperativo para completar a rima. A intenção aqui é simplesmente realçar esse momento de suspensão em que Hipólita, aterrorizada e inquieta, pede a Delfina que condescenda em se afastar um pouco para explicar os fatos.

20ª estrofe. Preferimos o termo "Erínia" a "Eumênide" em função da rima. É importante ressaltar a importância fundamental do paralelismo sintático, semântico e rítmico existente entre o segundo e o terceiro versos. Qualquer deslocamento rítmico nesses dois versos empalideceria a sua violência.

22ª estrofe. "qui ne vient pas du ciel" mostra bem que não somente o tradutor, mas também os poetas muitas vezes vêem-se obrigados a sacrificar a precisão semântica em função de aspectos técnicos como a rima. É evidente que Baudelaire recorreu ao curioso rodeio acima apenas porque devia completar a rima, e ele certamente teria preferido usar o termo inferno a sugeri-lo pelo seu negativo moral, o céu. Alguém poderia alegar, contudo, que o poeta não quis referir-se diretamente ao inferno, que ele quis apenas *sugeri*-lo ao mencionar o seu negativo. A tese não procede, pois Baudelaire jamais faria de uma oposição óbvia e puramente maniqueísta como essa um motivo para os seus jogos de sugestão poética. O motivo da circunlocução é puramente técnico. Preferi o termo Averno para preencher o sentido de "inferno".

25ª estrofe. "E o vento furibundo do lúbrico covil" (Et le vent furibond de la concupiscence) - A idéia de antro, caverna, lugar de lubricidades pecaminosas, já está sugerida na estrofe vinte e quatro. O que se faz na tradução é modificar a idéia mais abstrata de "concupiscência" pela mais concreta de um "lúbrico covil". No último verso, o verbo "claquer", estalar, sugeriu-me a idéia da quebra de um mastro envelhecido e roto. A imagem de uma bandeira ou de um estandarte roto é trocada pela de um mastro velho e vil (soez) que estala como a carne consumida pelos vícios.

O Gato

Junto com *A Serpente*, *O Gato* foi o poema mais difícil de traduzir dessa seleção. É quase uma regra que poemas de versos mais curtos são os que mais impõem dificuldades. O espaço de manobra diminui e o tradutor se vê enclausurado entre duas paredes. Sua reprodução é tanto mais custosa porque nesse poema octossilábico imagens e comparações abrem-se em amplas inflorescências que são, por sua vez, acompanhadas de uma sintaxe sinuosa e elástica imitando o ronronar discreto dos felinos. Quando presente nos versos de Baudelaire, a graça aparece mais como um aroma desprendendo-se do enrodilhado da sintaxe do que como imagem reluzente e fiel. Ela está na dicção! Essa voz delicada, terna e sagaz que do próprio pensamento conta as façanhas, comparando-as aos modos brandos dos gatos, tem entonações tão distintas que a menor rasura nas suas frases faria com que soasse menos maliciosa e analítica, muito mais prosaica. Há movimentos hipnóticos, nós da idéia, que devem ser mantidos como tais, com seu *natural artificial*, que é a linguagem do demônio ou de satã: encantatórios sem ser proselitistas, iguais a esses topes complicadíssimos que convidam à admiração por aquilo que possuem de intrincado: puxado o tope, o encanto está perdido e o pacote está vazio! Por isso procurei, antes de tudo, ser fiel ao espírito da sintaxe e imitar o terno arrebatamento desse *voyeur* pelo gato do pensamento.

Afora isso não há um único verso desperdiçado no poema, nem esse tipo de generalidade abstrata que facilita o trabalho associativo do tradutor. Quase tudo, todas as palavras, construções e sonoridades do poema têm consistência específica e caracterizada. Logo no início aparece a palavra "apartamento". Qualquer outro termo – por exemplo, sala, casa, etc. – aqui seria impróprio, pois a palavra "apartamento" parece excluir a idéia de casa, muito mais familial e doméstica, sugerindo antes o lugar tipicamente urbano onde se escondem mil privacidades. Essa é a maior dificuldade de muitos poemas de Baudelaire: possuem um *décor* específico, uma paisagem *recherchée* que, pela sua especificidade, não se deixa confundir com seus similares alegóricos ou simbólicos. Fomos fiéis a essa decoração.

1ª. estrofe - No último verso, que terá seu sentido completado no primeiro verso da estrofe seguinte, troco o sujeito impessoal pela primeira pessoa do singular.

3ª. estrofe - No terceiro verso o termo "nombreux" está na sua acepção mais rara de "cadenciado" e "harmonioso". Escolhi para substituí-lo o adjetivo "undoso", que sugere, no caso, os movimentos harmônicos de um verso equilibrado.

4ª. estrofe - A idéia de uma voz de gato expressiva e silenciosa que se faz entender sem palavras foi traduzida pela imagem de uma linguagem que não precisou de cinzéis nem de outros artifícios artísticos para ser criada.

O Cachimbo

Raras vezes na literatura um objeto inanimado foi investido de tanta simpatia hospitaleira e personificou de modo tão comovente os consolos passageiros que revigoram de esperança os espíritos cansados. Como La Fontaine, que criou uma obra de gênio cantando em vários tons as peripécias dos bichos, Baudelaire busca no objeto inexpressivo do cachimbo um atalho para dar forma artística ao sentimento e à idéia de conforto "sublime e infinito" quase imperceptivelmente disseminada nos seus poemas e nos seus escritos como um aroma de ternura a desmentir por instantes a sagacidade satânica do autor. No entanto, apesar da simpática hospitalidade deste cachimbo, não é sem uma certa ironia afável que ele se refere ao autor.

Que mon maître est un grand fumeur

Não há nada tão simples quanto este verso. Nele se concentra, contudo, toda a personalidade do objeto inanimado, todos os sentimentos que ele nutre em relação ao seu senhor. O bom cachimbo sente-se cheio de orgulho e tira um prazer especial em conhecer os hábitos e as necessidades de seu mestre e, como um mordomo prestativo, está a postos para satisfazê-las inteiramente. Que deleite maior para esse pequeno ser do que saber que depende dele os confortos e os consolos do seu mestre? É impressionante como Baudelaire consegue fazer falar num espaço mínimo de versos os seus "personagens" e como a expressão sutil depende apenas de pequeníssimos acentos que revelam uma empostação – não encontro palavra melhor – *coquete* da voz.

Que é um bom fumante o meu senhor.

É o acento sobre a quarta sílaba (longa) que realça a admiração e a amável ironia da fala desse cachimbo.

Na primeira estrofe, busquei reproduzir a qualidade tímbrica da dupla rimada "mine" e "cafrine" recorrendo às rimas toantes (linha/ cafrínia). Quanto às palavras "cafrínia" e "abissínia", ganharam na tradução função puramente adjetiva, modificando o substantivo "face", que não consta no original. O adjetivo "cafrínia", embora não conste nos dicionários consultados, foi contudo o mais apropriado aqui, pois suprime uma possível confusão com o adjetivo "cafre", mais propriamente um qualitativo de nacionalidade a atribuir-se aos originários da "cafraria". No terceiro verso da terceira estrofe, troco "bouche"(boca) por "nariz".

A Serpente que Dança

Quase tudo o que se falou do poema *O Gato* vale, duplamente, para *A Serpente que Dança*, onde se encontram, além de versos octossilábicos, versos de seis sílabas, muito mais difíceis de traduzir.

1ª estrofe. As mudanças semânticas nesta estrofe foram feitas, antes de tudo, com o propósito de espelhar a sua sintaxe invertida e sinuosa, mas também o contraste do rimário masculino e feminino presente no original. Parte da graça da estrofe está nas cuidadosas e harmônicas inversões que guiam metonimicamente o olhar espiritual do leitor pelas partes do corpo feminino contemplado, à maneira de uma melodia enfeitiçada. Uma possível solução aqui com rimas imperfeitas, usando, por exemplo, o par "bela" e "pele", além de comprometer a elegância rítmica da estrofe, resultaria na impressão de incompletude sonora na finalização do último verso: o que mostra bem que as rimas consoantes e imperfeitas, embora úteis para o tradutor, devem ser usadas com estudada parcimônia. Preferi, portanto, mudar o *ponto focal* da imagem desenvolvida na estrofe, inserindo, no segundo verso, que desempenha no original a função de adjunto adnominal de "peau", o termo "pele", ao invés de "corpo". Isso feito, introduziu-se o termo "lapela" para preencher a função antes desempenhada no original por "peau". "Lapela", que significa uma espécie de dobra do vestuário que revela o tecido do forro, é usada na tradução como metáfora de dobra, dobradura, prega, revelações interessantes e inesperadas na tez do ser aqui admirado. "A lapela da tez, da pele", aquilo que, saindo por entre as dobras do corpo ondulante da serpente, se oferece sorrateiramente ao olhar curioso do poeta.

2ª estrofe. Nesta estrofe há duas modificações semânticas merecendo comentário. No último verso, "brun" (moreno, castanho, etc) foi substituído por "gris" para permitir a rima com "febris". A escolha não é arbitrária, pois a figuração que se faz dos cabelos dessa mulher serpentina não é realista nem fotográfica, mas segue a lógica da metáfora turbilhonada de um mar "odoroso e vagabundo", o qual traz as suas próprias cores, dessemelhantes às dos cabelos da mulher. Ao escapar à realidade observada e deslizar saborosamente na metáfora, Baudelaire praticamente abandona o sentido atual e verdadeiro e vê nos cabelos da mulher até mesmo os azuis vagabundos do mar. Quanto a "febris", no segundo verso, trata-se de uma tradução sinestésica para "âcres".

4ª estrofe. Eis aqui um caso em que quaisquer mudanças no aparelho sintático seriam fatais para a expressão da beleza do poema. Já no primeiro verso rejeitei a solução extremamente sedutora – a asfixiante falta de espaço nestes versos exíguos quase sempre leva o tradutor a escolher palavras mais curtas – de introduzir, logo após a palavra "olho", sujeito da oração principal, uma oração que não fosse adverbial locativa como, por exemplo, orações iniciadas com pronome relativo "que". Observe-se que assim fazendo teria à minha disposição uma sílaba a mais, o que aqui é um verdadeiro tesouro. Mas caso se dispensasse o advérbio "onde" – de duas sílabas –, e, por conseguinte, toda a oração determinada por este advérbio, e se reconstruísse o segmento com uma oração adjetiva, anular-se-ia o caráter impessoal do comentário feito acerca do "olho" da personagem. A conseqüência disso é que a própria informação da oração subordinada ficaria submetida ao sujeito da oração principal, reduzindo, deste modo, a variedade de planos perceptivos que é a graça maior deste poema de Baudelaire. Por esta razão, a grande custo e com sucesso, mantive a mesma estrutura sintática da frase original. O verbo "apurar" que completa o final do primeiro verso, ali inserido em parte pela sua perfeita adequação rímica com "mistura" no terceiro verso, preenche mais ou menos o sentido corriqueiro de "encontrar-se", mas não há como não notar, escondida atrás do termo como um aroma furtivo, a idéia de "apuro", apurado, assim como de pureza, o que deve valer aqui como uma ironia baudelairiana.

5ª estrofe. No segundo verso, traduzo "Belle d'abandon" por "Bela em teus desleixos". A palavra desleixo, muito doméstica, que nunca vi usada em poesia, é extremamente expressiva para significar esse descuido, essa *nonchalance*, esse abandono a que se entregam com tanto prazer as personagens dos poemas de Baudelaire. Ela é sinônimo de "descuido", mas se refere antes a um descuido nascido da preguiça, da ociosidade vagabunda e de uma sensualidade morna que mal se contém nos seus limites salutares.

6ª estrofe. Como numa passagem da tradução d'*As Réprobas*, coincidentemente traduzo "jeune" (jeune éléphant) por "tenro", trocando deste modo o adjetivo "jovem" por uma outra qualidade física mais específica da juventude. Há uma ponta tênue de obscenidade nessa referência à textura da epiderme da moça elefantina, mas que não destoa dos acentos sensuais e eróticos do poema.

7ª estrofe. Não há nada tão suave e ao mesmo tempo tão amplo e profundo como o mergulho da leitura quando a palavra "plonge" é pronunciada no terceiro verso do original. A combinação de bilabiais, velares e nasais dessa palavra parece imitar esse ruído do navio quando o casco se choca contra os vagalhões. Como não havia solução no espaço da rima, transferi o movimento sonoro para o último verso, introduzindo a palavra "lança", que, possuindo uma primeira sílaba longa (LANça), sugere o efeito da vasta e formidável oscilação das velas de um navio.

A Alma do Vinho

2ª estrofe. "em calma" (en flamme) - o termo "calma" deve ser compreendido no seu sentido de calor intenso acompanhado de "calmaria". No último verso, substituo a palavra "malfaisant" (daninho, nocivo) por "negligente". A solução, embora fuja ao sentido imediato da palavra traduzida, harmoniza-se perfeitamente com o sentido geral da frase.

4ª estrofe. No segundo hemistíquio do terceiro verso, a imagem metonímica do homem que arregaça as mangas para iniciar a beberagem é trocada pela imagem de suas mangas respingadas de vinho.

O Albatroz

No poema, a imagem significativa do albatroz é tratada coletivamente, o que lhe dá uma significação mais universal. Desde o início particularizamos a referência ao animal, introduzindo-o no singular, a fim de ganhar com isso algumas sílabas métricas. Muitas frases ganharam novas construções, como nos dois últimos versos da segunda e última estrofes, mantendo-se intacto o sentido. Nos dois últimos versos da terceira estrofe

> Este lhe imita o jeito amolecendo as coxas,
> Aquele o bico irrita-lhe ao soprar fumaça.

não só inverti a posição dos versos, mas também parafraseei o sentido de cada um deles, modificando aqui e ali a impressão e o ponto focal, sem contudo fugir ao seu sentido moral. No primeiro verso em questão, a solução para o pantomina vulgar e sádica do marinheiro que "amolece as coxas" reflete perfeitamente o caráter horrendo da cena, acrescentando uma pincelada obscena à la Goya à idéia de pura fanfarronada presente no original. Somente depois de acabar a tradução desse poema notei que na sonoridade tácita e firme desses dois versos ecoava uma antiga leitura de Fernando Pessoa.

Aquele diz Itália onde é pousado;
Este diz Inglaterra, onde afastado

O Gosto do Nada

A maior preocupação que tivemos ao traduzir *O Gosto do Nada* foi recompor na nossa língua o violento encadeamento de rimas em "ute" que funciona como um chicote impiedoso no final dos versos. Modificamos aqui e ali o sentido de algumas parcelas, sem contudo comprometer o sentido. No último verso da primeira estrofe, em vez de traduzir literalmente "Velho cavalo cujo pé a cada obstáculo tropeça", acrescentamos o verbo "chutar" para garantir o par rimado ("Cavalo velho cujo pé tropeça e chuta"), sugerindo o descontrole do velho animal sobre os seus próprios membros. Onde há verbos no imperativo, evitamos, por razão de economia silábica, o uso dos pronomes oblíquos, preferindo o uso mais coloquial dessa forma, muito mais forte e despótico (Deita!).

Adieu donc, chants du cuivre et soupirs de la flûte!/ Plaisirs, ne tentez plus un coeur sombre e boudeur! - O metro e a rima obrigaram a modificações consideráveis nos versos citados. Introduziu-se, no final do primeiro verso, "doçuras de fruta", com a óbvia intenção de completar sem artificialidade o encadeamento de rimas em "uta" que unifica o poema inteiro. O sentido, na verdade, modifica-se bem pouco. Além de ambos os versos serem puramente exclamativos e emotivos, concedendo ao tradutor certa margem de manobra, é verossímil, no contexto acima, que, entre as coisas desejáveis de que se despede o poeta estejam as "doçuras de fruta", elementos sensuais-paradisíacos como a música e os suspiros. Os "chants de cuivre", aparecendo no original no primeiro verso em questão, são transferidos para o segundo, substituindo "desejos" logo no início do verso.

No décimo primeiro verso, "Et le Temps m'engloutit minute par minute" ganha relevo mais moral na tradução, graças à referência que se faz às "minutas" burocráticas às quais a existência moderna – baudelairiana – está indissoluvelmente agrilhoada ("E o tempo me engoliu com suas mil minutas"). No quarto verso da mesma estrofe, o *voyeur* que "contempla do alto o globo em sua redondeza" recebe, na tradução, "olhos de ator", expressão que investe o personagem de um sentimento de indiferença entre pessimista e cínica. A idéia de um homem que se representa constantemente e se coloca no mundo como um ator ou, para usar os termos do próprio poema, como um falsário, está sempre a aflorar nos poemas de Baudelaire. No poema *La Béatrice,* que não consta nesta seleção, os demônios irônicos com os quais o orgulhoso e altaneiro poeta encontra-se um certo dia enquanto caminhava por "terrenos cinzentos, calcinados e sem verde", comparam-no a um "bon vivant" e a um "histrião em férias". O que temos aqui é realmente a ascendência de Hamlet contaminando a poesia de Baudelaire, a idéia de uma consciência excessiva e iniludível que vê tudo e não se engana e que, por isso mesmo, está condenada à imobilidade e à impotência – ou a assumir a postura do *voyeur* ou do *dandy* ator. Nada melhor, para representá-la, do que esse ator, que, como aquele outro de Shakespeare, "struts and frets his hour upon the stage (...) Signifying nothing" (Macbeth).

No último verso da mesma estrofe, a imagem do trabalhador recusando-se a retornar ao conforto do lar após os rigores do trabalho foi-me sugerida pela leitura de outros versos de Baudelaire. No poema *O Cachimbo,* ela está plenamente desenvolvida como símile: "fumego (o cachimbo) como a cabaninha/ Onde se prepara a cozinha/ Para a volta do lavrador". Esse não é o único exemplo. A idéia de um conforto doméstico que traz o esquecimento dos rigores da vida diária é um motivo insistente na obra de Baudelaire. Esse ambiente doméstico, aquecido pelo fogo da lareira, Baudelaire o pinta em atmosferas densas, rústicas, muitas vezes campesinas, como no poema *A Alma do Vinho,* onde se faz referência a uma beberagem familiar numa humilde casa camponesa.

Spleen

A entonação altiva desse poema, a sua violência dramática e argumentativa, a velocidade de seus juízos e imagens a se harmonizarem sem cortes e sem divagações ao longo de alexandrinos de aço revelam a faceta corneilliana da música da poesia de Baudelaire. O acento – mas só o acento e não o fundo – é, com efeito, o de um Cid em seu momento mais dramático, e não deixa de ser curioso que o poeta tenha usado o estilo do mais viril dos trágicos franceses para representar um monarca mergulhado no pantanal dos tédios datados. Buscou-se na tradução exatamente essa franqueza imediata do tom, a simplicidade dos termos, o ritmo harmônico dos alexandrinos. O leitor que contar as sílabas da tradução notará que o segundo verso, apesar de soar como alexandrino, tem ao todo treze sílabas métricas. A técnica de não considerar a presença da última sílaba do primeiro hemistíquio, embora tenha desaparecido na poesia clássica francesa, foi usada em algumas obras medievais como o *Romance de Alexandre*. Essa pequena transgressão é imperceptível porque existe no verso, paralelamente ao corte entre os dois hemistíquios, uma divisão *semântica* muito marcada entre as duas parcelas (Rico, mas impo*ten*te,/ jovem, porém idoso), as quais, por sua vez, espelham seus ritmos, à imitação de um par de versos de seis sílabas. A mesma técnica foi usada, em português, por Castro Alves em *Poeta*, um poema que, apesar de possuir versos de doze, treze e até mesmo quatorze sílabas métricas, rege-se segundo o princípio musical do alexandrino.

Qualquer tentativa que se fizesse de reproduzir o belo trocadilho entre "pluvieux" (chuvoso e mais velho) e "vieux" (velho) resultaria em artificialismo desnecessário. No segundo hemistíquio do décimo verso, modificando ligeiramente o sentido da oração que originalmente ressaltava os sentimentos fáceis experimentados pelas damas de honra em relação aos príncipes (pour qui tout prince est beau) preferimos destacar o volume desse seu amor (que amam os reis ao cúmulo).

POESIA EM TEMPO DE PROSA

Kathrin H. Rosenfield

As personalidades de Eliot e Baudelaire conformam, sob certo aspecto, um contraste extremo. O primeiro, "poeta laureado", premiado, festejado, reconhecido em vida no mundo inteiro. O segundo, "maldito", perseguido, chegou a suscitar esta exclamação de R. Musil: "Incrível, o que os contemporâneos aprontaram para este homem. Será que poetas sempre precisam ser esmagados assim?".[1]

Além dos versos das *Flores do Mal* citados por Eliot em *The Waste Land*, o que têm em comum esses dois poetas? Não se pode esquecer que a fama e o reconhecimento de Eliot só foram conquistados depois de uma prolongada *errância* espiritual que o levou a romper com os valores, a religião e a cultura de sua família. São precisamente estas rupturas do jovem Eliot que o aproximam em espírito não só de Baudelaire, mas de um certo tipo de postura que caracteriza, na ótica da história das idéias, os chamados "libertinos".

No século XVII chamavam-se "libertinos" homens que partilhavam apenas o gosto pela independência e pelo livre-pensar, mas que faziam cada um da sua liberdade uso bem diferente.[2] O que unia devassos frívolos, estudiosos eruditos e os espíritos contemplativos era uma certa visão pessimista da condição humana, da instabilidade das paixões e da miséria nascida da consciência aguda e do intelecto. Este núcleo comum não era uniforme. Nele podia-se encontrar um amplo leque de posturas, desde a mais extrema exacerbação do "divertimento" – Pascal usa este último termo etimologicamente, como aquilo que nos distrai da visão avassaladora da morte e do nada, isto é, o esforço

---
1) Cf. Robert Musil, *Tagebücher*, 2 vols. Frankfurt, Suhrkamp, 1976, v. 1, p. 712, anotação referente a François Porché, *Le vie douloureuse de Charles Baudelaire*, 1926.
2) Cf. a antologia *Les Libertins au XVIIe siècle* (Antoine Adam, ed.), Paris, Buchet/Chastel, 1964.

empreendido para escapar à visão do caos e da inquietação – até a contemplação quietista, sentimento íntimo de confiança e de abandono a um "Ser supremo" ou "Deus Universal".

Na "errância" do jovem Eliot não faltam estes traços contraditórios. O próprio poeta anotou, certa feita, que a sua angustiada busca do absoluto o havia predisposto tanto à devassidão como ao ascetismo. Não há nada aqui de tão impressionante que não se poderia constatar pela própria oscilação dos conteúdos temáticos da poesia de Eliot. O leitor que conhece os tons de sua poesia, que pôde detectar, como que entranhados nas entrelinhas dos seus versos, tanto o sorriso brando de uma sublime candura como o aspecto mais sombrio de uma certa pornografia, poderá compreender em parte esta confissão.

Eliot e Baudelaire, contudo, nasceram numa época em que os consensos doutrinários e sociais do século XVII já iam longe nas águas do passado. A contestação, que atingia a sua máxima complexidade, produzia agora esse gênero de protesto sorrateiro, muito nosso ainda, de natureza vaga e individual, que via de regra desemboca na impotência neurótica. Bem diferente era o movimento dito "libertino" do século XVII. Este fora impulsionado por um formidável elã intelectual, por uma audácia crítica tão exigente e tão exigida que não se permitia ao pensamento escapar às conseqüências das suas formulações ou mesmo manter-se no estágio cômodo e vergonhoso da "impostura espiritual". Esta atitude, foi Stendhal quem mais tarde a transplantou para os seus romances. Ela caracteriza os seus grandes heróis, sempre audaciosos e sutis na sua revolta contra a acomodação na mesquinhez da segurança da fé e do dinheiro. No nome de Julien Sorel, o herói de *O Vermelho e o Negro*, ressoa o de Georges Sorel, um dos livre-pensadores eruditos do século XVII, e essa coincidência onomástica não a terá engendrado certamente o acaso. Para Georges Sorel a "liberdade íntima do espírito" significava nada menos, nada mais do que a *obrigação* de "aprender a viver como os deuses", desprendendo-se dos hábitos da ortodoxia.[3]

Cada um à sua maneira, Eliot e Baudelaire buscaram, como os seus antigos colegas "libertinos", o refúgio da poesia, esperando salvar do tédio mortal do hábito e da convenção algo que é essencial à vida, o espírito. Eliot se faz "conservador". Ele rejeita os grandes ideais de reforma e libertação do nosso século, mostra-se avesso ao marxismo e aos progressismos de esquerda. Mas ao fazê-lo, e com tal acento, ele revela o

---

3) *Ibid.*, p. 9.

seu pendor pessimista e "libertino", assim como se recusa a crer nas promessas demasiadamente fáceis e a iludir-se com doutrinas fugazes.

É, neste sentido, que tanto em Baudelaire como em Eliot encontramos longínquos ecos da "libertinagem" do século XVII, da revolta contra uma ortodoxia intelectual, moral e religiosa.

Entretanto, no século XIX, a tensão entre a aspiração ao absoluto e o rigor do pensamento se acirra de maneira considerável. Depois das sucessivas crises do cristianismo, as quedas da monarquia, da república e do império, a Restauração pode restabelecer antigos valores e hierarquias. No entanto, nada restaura nem a fé genuína e a confiança ingênua, nem a seriedade das dúvidas e a convicção violenta das revoltas de outrora. Às grandes crises da fé substituem-se agora o "horror de ser enganado" e o "espírito de prudência e de sobriedade" que Baudelaire destaca como uma das grandes qualidades dos raros aristocratas do espírito do seu tempo – Stendhal e Delacroix.

Os herdeiros dos libertinos não se debatem mais exclusivamente com pressupostos teológicos, como o da existência de Deus. O que está em questão agora, é a própria consistência das convicções subjetivas: da beleza ao prazer e à volúpia. "Quanto mais envelhecemos, a beleza e a volúpia perdem sua importância" – esta observação de Stendhal está entre as anotações de Baudelaire[4], e o poeta faz até mesmo uma apreciação dos defeitos de um personagem como Stendhal – "homem impertinente, truculento, repugnante, mas cuja impertinência provoca utilmente a meditação, quando diz, por exemplo: *a beleza é nada mais do que a esperança de felicidade*".[5]

Num dos seus poemas em prosa, Baudelaire expressa seu niilismo quase blasfematório em relação a todas as convenções e costumes – família, pátria, beleza e dinheiro. Reserva apenas o amor em um algo indeterminado, temor diante de um "objeto" que não se deixa erigir como fetiche da impostura – as nuvens:

O Estranho

– O que tu mais amas, homem enigmático, diz? teu pai, tua mãe ou teu irmão?
– Não tenho nem pai, nem mãe, nem irmã, nem irmão.
– Teus amigos?

---

4) Charles Baudelaire, *Oeuvres Complètes*, Paris, Pléiade, 1967, p. 859.
5) *Ibid.*, p. 973.

- Vós vos servis de uma palavra cujo sentido manteve-se desconhecido para mim até o presente dia.
— Tua pátria?
— Ignoro sob que latitude ela está situada.
— A beleza?
— Eu a amaria de bom grado, deusa e imortal.
— O ouro?
— Eu o odeio como vós odiais Deus.
— Eh! o que tu amas, então, extraordinário estrangeiro?
— Eu amo as nuvens... as nuvens que passam lá... lá... as nuvens maravilhosas![6]

No mundo prosaico de Baudelaire e de Eliot, apenas um "estranho" poderia pronunciar essas palavras infinitamente poéticas. Ambos encarnam esse estranho, mas somente até certo ponto: sabem que ele pertence doravante à "prosa da vida". O fervor religioso abalado pela parvoíce, o vigor corroído pelo comodismo e as grandes paixões inflacionadas por múltiplas volúpias diminuídas compõem o universo da hipocrisia e da *"niaiserie"* do qual os heróis de Stendhal, Julien Sorel e Lucien Loewen, partem para suas conquistas inglórias. A heróica sede de viver assume inevitavelmente as formas tortas e espremidas que as densas malhas da sociabilidade moderna lhe impõem.

Stendhal abandonou a poesia dando as cartas da nova literatura romanesca. Foi seu modo de tentar fazer o luto de uma imensa perda imaginária. Seus heróis, suspensos entre a revolta apaixonada, a acomodação cínica e a renúncia estóica, dilapidam sua magnífica vitalidade na conquista dos infinitos moldes pré-fabricados com os quais a astúcia de um Estado bem organizado atiça a avidez particular, a fim de explorá-la para seus próprios fins.

Para este mundo, Hegel prognosticou o "fim da arte". Isto não significa que não haveria mais arte. O "fim" se refere à "figuração final" no jogo das variáveis que compõem a sociabilidade. A consciência ultrapassou as formas ingênuas da imaginação autêntica, desconfia doravante do "semipensado" e reluta em entregar-se às belas formas oníricas da expressão religiosa e artística. Entregue às instituições racionais e prosaicas, ela marginaliza o jogo lúdico-sério das imagens poéticas que brincam com os possíveis da imaginação.

---

6) *Ibid.*, p. 875.

A mobilidade intelectual de Stendhal lhe permitiu renunciar à anacrônica exigência de integrar todas as dimensões essenciais da existência no verso e no metro. Ele simplesmente abandona a esperança de conciliar a realidade com aquilo que Mallarmé chama a "melodia" ou a "enigmática atmosfera da sugestão" e "o enigma do canto [...] que treme nos cantos mais longínquos da nossa alma". Para a alma ávida de pureza e verdade, entretanto, não existem estas soluções prosaicas. Mas quem insiste, sob essas condições, no charme da melodia e na magia do verso e do ritmo, recebe os encantos da poesia carregados do terror que emana de inebriantes jardins artificiais. Infinitamente atraentes, seus intensos deleites transformam-se em vertiginosos abismos – basta que, na delicada nebulosa, caia a sombra da realidade.[7]

Baudelaire sustenta este encanto terrível, porque possui o olhar crítico do pensador que está à altura do dom musical. Mallarmé sublinha este fato numa critica dirigida contra o prosaísmo de Victor Hugo. "Raramente [Hugo] encontra aquela coisa musical que constitui, na música, o segredo do canto, aquele toque melodioso que possuíam Racine, Heine, Baudelaire, Poe, Verlaine e que treme nos recantos mais longínquos da nossa alma." – ele anota, elogiando "o sentido místico da harmonia" e "o dom de velar a realidade com uma atmosfera de sugestão", que são as verdadeiras qualidades do poeta.

Eliot, como Baudelaire, estão sempre conscientes das exigências racionais do mundo em que vivem. Eles não se furtam ao desafio da reflexão e da análise, mas, embora mergulhem fundo nos meandros do pensamento, eles conseguem deixar emergir pensamentos e imagens nítidos, porém "envoltos pelos segredos sensuais da arte".[8] No seu ensaio sobre Baudelaire, o próprio Eliot diz explicitamente o que deve ao seu grande precursor:

---

7) Hegel constata este fato sem melindres e mostra com sobriedade que a *imaginação poética* terá de se defrontar, doravante, com uma apaixonada propensão de dominar intelectualmente suas representações, isto é, de *conhecer suas implicações com os outros domínios do saber*. Diante da ameaça do domínio racional, quais seriam as chances da poesia? Do choque com a "prosa da vida" resultaria precisamente a figura final da arte que supera, graças à intensidade interiorizada a ameaça racional. Entre sonho e realidade, entre fantasia e precisão objetiva interporiam-se o humor e a ironia – barreiras frágeis que medeiam – precariamente – uma comunicação entre as fluidas nuvens da imaginação e a solidez do mundo real. Hegel previa soluções serenas, uma poesia conciliadora num Estado à altura das exigências do conceito. Seu sistema estético não acolhe os romances e poemas que se fazem sintoma do mal-estar da cultura no estado civil-burguês. Cf. Werke in *Zwanzig Bänden*, Frankfurt, Suhrkmp, 1981, v. 13, pp. 123 e 141.

8) Nos *Paraísos Artificiais* Baudelaire analisa as complicadas tramas nas quais a mente, acirrada pela consciência, tenta reencontrar os elãs originários da alma.

"[...] a imagística da vida comum e da existência sórdida nas grandes metrópoles é elevada à máxima intensidade. [Assim, Baudelaire] criou um estilo de libertação e de expressão para outros homens."[9]

O Lustro "Clássico" de Baudelaire

A poesia de Baudelaire possui a clareza e a distinção da cultura livresca francesa, mas ela a ultrapassa pela perícia com que o poeta ressalta os *efeitos artificiais* da construção. O polimento da superfície adquire uma importância quase maior do que o desenvolvimento do conteúdo. A mais simples e rápida comparação da poesia de Baudelaire com a de Victor Hugo levará à constatação de que naquele a sintaxe e as imagens são como que lustradas, de um brilho nítido demais, quase agressivo muitas vezes, e que fere o olhar do leitor pelos efeitos excessivamente perfeitos e depurados.

Baudelaire sempre se gabou deste efeito de polimento. Certa vez, ao entregar o manuscrito de seus poemas, ele disse que o editor poderia ter certeza de que se tratava de uma obra perfeita, pois "passara a vida inteira aprendendo a construir frases"[10]. Mas este polimento não é meramente estilístico. Ele resulta de um modo peculiar de olhar, de uma observação analítica que é cruelmente perspectivista e sagaz. Em outras palavras, Baudelaire concilia as repercussões da deformação realista – a fria apresentação de objetos indignos ao grande estilo clássico – com a audaciosa vontade de manter uma forma cristalina e altiva, "imprópria" ou contrastante com o objeto (realista) e o modo frio e analítico da sua apresentação.[11]

Se Victor Hugo escolhe como seu objeto o cosmos inteiro que se espraia, na *Légende des Siècles*, em imagens flexíveis, abrindo-se em grandes paisagens, Baudelaire enclausura-se em apartamentos, estreitas calçadas, bares ou nos meandros do seu próprio cérebro. Ao charme – de duvidosa ingenuidade – das grandes expectativas hugolinas, substitui-se agora um mistério que não pertence ao objeto representado, mas à insólita técnica da sua construção.

Com a mesma seriedade e compenetração que os poetas clássicos ou renascentistas (Ronsard, por exemplo) dispensam a fim de encontrar

---

9) Refletindo sobre o hiato entre poesia e prosa cita estas palavras de Mallarmé nos *Tagebücher*, loc. cit., p. 13.
10) T. S. Eliot, *Ensaios*, São Paulo, Art Editora, 1989, p. 216.
11) Charles Baudelaire, *Les Fleurs du Mal*, introduction de Claude Picheis, Paris, Gallimard, 1972, p. 24.

comparações surpreendentes para o corpo da bem-amada, Baudelaire "anima" os conteúdos do seu cérebro com *símiles* fantasmagóricos e crepusculares.

"Tenho mais lembranças que se tivesse mil anos" –

é o primeiro verso de um dos três poemas intitulados *Spleen*. Baudelaire segue a trilha dos ousados lances e das eruditas analogias que encontramos já em Ronsard, mas o seu intuito é mostrar que esta ginástica da imaginação culta e consciente não promete mais elevar a alma às estrelas. Em seguida, a memória "milenar" do poeta se encarna nas imagens do mobiliário poeirento de um apartamento de defunto. Gavetas entupidas de balanços, quitações, romances, bilhetes amorosos e processos provam a morte da "matéria viva" da alma, a petrificação dos elãs do espírito nos documentos que este produziu:

– Doravante, não és mais, ó viva matéria!
Que um granito rodeado de vago horror

A lógica do pensamento poético de Baudelaire é exatamente inversa à de Victor Hugo. Esse glorifica de modo direto e entusiasmado a vida e o cosmos. Baudelaire, ao contrário, parte da crise da vida intelectual, da mente fatigada pelas excessivas aventuras da razão, tematiza a exaustão dos esforços intelectuais que se esterilizam em ambições sem fim. A memória petrificada – a *Mnemosyne*, deusa da poesia sagrada – se expande monstruosamente nos planos sucessivos de uma "terra desolada" que lhe dá a "vida" de um corpo cadavérico. Este é um novo tipo de "alegoria", elaborado em giros sinuosos e deslocamentos sutis que exigem um pensamento preciso e conseqüente, desdobrado com frio método. Baudelaire possui o que os clássicos chamam de *mechane* – arte, treino, agilidade – adquirida graças a uma cerrada instrução, e que lhe permite captar com **nitidez** os fantasmas vagos e as angústias longínquas do observador lúcido de uma época em crise.

É esta qualidade da precisão e da nitidez que o separa do mal característico do seu tempo (e do nosso): das fáceis generalizações, do pendor por elãs imprecisos, das confusões sentimentais camufladas num excesso de entusiasmo, do hábito da exaltação hipócrita da pureza e da autenticidade. Baudelaire expõe o **húmus** que faz brotar esta vegetação frouxa e opõe às leguminosas sem prumo suas *flores do mal* – rijas orquídeas que têm a virtude da precisão – precisão esta que permite *pensar e distinguir* o bem do mal.

Neste sentido, o *spleen* de Baudelaire – este tédio que pode aparecer como um afrouxar da vontade – é, na verdade, um gigantesco **elã**. Máximo esforço para arrancar da lama os germes pervertidos de antigas virtudes, a poesia de Baudelaire resgata no sério e escrupuloso tratamento da superfície dos vícios a esperança de um retorno da virtude. Há, assim, uma excitante desproporção entre o "objeto" e o "modo" da representação, que desponta na beleza perfeita do irrisório, no harmonioso charme do degradado, no brilho surpreendente do vulgar, na sedução do abjeto, isto é, no "satanismo" baudelairiano: clareza clássica aplicada a um objeto que não seria jamais um objeto clássico.

O Problema do Mal

Por um curioso e "perverso" desvio, Baudelaire retorna à probidade e à *Prudentia* romanas, cujo núcleo é a sóbria e viril honestidade de quem detesta enganar a si mesmo. Destila constantemente seu veneno contra as "moralidades delicadas" e as poses "católicas", sem poupar a ingenuidade que protege, pela ignorância cuidadosamente cultivada, a ilusão de ser portadora de todas as virtudes do mundo.

Nas anotações sobre a *Arte Romântica*, encontra-se um rascunho[12] que permite rastrear certa visão "libertina" da evolução moral desde o *Ancien Régime*. Fustigando a pretensa moralidade moderna, um dos parágrafos exclama:

> – *Que não se diga*: Os costumes [do *Ancien Régime* são] outros que os nossos, *diga-se*: Os costumes, então, eram mais honrados que hoje.
> – Será verdade que a moral se elevou? Não, é a energia do mal que baixou. – E a parvoíce (*niaiserie*) tomou o lugar do espírito.
> – A foda e a glória da foda [referência a *Les Liaison Dangereuses*], será que aquilo era mais imoral que esta maneira moderna de *adorar* e de misturar o sagrado ao profano?"[13]

Encontramos, aqui, protesto e indignação, mas, sobretudo, um prumo

---

12) Charles Baudelaire, *Les Fleurs du Mal*, Gallimard, 1972; prefácio de Claude Pichois, p. 24.
13) Estas páginas não foram escritas pela mão do poeta, porém provavelmente recolhidas e anotadas por Baudelaire que escreveu, no alto da folha, o título *Liaisons dangereuses*. Cf. Charles Baudelaire, *loc. cit.*, p. 988.

viril e uma vontade aristocrática de encarar a verdade e de assumir as suas conseqüências. Essa virtude admirável, que Baudelaire resgata dos seus modelos do *Grand Sciècle*, sofrerá, meio século mais tarde, o golpe mortal. Na poesia de Eliot, veremos todas estas qualidades extenuadas nos infinitos "corredores e túneis" da "ponderação", nas idas e vindas de "sutis reflexões", nos passos calculados de "pensamentos e considerações". Qualquer gesto viril e aristocrático tornar-se-ia, na terra desolada de Eliot, alvo de um ressentimento acerbo, fermentado na estufa dos preconceitos de um cristianismo decadente com o mofo de uma hipocrisia tão ingênua quanto vulgar.[14]

O elo desta guinada ressentida não foi documentado apenas por Nietzsche. Inúmeros outros autores (hoje menos apreciados devido ao seu catolicismo, porém não menos finos observadores que Nietzsche) rastreiam a exaustão das virtudes autênticas nas malhas de costumes e hábitos de uma sociabilidade cada vez mais complexa.[15] Nas mesmas "Notas" sobre *Les Liaisons Dangereuses* encontra-se o seguinte parágrafo:

"Chateaubriand devia em seguida gritar a um mundo que não tinha direito de se surpreender:
'Eu sempre fui virtuoso sem prazer; eu teria sido criminoso sem remorso'."[16]

– protótipo da indiferença moral que provocará as perturbações neuróticas analisadas por Freud e que criam, retroativamente, aquelas "ruminações" que assolam os personagens de Eliot. Esses personagens não conseguem fazer o luto de uma perda capital: a perda de valores compartilhados. O que se perdeu são as certezas e as convicções sensíveis, que foram, outrora, a "medula" da poesia originária, sustentáculo da religiosidade e das principais práticas rituais que ordenavam a sociabilidade arcaica.[17]

---

14) *Ibid.*, p. 988.
15) Pensamos, por exemplo, em Barbey d'Aurevilly ou no *Apocalypse* de D. H. Lawrence, autores que ressaltam no ressentimento o fado do nosso século.
16) Baudelaire, *Arte Romântica*, *loc. cit.*, p. 989
17) Cf. os receios de Platão relativos à poesia assinalam a primeira grande crise que a poesia sofre na crescente complexidade da organização social, onde os artifícios e, em particular, as "técnicas da palavra" sofísticas abalam o estatuto verídico e sagrado da palavra poética arcaica. A poesia pressupõe a aspiração ao absoluto, ela depende do elã e da convicção de poder plasmar na palavra harmoniosamente organizada os aspectos relevantes da vida. A organização racional, o cálculo (*ratio*) exerce sua pressão sobre a poesia, pressão essa, que se torna, na era civil-burguesa, quase insuportável.

Onde Baudelaire erige um monumento ao satanismo, Eliot comemora a banalização do mal na vulgaridade e nas ágeis torções graças às quais a civilização recupera os vícios do indivíduo como virtudes da sociedade. A sofisticação desta "máquina" racional, capaz de transformar o que há de pior na humanidade – o homem médio, covarde, acanhado e submisso – em forças sociais, está no centro de muitas obras modernas do século XX: *Le Grand Verre* de Marcel Duchamp, *Ulysses* de James Joyce, *The Waste Land* de Eliot. Em Baudelaire, esta sujeição do indivíduo aos interesses da máquina estatal não é, ainda, percebida como um destino inevitável, mas como uma falta de virtude pessoal.

Baudelaire insurge-se contra o fracasso da poesia sob o peso da "prosa". Com um gigantesco esforço de dominar à perfeição as antigas formas de expressão, ele dignifica e purifica os conteúdos do seu mundo degradado: a complicação de um pensamento que se prolifera *ad infinitum* e que, assim, nos rejeitou definitivamente do paraíso da simplicidade e da pureza. O poema *Élévation* é o melhor testemunho do temor respeitoso e do terror que Baudelaire sente diante da sofisticação moderna. Adotando a forma rija da sintaxe e a clareza do pensamento dos poetas renascentistas, o poema aparece, em um primeiro momento, como um frio exercício de estilo: descrição convencional das etapas da elevação do espírito em direção ao sublime. Mas o poema trata precisamente do problema da elevação para o espírito moderno, tão embaraçado com a consciência onde se acumulam conceitos, doutrinas e metáforas poéticas sem fim, isto é, uma massa de formas históricas do sentimento espontâneo da elevação que **impedem** qualquer abandono do espírito.

> Acima dos pântanos, acima dos vales,
> Das montanhas, dos bosques, das nuvens, dos mares,
> Para além do sol, para além dos éteres,
> Para além dos confins das esferas estreladas,
> Meu espírito, tu te moves com agilidade,
> E, como bom nadador desmaiando nas ondas,
> Tu sulcas alegremente a profunda imensidade
> Com uma volúpia máscula e indizível.
>
> Voa bem longe destes mórbidos miasmas;
> Vai te purificar no ar superior,
> E beba, como um puro e divino licor,
> O fogo claro que preenche os límpidos espaços.

Por detrás dos tédios e dos vastos pesares
Cuja carga apesanta a brumosa existência
Feliz quem puder com vigorosa asa
Se lançar aos campos serenos e luminosos;

Aquele cujos pensamentos, como cotovias,
Rumo aos céus de manhã levantam vôo, –
Que plana sobre a vida, e entende sem esforço
A linguagem das flores e das coisas mudas!

No entanto, algumas expressões e alguns giros destes versos criam insólitos reflexos que surpreendem como faíscas brilhantes. O movimento da "elevação" é expresso, através de uma curiosa inversão, como um mergulho numa "onda profunda". As rimas criam curiosos efeitos ao combinar palavras que o hábito costuma confinar em registros bem distintos (por exemplo, superior – licor, brumosa – vigorosa, cotovias – mudas).

É bem verdade que a poesia no sentido originário e puro cede ao impacto da consciência, do pensamento, da prosa – Barbey o percebeu com seu olhar de águia, dizendo que em toda a sua poesia se sente que Baudelaire *gostaria de crer* na infinita bem-aventurança. Em Baudelaire como em Eliot nunca acontecem aqueles "milagres" de elevação cristalina que caracterizam alguns dos últimos poemas de Rimbaud, onde a desconcertante simplicidade da forma – quase intocável pelo juízo analítico – destila a nítida sensação que algo além da pura poesia foi ali vislumbrado.[18]

As poesias de Baudelaire e de Eliot transmitem a decepção de terem ultrapassado o ápice. No ponto mais alto dos deleites e do refinamento, o espírito recai. Ele reconhece a impotência da sutileza e da sagacidade em atingir a beatitude do desprendimento. N'*As Flores do Mal* todo o desespero da impotência para o abandono de si e a entrega ao absoluto é vasculhado. Por vias tortas procuram-se as razões desse fracasso. Estabelece-se sua crônica – dolorosa, comprida, detalhada – à guisa de futuras parábolas ou alegorias. Como em *The Waste Land*, o desespero diante do inferno atual sempre é cruelmente acentuado pelas imagens da elevação que nunca se consuma, de vôos aspirando ao sublime, mas que recaem nas cidades fétidas

---

18) Cf. Rimbaud, poemas como *Ô Sainsons, Ô Châteaux*, onde a poesia está totalmente livre do peso da reflexão e da prosa, por ter se despojado de todos os artifícios. *Poésies*, Paris, Librairie Générale Française, 1972, p. 155.

por onde perambulam homens de lábios secos e aparência descarnada, enredados em infinitas lembranças de crimes e culpas.

O Frêmito do Artifício

Assim, Baudelaire prepara o tear para as futuras tramas de Eliot. Praticamente, todas as imagens históricas e as combinações conceituais a que Eliot submete os seus poemas já estão em germe presentes em Baudelaire. Nas tessituras de ambos os poetas confundem-se os fios das impressões atuais com os fragmentos resgatados de antigas tradições. No entanto, não podemos deixar de constatar que o sabor imediato que os dois tipos de poesia nos transmitem é totalmente diferente.

A excessiva familiaridade e a sofisticação inaudita com que Baudelaire maneja suas imagens simbólicas não correspondem mais ao gosto despojado, nem ao nosso horizonte de conhecimentos. Este deslocamento dos parâmetros estéticos é, por curioso que possa parecer, obra de artistas como Pound e Eliot. Ambos exigiam que se evitasse o uso exagerado de imagens que a convenção consagrou na história da literatura e que se procurassem figuras correspondentes que nos atingissem diretamente, sem pôr em movimento as conotações históricas. Esta exigência que, se mal interpretada, tende a transformar-se num imperativo redutor de toda a riqueza poética, Baudelaire a compartilhava. Sua poética, entretanto, reclamava esta conjunção de elementos arquetípicos, porque *As Flores do Mal* visavam dar *expressão hiperbólica e acabada* a um "concerto de símbolos" que estava na ordem do dia. O modo "clássico" e "polido" com que Baudelaire lustra sua poesia não é um tique anacrônico, mas um meio muito sutil de produzir um novo tipo de *sentimento: o frêmito do artifício*. Este sentimento, totalmente contrário ao que se qualifica de "natural" ou de "genuíno", será, na poesia de Eliot, objeto de lamentação e vergonha. Os efeitos sutis do artifício aparecem, em *Gerontion*, na forma de laboriosos afrodisíacos – jogos de reflexos indispensáveis para atiçar a volúpia saturada e senil do homem moderno.

Quando Eliot põe em cena seus personagens descarnados, sofridos, neuróticos e perversos, ele cria alegorias idênticas às de Baudelaire: símbolos da exaustão do gosto sob o peso da consciência e do conhecimento, figuras do abismo no qual as intrincadas estratégias da razão transformaram nosso desejo de elevação.

O ensaio crítico de Barbey capta bem esta faceta das *Flores do Mal*. Cheio de admiração pela sutileza com que Baudelaire reconduz seu leitor à antiga precisão que distingue entre o Bem e o Mal, Barbey sublinha a altíssima moralidade do poeta, cuja obra seria capaz de abrir um novo caminho a pensamentos eticamente relevantes e ao exercício do livre-arbítrio.

Barbey não podia prever que Baudelaire transformar-se-ia, em pouco mais de cinqüenta anos, num dócil emblema no circo das vaidades. Musil mostra sutilmente esta metamorfose no *Homem sem Qualidades*, onde o nome de Baudelaire tornou-se o álibi e o distintivo de pretensões artísticas frustradas. Dele se servem tanto o poderoso industrial Arnheim como o talentoso e mediano funcionário Walter.

Arnheim, dono das indústrias de armamento do Oeste, que aproveita os grandes preparativos pacíficos da "Ação Paralela" para adquirir campos petrolíferos no Leste, aparece com "o colete de cetim e a gravata borboleta que lembram a moda do Biedermeier, mas têm a intenção de sugerir... Baudelaire."[19] No segundo livro do romance, uma observação lapidar alfineta a impura conciliação de aspirações poéticas com veleidades naturalistas ou ecológicas – aquilo que Baudelaire chamaria "misturar o sagrado e o profano". Em parcas palavras, o irmão-médico da esquizofrênica Clarisse caracteriza a viscosa pseudocrença dos tempos modernos que Walter encarna: "Vocês têm *As Flores do Mal* e uma horta!"[20]

É diante destes imbróglios – trama complicadíssima de infinitas "ponderações, versões e reversões" – que vale a pena rever a primeira poesia de Eliot. Ela é um hino à "prosa" labiríntica na qual a razão se aprisionou. A este inferno Eliot terminou respondendo com a conversão. A escolha pode ser anacrônica, mas não deixa de ser interessante, sobretudo na perspectiva de Baudelaire.

---

19) *O Homem sem Qualidades*, São Paulo, Nova Fronteira, 1989, livro I, cap. 86.
20) *Ibid.*, livro II, cap. 7.

A *Primeira Poesia* de Eliot:
Uma Suma Lírica da Narrativa

Em 1926, T. S. Eliot cai de joelhos diante da Pietá de Miguelângelo, ofuscado pela experiência de um "algo" irredutível à experiência cotidiana. Os parentes que o acompanhavam neste passeio em Roma surpreenderam-se com o gesto deste homem que há muito se afastara das convicções religiosas da família. Os amigos e colegas londrinos receberam com estupor a sua conversão. Como era possível que este poeta, de aparência irreverente, que, às vezes parecia mesmo sussurrar blasfêmias, optasse pelo catolicismo, convertendo-se ao anglicanismo em 1929?[21]

No outro lado deste cenário estavam os crentes. Decerto preocupavam-se pouco com sua poesia, mas que prazer e alívio não terão sentido ao verem o poeta e editor de projeção fugir para as fileiras de um cristianismo que sofria as investidas fulminantes de um século cético e descrente! Para artistas e intelectuais modernos, tudo pareceu insólito e difícil de assimilar, e tanto mais à medida que Eliot se engajava com grupos eclesiásticos. De um lado, estranhamento e relutância; do outro, o entusiasmo fácil de pessoas indiferentes ao princípio poético de que se nutria a religiosidade de Eliot. Na verdade, dois modos complementares de incompreensão.[22]

Ele costumava reagir a pressões ideológicas com um misto de resignação e revolta, camuflando atrás de frases impecáveis toda a carga explosiva da ironia e da derrisão. Certa vez, indagado por personalidades públicas a esclarecer suas posições, Eliot, talvez aborrecido ou cansado demais para retomar o fio do seu argumento, replicou vestindo aquela

---

21) Para dados biográficos, remetemos à excelente biografia de Peter Ackroyd, *T. S. Eliot*, Hamish Hamilton, 1984.
22) Harold Bloom, num volume coletivo de ensaios sobre Eliot (*T. S. Eliot*, ed. H. Bloom, New Zork, Chelsea House Publishers, Modern Critical Views, 1985) resume a suspeição generalizada da intelectualidade progressista de esquerda da seguinte maneira: *"[...] for some critics of my own generation, Eliot only recently has ceased to represent the spiritual enemy. His disdain for Freud, his flair for demonstrating the authenticity of his Christianity by exhibiting a judicious anti-semitism, his refined contempt for human sexuality – somehow these did not seem to be the inevitable foundations for contemporary culture. [...]" (p. 2, Introduction)*. Apesar do tom aparentemente apologético, Harold Bloom evita a pergunta porque não só Eliot mas também pensadores relevantes para a cultura contemporânea – por exemplo, Robert Musil – dão-se o luxo de "desdenhar" Freud e de menosprezar a sexualidade banalizada dos tempos modernos.

célebre caricatura de "classicista em literatura, monarquista em política e anglicano em assuntos religiosos". Uma *"boutade"* que podia bem não provocar suspiros aliviados entre os indagadores, mas tinha ao menos a virtude de poupá-lo de ouvir repetir-se pergunta tão cavilosa.

É difícil delinear nitidamente as idéias e convicções religiosas de Eliot. Seu espírito estava tão atravessado de conflitos que mesmo os melhores amigos não lhe compreendiam os meandros mais sutis. Paul Elmer More, por quem o poeta nutria especial afeição e que como ele se convertera ao anglicanismo, confessava-se incerto quanto à natureza a se conferir à fé de Eliot. Por que este estranhamento das pessoas mais próximas? Qual terá sido o significado da religião e da fé para um artista que revolucionou a poesia do século XX? Mas, antes de mais nada, qual o significado da conversão na poesia de Eliot?

Para tentar qualquer resposta a este respeito é necessário antes lançar luz sobre as imagens religiosas que desde cedo povoaram e obcecaram a imaginação de Eliot. Compreendê-las, mais do que um exercício de erudição, constitui uma reflexão sobre o desejo de beleza que obsedou e embargou a alma deste artista. Para nós que desconhecemos, intimamente, os ricos rituais da antiga Europa é cada vez mais difícil compreender o fascínio que um jovem educado conforme os preceitos do unitarismo, tidos pela geração de Eliot como mesquinhos e despojados, pode ter sentido pelas ricas criações litúrgicas e pela arte cristã. Nossa incompreensão da religiosidade começa, em geral, ao optarmos pelas formas de expressão conceitual, política e ideológica que tendem a comprimir e amputar a sensibilidade religiosa e poética.

Foi diferente com Eliot. Desde sua infância, ele viveu as experiências que pairam entre o estético e o místico. É ele mesmo que nos conta ter lido, ainda menino, numa epígrafe de um conto de Poe, um verso de Henry King[23], que o fascinou de tal maneira que não teve descanso enquanto não descobriu o autor e a obra:

"Stay for me there..."

Estas quatro palavras, que são o começo de uma ardente imprecação dirigida pelo poeta à alma da esposa morta, de um poema que faz o amor se perpetuar, a despeito da desgraça inevitável da matéria perecível e do abismo da morte a separar os amantes, provocaram em Eliot sua

---

23) Cf. Henry King, in *Metaphysical Poets*, Oxford University Press, 1986.

primeira experiência estética e metafísica. Não o arrebatava, porém, o seu sentido cognitivo, mas o seu sentido sensual e espiritual, esta imersão da alma na visão, na certeza, quase sensível, do absoluto, da beleza, da verdade, de Deus. Para o sujeito arrebatado pela evidência do visto, a ordenação do sentimento nas formas vistas é o sentido, que não carece mais de compreensão ou de verificação intelectual.

Para um século como o nosso, que necessita de provas racionais e de argumentações discursivas, a verdade revelada misteriosamente pelo belo e pelo absoluto tornou-se completamente inacessível. Nietzsche, Emerson e Marx, ao inventariarem as cadeias do ressentimento[24] que impulsionaram os grandes desdobramentos históricos, deram o golpe de misericórdia contra a religião. Ao analisarem as ilusões, os impasses da vida religiosa, não lhes faltou esta verve polêmica, esta elegância argumentativa, esta sagacidade irônica, elíptica e voltairiana, não raro tirânica, que nos seduz e que parece querer nos recrutar ou fazer-nos partilhar de um ódio semelhante, apontando o objeto de abominação... que deveríamos nos envergonhar de admirar.

No entanto, a ironia é como um biombo. Vela deixando intactas as grandes emoções que maturam em torno da arte e da religião. Não somente o *Nascimento da Tragédia,* mas o da arte moderna foi gerado no ventre cálido dos sentimentos estéticos e religiosos: o fundo musical e lírico de onde brota a insólita experiência da certeza e do súbito "saber" acerca da beleza e do bem. Dos poetas trágicos a Dante e aos metafísicos, de Hölderlin a Mallarmé, Baudelaire, Laforgue e Eliot há uma tradição poética que repetidamente estabelece o elo metafísico entre arte e religião.[25]

Com certeza não é por acaso que uma obra de arte como a *Pietá* de Miguelângelo, símbolo por excelência do liame secreto entre o sensível e o sublime, tenha provocado em Eliot tanto fascínio. Nunca o amor físico e espiritual foi tão perfeitamente esculpido. Esta Virgem, talvez ainda moça, de feições ligeiramente andrógenas, abraça com ternura de mãe o corpo lânguido, esparramado, comoventemente frágil de Jesus Cristo, que parece escorregar de suas mãos trêmulas. É a beleza conferindo sentido mesmo ao sofrimento mais atroz e trágico, permitindo um vislumbre que transcende a mera apreciação estética. O que Eliot vê através do véu da Beleza não permite juízos; o gosto estético, formal,

---

24) Cf. Friedrich Nietzsche, *Die Genealogie der Moral* e *Geburt der Tragödie*, in *Werke* (3 vol.), Munique, Carl Hanser, 1966.
25) Cf. os ensaios do próprio Eliot em *On Poetry and Poets*, London, Faber and Faber, 1986.

torna-se acessório ante a nova revelação que, infinitamente superior, assume as tonalidades profundas e rigorosas do temor ético. Nesta experiência entre religiosa e artística, a conversão é como que um reconhecimento simbólico ou ainda uma atitude racional que – fato paradoxal – erige uma espécie de "monumento" ao inominável. Acreditamos que tal tenha sido a idéia contemplada por Eliot ao explicar que sua conversão não ocorrera repentinamente, mas apenas aprofundara tendências pessoais que, para irromperem em sua plenitude, aguardavam apenas a faísca detonadora de uma experiência autêntica.

Poesia, Leitura e Exegese

Para o menino, a leitura foi uma primeira escapatória da banalidade cotidiana. Ver e sentir não era simplesmente uma experiência estética, porém tinha esta relevância ética que nos coloca frente ao bem e ao mal. Mais tarde, impelido pelas avassaladoras experiências do belo e do absoluto, ele se afasta da religiosidade prática de sua infância. O unitarismo – religião mais árida que austera, depurada de transcendência – não servia a um jovem que ansiava experienciar o absoluto, que aspirava àqueles estados elevados aos quais não se pode chegar pela trilha do cálculo comum das coisas diárias. O puritanismo com seus rígidos preceitos morais é uma religião que procede de maneira normativa – "isto se faz", "aquilo não se faz" –, que renunciou aos delicados ideais que a iconografia cristã fabrica com as noções do Bem e do Mal. Assim, Eliot sente a religiosidade da família como um moralismo atrofiado e glacial – um pouco como tantos outros entre os seus conterrâneos que já denunciaram o unitarismo como um túmulo de uma viva eticidade[26]. Ainda estudante em Harvard, Eliot aplica-se em aprofundar seus estudos da filosofia cristã e das mitologias da antiguidade. Nesta tradição, ele encontra os infinitos motivos, os ricos

---

26) A grande amputação que a Reforma e as diversas tendências do puritanismo inglês e americano operaram sobre o rico imaginário católico já é referida na famosa *Histoire de la Littérature Anglaise* de H. Taine, Paris, 1881, cf. t. I, livro II "La Renaissance Paienne". Para muitos intelectuais dos Estados Unidos, é esta amputação que facilitou a transformação da pura austeridade do "unitarismo sério, intelectual e humanitário" em um dos instrumentos do capitalismo selvagem. Cf. também *The Education of Henry Adams*, Nova York, 1907, onde o árido clima do utilitarismo na universidade de Harvard é descrito como "era glacial [do espírito] na qual até um urso polar morreria de fome".

moldes e receptáculos de que se utiliza para construir para si uma nova ética, mais aberta ao pensamento e à contemplação da vida.

É na primeira poesia de Eliot que encontraremos o peso do pensamento filosófico e crítico. Ele aparece ali sob a forma de uma poética narrativa cuja essência lírica e musical amalgama-se em torno de conteúdos mais próprios da reflexão. Este amálgama de sentimento, imaginação e pensamento, Chateaubriand denomina-o "gênio do cristianismo", sua arte de entrelaçar a sensibilidade presente nas formas rituais artísticas pagãs com novos conteúdos dogmáticos e conceituais[27].

A "Ruminação Rítmica"

The Waste Land, poema que Eliot comparou certa vez a uma "ruminação rítmica", é a última fronteira desta engenhosa conciliação de fantasias sensíveis e aspirações do pensar. Ruminar é oscilar entre contemplação visual e reflexão, é repetir o movimento sofrido do pêndulo que vacila entre o ver e o pensar. De um lado, as certezas inquestionáveis da imagem; de outro, a reflexão corroendo, dissolvendo estas certezas. Com o qualificativo *"rythmical grumbling"*, Eliot introduz um termo preciso da antropologia do século dezoito e dezenove. Kant considera a *"Grüblerei"* (ruminação) como o avesso da experiência do sublime. Menosprezando eventuais significações ideológicas de seu poema, Eliot situa *The Waste Land* no cerne da reflexão sobre o belo e o sublime.[28]

Esta oscilação entre o narrativo-conceitual e o lírico, excelência e motor da primeira fase poética que vai dos esboços juvenis a *The Waste Land*, desaparece na segunda fase. Sua poesia aqui toma um aspecto mais lírico, mais "simples", sem a antiga profusão de temas, carecendo também do desenvolvimento narrativo predominante nos primeiros poemas. É óbvio

---

27) Pound recomendava aos amigos a leitura dos ensaios de Remy de Gourmond, uma espécie de história das idéias em tom conversacional, que valoriza a inaudita agilidade imaginária do cristianismo. Cf. *La Culture des Idées*, Paris, Mercure de France, 1916. Da mesma forma, Barbey mostra a importância do cristianismo "amplo, generoso e imenso" para a arte. Cf. o prefácio do romance *Une vieille Maîtresse,* Paris, A. Lemerre, 1868: "Ce qu'il y a moralement et intellectuellement de magnifique dans le Catholicisme, c'est qu'il est large, compréhensif, immense; c'est qu'il embrasse la Nature humaine tout entière et ses diverses sphères d'activité [...] Le Catholicisme n'a rien de prude, de bégueule, de pédant, d'inquiet. [... il] aime les arts et accepte, sans trembler, leurs audaces" (p. 7).

28) Immanuel Kant, *Crítica da Faculdade do Juízo*, São Paulo, Forense, 1993, #29, p. 121.

que a primeira poesia, por ser mais híbrida e ríspida, parece mais rica para a exegese e para a crítica, sobretudo no atual estado das coisas. As tentativas de conferir cunho mais "científico" à crítica literária praticada nas universidades resultaram na hipertrofia da abordagem conceitual, em detrimento de juízos propriamente estéticos. Neste aspecto, a primeira poesia é particularmente interessante. Conectando o elemento lírico com complexas figuras histórico-literárias e conceituais, ela opera em dois planos diferentes, pela beleza lírica, mas também pelas idéias que sorrateiramente se infiltram no tecido do poema sob a forma palpável de imagens mitológicas ou de símbolos cristãos. Desde o início, a poesia de Eliot procura reavivar conceitos teológicos e filosóficos que mantêm alguma relação com estes complexos imaginários. Para injetar algum frêmito de emoção no corpo das idéias exangues e arrancá-las à indiferença em que se encontram, Eliot não recua nem mesmo ante a blasfêmia, a derrisão e o sarcasmo.

Eliot não o faz, porém, como um historiador. Não acredita que as emoções do passado possam ser resgatadas pela simples evocação histórica. Violentamente oposto a todas as tentativas historicizantes, Eliot encontra em Laforgue o primeiro modelo a partir do qual ele poderá fazer sua investida contra a sensibilidade histórica[29].

O tom satírico e a melancolia acre-doce de Laforgue, entretanto, não lhe bastavam. Convinha imprimir à sua poesia uma certa trama híbrida de dramaticidade e lirismo que se equiparasse, em perspectiva, ao coro uníssono e desesperado das vozes dos personagens de todas as tragédias, ensandecidos no inferno de um poema que era para ser lírico! Vozes angustiadas e ternas, agitadas por uma obscura pressão, fazem ressoar cordas soterradas: esta emoção opaca, ora abafada, ora explosiva, aproxima *The Waste Land* à essência lírica do coro grego. Com efeito é ali que se encontra o modelo desta multiplicidade de vozes, falas, de dicções, todas envolventes, com suas peculiaridades, suas vulgaridades que vão se misturando em redemoinhos, confundindo e turvando, até se anularem no grito: poça de monocromatismo negro onde o homem moderno pode perfeitamente se espelhar. Tudo isso, entretanto, com uma arte tão generosamente pensada que mesmo o leitor ingênuo descobre na segunda leitura o seu motivo inconfundível. Mesmo as alusões livrescas, sempre

---

29) O historicismo e as sutilezas do jogo com a profundidade histórica de sentimentos, temas e conceitos, são alguns dos grandes problemas da poesia moderna. Robert Musil fará da reflexão sobre este problema um dos grandes eixos do seu romance. Cf. *Tagebücher*, Rowohlt, 1978, v. I, pp. 98 ss.

tão opacas quando feitas por maus artistas, parecem ali peças lixadas, polidas, sopradas pelo seu criador que as quis nítidas como uma lente que faz ver as curvas do mundo, deformando-as.

Esta clareza dentro do obscuro – nítido "casamento" do fervor vital subjetivo com formas culturais firmes – é, em Eliot, um genial desenvolvimento de certas reminiscências longínquas. Talvez das parábolas bíblicas que sua mãe, Charlotte, contava aos filhos. A dicção solene de certas passagens parece erguer-se, nobre e pura, da promíscua cacofonia. As imagens de sua poesia são sempre duplos ou múltiplos, um desencadear paralelístico que lembra muito o da poesia bíblica. Para que se compreenda a essência do poema basta ao leitor, como ao ler parábolas, confiar no caminho que, partindo da sensibilidade imediata, desemboca na pura figuração, de onde se pode chegar, finalmente, a uma província mais além: a das sendas sinuosas das invenções místicas, conceituais ou imaginárias.

A organização do material, porém, é sempre feita de tal modo a iluminar de compreensão as imagens mais sofisticadas. Assim ficam claros, por exemplo, os elementos "metafísicos" como o do sentido da "Ursa" no poema *"Gerontion"*. O leitor não precisa saber que a Ursa Maior (a ninfa Calisto metamorfoseada por Diana por ter traído o voto de castidade) é, nas crenças populares até o século XVII[30], um símbolo da lubricidade e do gozo infinito, e tampouco que ao urso atribuía-se então um longo orgasmo de nove dias. Não precisa conhecer a filiação existente entre Sírio, o calor estival e o Cão (daí a "canícula") e que esta última entidade pertence ao bestiário dos ritos orgiásticos. A lógica do poema, tão próxima a da antiga exegese, dá sentido vivo e palpável aos seus elementos, revitaliza-os por meio de uma – não encontro palavra melhor – "pressurização" poética. Eliot dilata os limites do lírico, englobando a "fenomenologia" cotidiana das frustrações, rebatida em piadas, *"bon-mots"* e grosserias banais. Da famosa "bolsa de água quente" que substitui, na gélida Inglaterra, a congelada vida erótica, às grosseiras, porém banais, alusões ao "sistema hidráulico" das mulheres insatisfeitas, Eliot acomoda todos os tristes restos do pensamento mitológico com sua simbologia feminina e aquática.

Na sua primeira poesia de aparência "contemporânea" e "moderna", Eliot empreende uma gigantesca exegese, tecendo sobre uma única trama contornos que confundem impressões recentes e atuais com os grandes modelos míticos,

---

30) Cf. Ovídio, *As Metamorfoses,* livro II, Calisto. A evocação do gozo monstruoso do Urso encontra-se ainda no *Othello* de Shakespeare, act IV, sc. 1.

bíblicos e cristãos. Mesmo os fatos mais corriqueiros da banalidade cotidiana perdem, nos seus versos, o seu sentido imediato, pedestre e urbano. Recebem uma carga encantatória que os chacoalha e os obriga a identificarem-se com as antigas fontes proféticas e visionárias, em contato com as quais mesmo o anódino assume um sentido mais vasto e cintilante[31].

Os Limites da Exegese

Sob o signo da Sibila de Cumae, Eliot prolonga, dentro das possibilidades limitadas que a hipertrofia dos meios artísticos e da comunicação moderna deixou, os antigos procedimentos da translação do patrimônio cultural. Entretanto, não foi somente na fonte exegética cristã que Eliot bebeu. Bebeu também na destes dois grandes pessimistas do século XIX que foram Baudelaire e Laforgue. Contra o otimismo piegas e a confiança míope Eliot aguçou o seu olhar desde cedo até a mais consumada sagacidade. Esta lucidez quase desesperada, que parece assinalar uma falta de sensibilidade para o bem e para a beleza, irrompe e impressiona já na temática e nos tons dos seus primeiros poemas. O conteúdo destes oscila constantemente entre a fantasia doce e a constatação amarga, entre a piedade e a blasfêmia, entre a palavra sublime e delicada e o termo depravado e chulo. A técnica e o estilo de Laforgue, porém, serviu-lhe apenas como um veículo provisório para aproximar-se do problema que o interessava: o do lirismo comprimido e contaminado pela superfetação reflexiva da consciência.

Quando Eliot subverte ironicamente mitos como o de *Baco e Ariadne* – esboço de 1910, não publicado, que segue a trilha lúdica das *Moralités légendaires* de Laforgue[32] –, ele não está simplesmente fazendo uma paródia estilística à maneira de Laforgue, mas justapõe problematicamente dois estados de espírito: o poético-dionisíaco e o prosaico. Dionísio, antes de ser o deus da tragédia, foi o dos estados extremos, da êxtase e de todos os arrebatamentos com os quais a vida regrada não podia simultaneamente conviver sem pôr em perigo o fundamento mesmo da civilização. O estado dionisíaco era uma suspensão na plenitude elementar da vida, uma volta ao ser originário

---

31) Da mesma forma que a sabedoria dos "Livros sibilinos" da antiga Roma é recuperada e reescrita pelos autores cristãos, Eliot retrata, com zelo entre melancólico e terno, a sabedoria cacofônica do seu tempo.
32) Jules Laforgue, *Moralités légendaires*, Paris, P.O.L. éditeur, 1992.

anterior às formas estabelecidas da vida. Baco representava a alma e a vida num estado puro, totalmente liberta do prosaísmo da vida social e política, das ponderações da razão; era o espírito indiferente aos cálculos normais e às hesitações que nascem da prudência e do medo. A história de Ariadne – a princesa que traiu seu pai para fugir com Teseu, mas que foi abandonada por este numa ilha deserta – mostra as imagens desta fonte de segurança. É o próprio Dionísio que a liberta para depois alçá-la aos céus e desposá-la. Neste mito pagão encontram-se já todos os elementos que os pais da Igreja resumirão na idéia da graça: depravação e culpa abismam o homem, o sujeitam ao perigo da morte física e moral. No mais profundo sofrimento, entretanto, um deus decide, gratuitamente, salvar e resgatar o homem desamparado[33].

Baco e Ariadne será retrabalhado, recebendo então o título *Segunda Disputa entre o Corpo e a Alma*, título que ressalta ainda mais o insolúvel problema conceitual da pureza na impureza material. As metáforas presentes nos versos, contudo, parecem muito mais próximas da beatitude dionisíaca – uma suspensão da alma num estado de latência, completude e plenitude, como o da larva na crisálida. A inação, quietude que se esboça no futuro, torna-se, para a consciência e a reflexão, o "paraíso perdido". Os prosaicos *Prufrock* e *Gerontion*, prudentes e meticulosos cidadãos que pensam, ponderam e hesitam, estão definitivamente excluídos desse estado de graça. Mas Eliot jamais se abandona à moda vulgar do seu tempo – aos panegíricos exaltados da alma e da intuição. Uma torção sardônica inflete os lamentos do poema: a própria alma, invólucro vital, comporta-se como o prudente Prufrock: parece arrepiar-se ante a perspectiva de nascer. Oscila entre o desejo de permanecer no seu estado beatífico e a angústia ante o risco de perder, por excesso de prudência, o momento crucial do próprio nascimento.

Aos primeiros esboços seguem-se poemas mais amplos que desenvolvem os dois extremos de um movimento em pêndulo, reservado à sensibilidade desarticulada. Num pólo, encontramos a forma mais originária do êxtase, a pura expansão vital (*São Narciso*), no outro, as emoções complicadíssimas, os complexos sentimentos invertidos que milênios de cultura imprimiram em nossa alma (*São Sebastião*). Estes dois poemas, verdadeiro díptico, foram escritos entre 1913 e 1914, e Eliot inclui o primeiro nos manuscritos originais de *The Waste Land*.[34]

---

33) Clément d'Alexandrie, um dos apologistas do cristianismo primitivo, diante das autoridades romanas, explica e justifica o mistério do Cristo graças a um estreito paralelismo entre este e os mistérios dionisíacos.

34) T. S. Eliot, *The Waste Land. A facsimile and transcript of the original drafts including the annotations of Ezra Pound*, London, Faber and Faber, 1983.

A Morte de São Narciso

O poema resume num mesmo personagem vários aspectos distintos do misticismo vital pagão e cristão. O Santo tem os traços de Dionísio, Baco e Narciso. Embora freqüentemente associados aos prazeres hedonistas, estas figuras representam em primeiro lugar o *mistério da vida*, de uma vitalidade muito *aquém* dos prazeres particulares[35]. É neste "aquém" que eles têm um elo de comunicação com o hieródulo babilônio, com os pitagóricos e os extáticos monges do deserto – figuras sobre as quais Eliot projeta a imagem do mártir cristão, São Narciso, sacrificado no século quarto. Mais do que um santo, ele é o protótipo do inspirado – daquele que não vê o mundo na ótica dos hábitos e das funções, mas sim da verdade e da essência. Ele é "tocado", arrebatado (*struck down*) pelo que "vê". O seu corpo, as sensações epidérmicas, os músculos e os movimentos não ganham o registro banal de prazeres ou desprazeres, mas são como que epifanias da verdade. O que Narciso vê é a própria vida, e em dois sentidos.

Num primeiro momento, o seu próprio corpo é animado, receptivo a sensações plenas de beleza. A sensualidade mais banal, em outras palavras, golpeia-o como a luz fulminante de um raio, abrindo-lhe a perspectiva de um "outro mundo", de um universo místico, de Deus. Assim que esta luz o atinge, o místico abandona o mundo comum e é arremessado a uma existência à parte.

Num segundo momento, este golpe miraculoso que o faz ver o segundo sentido do objeto de veneração. A "própria vida" passa a significar algo além da vida corpórea: ela é agora puro viver, a vida em si mesma. Assemelha-se, em seu movimento, às práticas dos hieródulos, sacerdotes e místicos que aceitam ter seus corpos consumidos e anulados em troca de uma outra vida que, livre do fardo individual, possa fundir-se e confundir-se com todos os seres da natureza numa grande e perene ondulação vital.

Death of Saint Narcissus e *Saint Sebastian* desenvolvem com maior seriedade dois aspectos complementares do estado dionisíaco. De um lado, o êxtase que, libertando o homem, o reconcilia com o todo e o faz atravessar,

---

35) Na tragédia de Eurípides, *As Bacantes*, o poeta salienta a diferença entre o delírio báquico – retorno às misteriosas forças da natureza bruta – e a excitação erótica, reprimida na pulsão de disciplinar e espiar. É esta última paixão que leva o chefe da cidade, Penteu, a perseguir e espiar as bacantes e torna-o vítima das garras dilacerantes das mulheres frenéticas.

em sucessivas metamorfoses, todos os modos de vida, até ser ele mesmo, como o mártir do século quarto, amorosamente trespassado pelas setas mortíferas, última e maior transmutação da sua existência; do outro, a ruminação de São Sebastião verte em hostilidade dilacerante, a consciência ruminadora pervertendo a bela entrega de Narciso. Sebastião, com seus gestos ascéticos e repugnantes de autoflagelação, busca alcançar novamente a beatitude que ali tem a forma de uma dama. Esta, porém, lamentando o sofrimento, morre estrangulada nos braços do amante.

A Liberação dos "Modelos" e das "Influências"

Em *Prufrock*, *Gerontion* e *Portrait of a Lady*, a poesia de Eliot perde o invólucro histórico. Conteúdos conceituais como vida e morte, queda e salvação assumem ali contornos contemporâneos acessíveis à sensibilidade imediata. Embora liberando seus temas do fardo da erudição, Eliot não dispensa os elos sutis e quase imperceptíveis que ligam a matéria moderna às imagens tradicionais da literatura. Estas, na verdade, ganham um sentido mais sutil e uma presença mais dispersa que nada têm a ver com a evocação óbvia e descritiva desta tradição.

O paciente anestesiado no início do *Prufrock* é a metáfora do crepúsculo. Expressa o justo terror ante a atmosfera gélida e mortal dos subúrbios das grandes cidades. Este horizonte crepuscular, que o leitor compreende sem dificuldade, Eliot o cria sem perder-se na água estanque de considerações históricas ou eruditas. Este corpo cadavérico e desalmado, encarnação da urbe crepuscular moderna, no entanto, não é apenas uma referência atual, mas a última réplica de um diálogo poético milenar que tematiza o parentesco místico dos fenômenos naturais com as revelações do sentido histórico e cosmológico. Victor Hugo talvez tenha sido o último interlocutor deste diálogo ao exaltar a aurora no início da *Légende des Siècles*:

> A Aurora aparecia; que aurora? Um abismo
> De deslumbramento vasto, insondável, sublime;
> Um ardente lume de paz e de bondade.
> Era nos primeiros dias do globo; e a claridade
> Brilhava serena na fronte do céu inacessível,
> Sendo tudo o que Deus pode ter de visível;[36]

---

36) Victor Hugo, *La Légende des Scièlces*, Paris, Garnier, 1964.

Nada desta expansão infinita, deste cosmos transbordante e auroral, poderá aparecer nos poemas de Eliot. Ao contrário, ele os inverte ao introduzir em *Prufrock* um crepúsculo, mas um crepúsculo cadavérico cuja contemplação pelo homem não lhe inspira nem mesmo a vitalidade das grandes melancolias nas quais mergulhavam os poetas de outrora quando viam o dia recuar ao avanço da noite. Nos três primeiros versos de *Prufrock*, um jogo poético muito sutil e econômico comprime o problema central do pensamento histórico: o da totalização da história universal – relato que comprime o sentido do mundo múltiplo e diverso – numa obra acessível à **sensibilidade**.

Vamos, então, você e eu
Quando a noite se esparrama contra o céu
Como um paciente anestesiado sobre a mesa;

A primeira poesia de Eliot apresentada neste volume poderia ser assim compreendida como uma recusa a aceitar para si as esperanças otimistas do século dezenove. Servindo negativamente de fio condutor, os painéis titânicos e colossais de Hugo, assim como a vigorosa exaltação que Whitman faz de si, de sua nação e do homem democrático, são colocados ao avesso. Em outras palavras, os grandes "monumentos" poéticos e narrativos são a um tempo condensados e negados na primeira poesia de Eliot. *The Waste Land* é, para bem dizê-lo, a quintessência deste destilar lírico da reflexão historicizante que obcecou o século passado[37].

---

37) Neste sentido, nossa leitura não concorda com a visão que H. Bloom tem da evolução poética de Eliot. Segundo Bloom, Eliot teria fracassado diante do seu predecessor Walt Whitman, "gigante" cujo vulto teria acuado Eliot à impotência: *"Deeper, almost beyond analytical modes as yet available to criticism, is Eliot's troubled introjection of his nation's greatest and inescapable elegiac poet. [...] The Waste Land has little to do with neo-Christian polemics concerning the decline of Western culture, and everything to do with a poetic crisis that Eliot could not quite surmount, in my judgment, since I do not believe that time will confirm the estimate that most contemporary critics have made of* Four Quartets. *"The decisive moment or negative epiphany of Whitman's elegy centers upon his giving up of the tally, the sprig of lilac that is the synecdoche for his image of poetic voice, which he yields up to death and to the hermit thrush's song of death. Eliot's parallel surrender in* What the Thunder Said *is to ask "what have we given?", where the inplicit answer is "a moment's surrender", a negative moment in which the image of poetic voice is achieved only as one of Whitman's "retrievements out of the night.* Cf. "Reflections on T. S. Eliot", in: *Raritan*, VIII/2, Fall, 1988. O que Eliot **conseguiu** é dar expressão ao desmoronar da longa tradição da sensibilidade histórica.

Devastação e Isolamento da Interioridade: o Fracasso da Razão

A ruminação rítmica do *The Waste Land* é preparada por uma série de poemas a cuja essência não seremos de todo infiéis se os chamarmos de "narrativos"[38]. Como o romance do século dezenove, estes poemas evocam todo o complexo universo de sensações e ambientes da realidade imediata, seus gestos, suas posturas, toda esta floresta de motivos que permeia a vida moderna reclamando tiranicamente a nossa atenção.

Nos poemas da primeira fase, estas evocações estão ainda agrupadas em torno de um personagem central: Prufrock e, a partir dele, a Dama e seu tímido companheiro, sósia do poeta, e o velho Gerontion. O poema, portanto, assemelha-se muito a um passeio "sentimental" (no sentido da *Education sentimentale* de Flaubert) durante o qual o sujeito descobre a que ponto a pobreza das formas o isolou da vida plena. Os solitários protagonistas parecem errar numa floresta de sensações e signos que lhes são, porém, estranhos: a inflação de palavras oculta o Verbo pleno da revelação, a pletora de sentidos anula o Sentido. Palavras e sentidos que são como que moldes ocos, fórmulas vazias dentro das quais o homem está aprisionado, sem percebê-lo. É segundo esta lógica que Prufrock diz de si mesmo: "Eu não sou Príncipe Hamlet... mas um lorde auxiliar".

O hiato entre intelecto e sensibilidade transforma emoções em movimentos sem forma, em transportes bruscos e involuntários que não possuem qualquer vínculo aparente com a vida. As dúvidas e perplexidades destes "heróis" desamparados refletem a sua preocupação quanto ao lugar reservado ao corpo físico e às sensações num mundo tão racionalmente organizado. É neste contexto que Eliot explora sutilmente a homofonia presente no inglês entre as palavras histeria e história. No poema *Hysteria*[39] quem fala é o próprio poeta, mas é o leitor que se sente sugado para dentro da boca ameaçadoramente escancarada e deformada de uma mulher que se deixa arrebatar por um fulminante e incontrolável ataque de hilaridade histérica. Ao leitor fica a sensação de medo de perder-se no interior cavernoso das tubulações carnais da sua garganta, como Gerontion que temia ser triturado nos "ardilosos túneis" da história.

---

38) A fim de dar uma idéia do caminho poético percorrido pelo seu marido, Valerie Eliot reuniu os manuscritos originários, corrigidos, cortados, editorados por Ezra Pound, no volume *T. S. Eliot, The Waste Land. A facsimile and transcript of the original drafts including the annotations of Ezra Pound,* London, Faber and Faber, 1983.
39) Cf. T. S. Eliot, *Collected Poems 1909-1962.* London, Faber and Faber, 1963, "Hysteria", p. 34.

A Dissolução da Ordem Lírica

As categorias da experiência sensível – tempo e espaço – aparecem como coordenadas fora dos eixos, que não permitem mais nenhum reconhecimento e nenhuma orientação. Prufrock arrasta-se por um mundo sem encantos: o porto com seus restaurantes e motéis imundos, alternando com a mundana monotonia dos salões. Mesmo o gato, ao qual Baudelaire em sua poesia reservara um papel erótico e sábio, confunde-se, em Prufrock, com a fumaça, com o *fog* das exalações industriais que pervertem a sua conotação sensual.

A outra forma da experiência sensível, o tempo, outrora compreendido como ritmo ordenador, desfaz-se numa sucessão vazia, aborrecida e sem sentido. Provoca a sensação psíquica do adiamento contínuo de todas as crises, isto é, a distância insuperável dos momentos de plenitude. Perderam-se os preciosos momentos do êxtase regenerador nos quais o tempo monótono do calendário se contrai e se dilata numa sublime Presença: suspensão beatificadora que precede ao recomeço do tempo terreno.

Tome-se, como ilustração, a fórmula "hurry up, please, it's time", que, interpolada num diálogo de *The Waste Land*, sintetiza o serviço prestado pelo homem ao tempo cronometrado do relógio. Ela não é nada mais do que uma versão moderna para a milenar esperança de recuperar definitivamente o Tempo. Os momentos de revelação e condensação do múltiplo na unidade e do tempo linear no instante-eternidade são, por natureza, o horizonte verdadeiro do lirismo. Neste sentido, a dissolução relativa da ordem lírica e sua aproximação com a narrativa surgem como a marca formal de uma impossibilidade moderna. O paraíso e a plenitude são inalcançáveis para quem instaurou um hiato entre o sensível e o intelectual.

Na obra de Eliot, a banalização do inaudito e da Verdade, o recuo do homem ante os grandes momentos da sua própria vida aparecem na aplicação que faz o autor de estereótipos coloquiais como "hurry up" ou "What is it?" ou ainda da retórica polida e convencional. Verbos como "dare" ou "presume" trazem à consciência as infinitas codificações da cultura inglesa. Quando o pacato personagem de Eliot pergunta-se se convém "ousar", o que aflora é uma insegurança, uma ansiedade difusa que ele, em sua distração e incerteza, associa à urgência erótica que emana dos perfumes das vestes femininas.

Prufrock é o protagonista do poema. Ele sai para fazer suas visitas corriqueiras, passeia ao léu por lugares que tanto têm de sofisticados como de baixos. Passa por motéis baratos, por bairros duvidosos, freqüentados por marinheiros e prostitutas, mas depois, com o mesmo ar de enfado e desencanto, perambula por salões onde encontra mulheres refinadas que falam sem parar de ideais e Belas Artes, estereotipados no emblemático Miguelângelo.

Seu passeio inclui dois universos terrenos que aparentemente se opõem: o das prostitutas que despacham sumariamente a mercadoria barata das supostas necessidades físicas e o das Senhoras que, a tomar-se pelas suas conversas, sempre "artísticas" e elevadas, parecem veicular produtos muito mais preciosos. Este segundo ambiente, não obstante as guloseimas de chás, bolos e geléias, Prufrock o freqüenta sob o seu disfarce de "voyeur" um pouco histriônico. Contudo, na sua canção não se encontra sinal de que a companhia destas senhoras plenas de obséquios lhe tenha satisfeito as ânsias vagas. Ocorre que esta sociabilidade tipicamente inglesa, com seu ritual de chá, suas conversas estetizantes e fraseologia educada, acaba confundindo-se, no plano dos sentimentos do protagonista, com as monótonas encenações do comércio de mercadorias dos comerciantes judeus e sírios que povoam *The Waste Land*. A mesma premeditação, o mesmo calculismo racionalizado que estabelece as perdas e os ganhos de cada um, criando vínculos meramente quantitativos, reduz a humanidade inteira a uma massa uniforme e morta que vive entranhada nas fissuras de montanhas cariadas.

Prufrock e os "Pensamentos em Urnas"

Nenhum arroubo gratifica esta vida expansiva esmagada sob os rigores que repreendem todo elã espontâneo, censuram sensações e podam idéias ou ações audaciosas. Uma estrofe de Prufrock diz com muita ênfase o sabor deste ser-exprimido por formas mortas. A alma não rumina sobre um confinamento individual. Ela contempla os "pensamentos em urnas" (coffined thoughts)[40], como Stephen Daedalus denomina as próprias idéias e as dos livros que se comprimem nas estantes. O acúmulo de formas convencionais comprime todo o nosso século enciclopédico.

---

40) James Joyce, *Ulysses*, New York, Vintage Books, 1986, cap. 9, pp. 151 ss.

> E valeria a pena, ao final
> Teria valido a pena
> Após o poente, os pátios, e as ruas salpicadas,
> Após sarais e taças e o frufru das saias no assoalho,
> E isso e quanto mais?
> Impossível dar forma às minhas idéias!
> Mas como se uma lanterna lançasse os nervos sobre a tela.

Aqui, a tristeza não é mais a melancolia que se abate sobre o corpo, mantendo-o prostrado. Não se trata mais do peso saturnal que mantém o belo corpo da *Melancolia* de Düerer curvado sobre a matéria[41]. O cárcere é feito dos fios imateriais da coisa cerebral – teia de aranha que o próprio homem moderno costurou e onde ele se enreda, tendo perdido de vista o princípio de sua própria artimanha. As tramas do pensamento conceitual apoderaram-se da experiência sensível. As próprias sensações do corpo, rebaixadas à matéria de conhecimento, perderam sua magia. Não é por acaso que um verso recorrente de Prufrock –

> "Na sala um vai e vem que range
> Mulheres comentam Miguelângelo"

– capta, ao mesmo tempo, o tédio convencional das conversas de salão e a memória do artista que melhor soube conciliar os sentidos (sensações dos corpos sensíveis) com o Sentido – as aspirações metafísicas cristãs. O que Miguelângelo pintou na Capela Sistina não são simples imagens, mas visões vivas que parecem acolher o espectador dentro de um verdadeiro invólucro cósmico[42]. Os corpos gigantescos, cuja vivacidade dilata as paredes da construção arquitetônica, contam as antigas lendas da existência trágica, porém também a promessa, cristã, de redenção. Sibilas e profetas sustentam, em igual número, a arquitetura deste cosmos, e nenhuma prudência mesquinha impede o artista de representar as verdades da doutrina[43] na nudez de corpos colossais que lembram deuses clássicos, quando não os vultos imensos das cosmogonias arcaicas.

---

41) Erwin Panowsky dedica um belo estudo à postura da "Melancolia" de Duerer, assolada pelo peso do seu próprio conhecimento.
42) Um comentário de Frederick Hartt, no belo volume *Michelangelo*, New York, Harry N. Abrams, Inc., s.d., mostra, de maneira sutil e agradável, os planos de construção "cósmica" que o pintor realiza na Capela Sistina.
43) Cf. *ibid.*, p. 31: o programa narrativo que subjaz à composição pictórica de Miguelângelo é geralmente atribuído ao cardeal Marco Vigério, monge franciscano que forneceu ajuda teológica ao pintor.

Na obra de Miguelângelo brilha a segurança, a potência do artista que consegue suspender as infinitas sinuosidades do pensar – precisamente aquela potência da qual os meticulosos prufrocks e os ascéticos gerontions estão definitivamente excluídos. De Miguelângelo a Goethe e Victor Hugo manteve-se vivo o imaginário que desenha a história humana num panorama magnífico. Apesar dos permanentes desacertos da humanidade, Goethe projeta-se plenamente no espelho do seu "irmão Prometeu". Seu Prometeu, com grandiosa serenidade, desafia Zeus:

"Eis-me aqui, moldando homens
à minha imagem,
como eu, uma linhagem,
destinada a sofrer, chorar..."[44]

Não teria Eliot se lembrado destes versos olímpicos, invertendo sua lógica no início de *Gerontion*? Ao soberano e juvenil desprezo dos sofrimentos, que o Prometeu de Goethe aceita em nome da beleza, da alegria, das obras e invenções humanas, respondem, ironicamente, os versos pusilânimes do frágil ancião Gerontion:

"Eis-me aqui, um velho em pleno mês de seca,
À espera de chuva, a ouvir um jovem ler p'ra mim."

The Waste Land conjuga e unifica "in extremis" os dois pólos que se desenham nos poemas da primeira fase. De um lado, o da transcendência divina, presente na temática mitológica (*Baco e Ariadne*), assim como na atmosfera inspirada-extática (*Death of Saint Narcissus*); do outro, o da imanência na banalidade cotidiana (*Retrato de uma Dama, Prufrock, Gerontion*). Os grandiosos vultos das Sibilas ou de Tirésias têm uma presença meramente residual no poema de Eliot: o epígrafe fornece o tom, a atmosfera de fundo: o "olhar" de Tirésias, a perspectiva que unifica o poema. O fato expressa a incompatibilidade destes personagens sinceros, solenes e exaltados em relação à atmosfera da vida cotidiana, à frivolidade, aos clichês, aos desejos vulgares e convenções rígidas e hábitos banais.

Nos primeiros poemas desenha-se um modo de poetizar alimentado por um campo de tensão que se estende dos videntes, hieródulos e profetas

---

44) J. W. von Goethe, *Prometheus* in: *Vermischte Gedichte, Sämtliche Werke*, Deutscher Klassiker Verlag, Frankfurt, 1987.

(a possessão mística) até o "homem médio", o cidadão vulgar, "possuído" pelas normas, pelos tiques e pela banalidade da vida cotidiana. Este é precisamente o objeto predileto do romance realista do século XIX, daquela tradição narrativa que tanto influenciou a lírica eliotiana.

A Perda das "Visões" na Era do Realismo

Depois de Stendhal, Flaubert é o primeiro artista a romper violentamente com as idéias de "ideal" e de "transcendência" da arte. Seu realismo destila o sabor aborrecido dos "progressos" de uma civilização que eliminou, junto com os preconceitos e as superstições, os gestos e as práticas, as imagens e os rituais que sustentavam um universo rico de emoções e sentimentos. Este novo objeto da representação desnuda o romance de qualquer ideal e esperança e se consuma no *Dicionário das idéias recebidas*.

Barbey o critica, enfurecido com a "erudição pedantesca" deste artista que teria violado, segundo ele, o último reduto da imaginação e da magia. Para Barbey, o realismo é o fim da antiga concepção de arte – a da beleza e do prazer que nos permitem contemplar problemas morais sem optarmos de antemão por algum sistema de pensamento e pelo raciocínio implacável dos argumentos discursivos. Tendo perdido a força para se enfurecer contra o mundo, Prufrock volta contra si a desolação da impotência. É por isto que a pergunta "E valeria a pena...?", deixada sem **objeto**, sem especificar **o que** deveria ou não valer a pena, termina num verso calcado sobre uma imagem de Barbey d'Aurevilly: a da literatura como lanterna mágica – que este lança em tom de deboche contra a precisão meticulosa de Flaubert. Prufrock desiste do impossível exame dos seus objetivos com as seguintes palavras:

Impossível dar forma às minhas idéias!
Mas como se uma lanterna lançasse os nervos sobre a tela.

A lanterna mágica ilumina-nos aqui, na projeção vaga e unidimensional, alguns contornos opacos do nosso cérebro: emaranhado igual aos cabeludos rastros do caruncho de Gerontion. Para Barbey, este achatamento da "lanterna mágica" que é Flaubert, vem da falta de uma secreta trama moral legível nas imagens – o crime irremissível do romancista:

"...não há mais forma e desenho do que idéias no livro de Flaubert. É um iluminador que pinta vidros coloridos para as lanternas mágicas que se mostra às crianças. E que digo? Não somente o seu livro é uma lanterna mágica, mas também o seu cérebro. Ele não é nada mais do que isso, e se ele insiste em seguir este caminho horrível progresso!, não será mais do que uma bolha que ainda desejará se fazer passar por uma lanterna, mas que não o poderá."[45]

Eliot assume o que o defensor de Baudelaire, Barbey d'Aurevilly, denuncia como pecado mortal do artista moderno. Ele mostra impiedosamente as próprias entranhas, os estereótipos anunciados na metáfora da lanterna mágica. Este brinquedo do século XIX é o emblema da imaginação frustrada, do encanto fugaz que se esvai em expectativas vazias, atiçando a imaginação sem satisfazê-la. No seu desgosto contra a imaginação prosaica, Barbey compara o cérebro de Flaubert aos reflexos do singelo brinquedo, que, depois de ter seu segredo desvendado, perde toda a sua magia. Pior que uma lanterna mágica, a imaginação do autor realista é comparada à sombra de um vaso, de um pote, de uma bexiga..., analisados e projetados com a "erudição pedantesca e infantil", com o "primitivismo" do olhar científico. Flaubert parece, para Barbey, "um pintor de imagens desnudadas", como "um erudito que escavou curiosidades nos livros para encher os seus".[46]

Para nós, este juízo não faz mais imediatamente sentido. Escolhemos Flaubert como o romancista por excelência e deixamos de escutar seus críticos contemporâneos por causa de opiniões que consideramos (rápidos demais!) como preconceitos religiosos. Mas, para os contemporâneos de Eliot, estes comentários, às vezes excepcionalmente perspicazes e sutis, faziam muito sentido. Com certeza, o lado místico e metafísico de Eliot reconhecia-se plenamente neste lamento à destruição da antiga concepção de beleza – com uma pequena diferença, porém: quando nasce Eliot, Barbey, este "garanhão entre cavalos castrados", morre, e Eliot sente-se irremediavelmente rejeitado neste mundo desolado. Nada na sua experiência, na sua formação e nas suas expectativas o aproxima da força viril de Barbey. Por isto mesmo,

---

45) Barbey d'Aurevilly, *Le Roman contemporain*, Paris, A. Lemerre, 1908, p. 112. Incluímos em anexo o ensaio de Barbey sobre as *Flores do Mal* e os *Paraísos Artificiais*, em primeiro lugar porque situa com extrema precisão o problema da poesia em tempos de prosa. Em segundo lugar, este ensaio elucida a grande crise que sofrem arte e religião no fim do século dezenove, crise esta que encontra nova expressão em Eliot.
46) *Ibid.*, p. 122.

entretanto, o universo de Barbey tem a aura do ideal, e ele é insistente ao lembrar que a força, a beleza e a Graça existem. *The Waste Land* nos emociona porque aqui e ali aparecem ainda alguns contrastes. Fragmentos de belos vôos marítimos, de abraços apaixonados e de entregas maravilhosas brotam como que do nada no solo estéril e árido deste deserto que é o cenário maior de *The Waste Land*. O tom e a dicção dos profetas bíblicos imprimem a estes fragmentos de belezas evanescentes o estigma da Graça, da salvação dionisíaca ou da arte inspirada.

Contudo, estes resíduos poéticos estão mergulhados no grande rio de imagens e visões prosaicas. Terá Eliot percebido que o futuro da poesia não mais seria a audácia da imaginação e do sentimento, mas as torções de sentimentos livrescos nos meandros da erudição cerebral? Ninguém mais do que ele está consciente da lamentável verdade de que a experiência de um autor contemporâneo é quase completamente livresca. O afastamento da vida e da ação destilam ou a indiferença ou o intelecto hiperexcitado; uma exasperação do cérebro e dos sentidos, que parece "queimar" toda receptividade espontânea.

Velamento e "Inquietante Estranheza"

Na terra desolada, queimada, arrasada, os movimentos sensuais – o fascínio dos felinos – dispersam-se no "fog" londrino. Não há mais os gatos encantadores de Baudelaire, mas o suave carinho das exalações urbanas:

> A névoa amarela que esfrega o dorso nas janelas,
> O fumo amarelo que esfrega o focinho nas janelas,
> Deteve-se por um tempo sobre as poças no asfalto,
> Deixou cair nas costas a fuligem das lareiras,
> Alteou-se até o terraço, deu um súbito salto,
> E ao notar que era uma doce noite de outubro,
> Enroscou-se junto à casa e adormeceu na soleira.

No lugar do calor felino, há dispersão, dissipação, esfriamento – até "pensar", o grande desafio do espírito livre, torna-se um tempo vazio que escorre nas "centenas de indecisões, centenas de visões e revisões" necessárias antes do "comer" – reduzido a insípidas "torradas e chá" – e de inquietudes diante de vagas e irrisórias "ousadias".

Será o perfume de um vestido
Que me faz assim tão pensativo?
Braços que jazem sobre a mesa ou envoltos sob um xale.
Deveria me arriscar?
De que modo começar?

O movimento dos braços assemelha-se ao do "fog" – gélido gato do esgoto – que se estira ao longo de blocos para finalmente "encaracolar-se" (curl up) e dormir. De modo análogo, os braços femininos – "Braços que jazem sobre a mesa ou envoltos sob um xale" – não suscitam senão higiênicas cortesias. A sensualidade civilizada é uma trama de complicados rituais, onde detalhes e códigos sofisticados postergam, desviam, complicam e pervertem encontros ou uniões. Adiando *ad infinitum* a doce suspensão do tempo no abraço amoroso, os meticulosos Prufrocks contaminam a alegria. Desacorçoado ante os fragmentos nus do corpo feminino, a sedução de braços e decotes, sorrisos e perfumes, torna-se para ele um insolúvel problema de descodificação. Ele pergunta, como se estivesse diante de um trabalho hercúleo:

Deveria me arriscar?
De que modo começar?

A reserva codificada tem seu reverso sombrio nos bairros pobres e marginais, onde Prufrock procura compensações "crepusculares" na hora do pôr do sol. É a hora do surto, acanhada descarga das tensões que restou do seleto comércio social dos salões. Um poema mais tardio, *Sweeney Agonistes*[47], deixa ver claramente o que resta apenas esboçado em Prufrock. Com nitidez grotesca, Sweeney diz o que Prufrock cala e o que o poema Prufrock vela com versos enigmáticos. Com palavras jocosamente ambíguas, entre graciosas e macabras, Sweeney propõe a uma das garotas de programa que ele freqüenta uma viagem à Ilha dos Canibais. Ali ele a comeria, não no sentido erótico do termo, mas literalmente, como um bife. As fantasias de Sweeney transformam-se em seguida, e ele conta uma história de amor. Um gentil velhinho, carinhoso e paterno, cuida com toda dedicação da sua moça predileta – paga o aluguel, recolhe o leite matinal junto à porta de entrada, leva o lixo e... conserva, na banheira, um pequeno fetiche: o cadáver da moça.

---

47) T. S. Eliot, *Collected Poems* (*op. cit.*), p. 121. O subtítulo de *Sweeney Agonistes* é *Fragmento de melodrama aristofânico*.

Os grandes erros trágicos – rapto, incesto, omofagia – são tomados, agora, na forma miúda do *Fragmento de um Melodrama aristofânico*[48]. Este substitui a ética viva das tragédias pela dramatização do *fait divers*. As gloriosas imagens da luta interminável contra as grandes paixões e contra os deslizes malignos da razão – os conteúdos das grandes profecias, a palavra sagrada das Sibilas, de Tirésias ou dos profetas bíblicos – recebem agora o tratamento banal que as páginas policiais dispensam aos crimes passionais: menções sucintas e fatuais.

Liberado da visão dos entraves trágicos da razão humana, o homem "livre", alegre freqüentador de bordéis, retrocede a um nível evolutivo ainda mais primitivo que o de seus ancestrais dos tempos arcaicos. Sem representações imaginárias eficazes, ele vive envolvido na nebulosa semiconsciência do "acting-out" que se instalou no "smog" das metrópoles "civilizadas".

Os desfechos assassinos não são, já o frisamos, privilégio exclusivo do dúbio personagem Sweeney. Eles aparecem – atenuados por uma imagem críptica – também na *Canção de Amor de J. Alfred Prufrock*. Mencionando os hábitos de "voyeur" dos homens solitários, o poema isola cinco versos – reminiscência quase onírica, encerrada entre asteriscos que a separam dos versos anteriores e posteriores:

* * * * *

Será que digo que andei no crepúsculo por vielas
E vi o fumo que foge dos cachimbos
De homens solitários que se apóiam nas janelas?

Eu devia ser um par de presas estraçalhadas
Em fuga sobre o chão de mares silenciosos.

* * * * *

Eliot associa a esta imagem dos olhares silenciosos e vorazes a curiosa e aparentemente despropositada evocação de garras diceradas e dilacerantes.

Do ponto de vista rítmico, estes versos são uma espécie de irrupção errática que surge, de maneira repentina e desconcertante, no meio do retrato da vida decente e monótona das casas burguesas. O relato das

---

48) *Ibid.*

andanças civilizadas de Prufrock é assim "cortado" em dois blocos. O primeiro trata dos movimentos felinos dos braços de mulheres (mal e mal registrados pela sensibilidade atrofiada do distraído Prufrock). O segundo descreve a "paz" (ou o tédio) das tardes nestas casas – tardes que cochilam – de novo – como gatos:

> "E o entardecer, a noite, dorme calmamente!
> Amaciado por dedos finos,
> Dormente... exausto... ou finge doente
> No chão disperso, em meio à gente."

Os cinco versos anteriores estão inseridos entre estes dois blocos, isolando seu conteúdo um tanto desconexo e enigmático pelo uso de "parênteses" gráficos: uma linha pontilhada antes e depois dos cinco versos marca a sua existência "insular" no meio do poema.

A exposição gráfica isola assim as andanças nos bairros pobres da outra vida nas "civilizadas" casas cultas. O olhar do narrador identifica-se com o do trabalhador aprisionado nas suas divagações solitárias, imobilizado na moldura rígida da janela. Ele torna-se assim "voyeur" – observador de uma espécie particular, que interiorizou de maneira excessiva as proibições e normas, de forma que seu único modo de contato está no fascínio visual que realiza e suspende, pelo menos em um primeiro momento, a aproximação física.

Sabe-se que o "voyeur" muitas vezes não consegue se satisfazer na sua passiva retração. Sub-repticiamente ele sai da sombra como "ripper", estripador, que os franceses chamam de "éventreur": "o que abre os ventres" – desfecho sugerido pelas "garras dilacerantes" no fundo dos mares silenciosos.

Isolados da verdadeira comunidade com os outros, expulsos do mundo humano e murados no silêncio, os impotentes anciãos de Eliot guardam, como os aterrorizantes pais dos contos de Kafka, golpes secretos e violentos.[49]

"Eu devia ser um par de presas estraçalhadas / Em fuga sobre o chão de mares silenciosos" são as palavras que, no condicional, dão a história virtual do velho Prufrock. Ela aparece no duplo sentido do verbo "scuttle", perdido na tradução "em fuga". "Scuttle" significa, em inglês, "andar em pequenos passos" e "recortar", criando um traço de união

---

49) Cf. Franz Kafka, "Das Urteil" e "Elf Söhne", in *Sämtliche Erzählungen*, Frankfurt, Fischer, 1970.

entre a face medrosa e hesitante de Prufrock e o gesto dilacerante do predador, aparentemente inconciliável com a imagem do homem decente e envelhecido. O movimento diminuto, solícito e velhaco é próprio da insegurança subalterna do "lord auxiliar", de Polonius-voyeur, espiando atrás da tapeçaria, ou do figurante que "inicia uma cena ou duas". Fiel à máxima de Flaubert, Eliot povoa seus poemas com os personagens principais da "bíblia do homem moderno"[50] – o jornal. Registro meticuloso de todos os rodeios da mesquinhez e da pedanteria, sereno retrato de um cinismo já sem drama e de uma devassidão normalizada, o jornal fornece ao lirismo de Eliot sua aterradora matéria prima. Sua linguagem forma o labirinto sem saída que aprisiona todo sentimento. Frouxamente derramados sobre sofás, os personagens se rendem à lassidão:

> Não era nada disso, afinal.
> Não era bem essa a questão central..."

A "Summa Lírica" dos Fragmentos

The Waste Land é a "summa lírica" destes fragmentos romanescos e das "visões" positivas, meticulosas, antipoéticas, dos historiadores e arqueólogos, da fala cotidiana e jornalística. A investigação histórica que marca o século XIX e o registro diário dos fatos criaram um novo tipo de olhar, uma visão que isola e identifica objetivamente determinados objetos, revelando sua consistência interna. Este tipo de olhar faz esquecer o valor e a função que estes objetos têm em relação ao todo, criando, ao mesmo tempo, uma estranha e desconcertante atração do objeto assim isolado. O fascínio dos primeiros versos de *The Waste Land* vem, em grande parte, da surpreendente reversão de perspectiva que faz do acessório o principal.

Os primeiros versos evocam o mês de abril, o brotar, verdejar e florescer da natureza primaveril. Não há temática mais estereotipada na poesia medieval ou nas canções populares de todos os tempos. No entanto, é inteiramente diferente o procedimento de que se utiliza Eliot

---

50) É de Hegel a provocante idéia de que a leitura diária do jornal substitui as rezas em torno da Bíblia.

para figurar o florescimento. Se na poesia tradicional a natureza não é mais do que o pano de fundo diante do qual a cena amorosa ou dramática é representada (Era no mês do verdejar e do florescer"), em Eliot, ela é a própria encenação, neste caso de alguém que relata friamente as impressões tediosas, decepcionadas causadas pelo retorno da primavera. Em *The Waste Land* não existe mais o pano de fundo no qual se destacam eventos relevantes. Todas as imagens são seriadas, niveladas, por um olhar idêntico, num mesmo plano. Falta aquela "bela" composição que cria uma secreta hierarquia moral entre o mais e o menos valioso. "Abril é o mais cruel dos meses" surpreende pelo tom de constatação, pelo tom de sóbria objetividade que se liberou dos preconceitos poéticos que associam abril com as doces efusões do amor e com a bela expansão da natureza. O novo qualificativo de abril – "o mais cruel dos meses" – supõe toda a soma de conhecimentos antropológicos que o século XIX acumulou com o método comparativista: o saber dos ritos "cruéis", acompanhando, nas mais diversas culturas do planeta, a passagem do antigo para o novo ano[51].

A mesma objetividade fatual destrói a aura venerável dos personagens principais – da Sibila Cumeana e de Tirésias. Para a evocação da Cumeana na epígrafe, Eliot escolhe o tom satírico de Petrônio[52]. As linhas citadas em latim e grego são as palavras do ricaço Trimalcião (alma-gêmea dos mercadores e diretores de banco que assombram *The Waste Land*, cuja visão do mundo se resume em cifras medindo sua imensa riqueza. Conseqüentemente, ele vê a Sibila apenas como um objeto qualquer "pendurada na sua ampola" e falando – não para ele, Trimalcião, que seria incapaz de ouvir, mas para os moleques – do seu "taedium vitae". "Eu quero morrer" diz a Sibila, porém Trimalcião não se surpreende, nem se pergunta, nem se emociona, ele somente usa esta peça de informação para interromper o discurso, inutilmente longo para o seu gosto, do poeta que parecia cativar a atenção dos seus convidados.

Tirésias, por sua vez, "o velho, de tetas estriadas", espia uma versão trivial e contemporânea do pecado original – a sedução da dactilógrafa pelo agente imobiliário. A descrição do vidente faz pensar na Cumeana

---

51) A paixão arqueológica e antropológica do fim do século XIX e do início do século XX foi alimentada por belas e monumentais edições como *The Golden Bough*, de Sir James Frazer, ou *L'Histoire de l'Égypte* de G. Maspéro. Todos estes livros reservam grande espaço aos mitos arcaicos e primitivos, divulgando amplamente o imaginário dos deuses e demônios da vegetação e dos ritos cruéis envolvidos nas crenças mágicas.

52) Cf. Petrônio, *Satiricon*, cap. XLVIII, São Paulo, Brasiliense, 1985.

de Miguelângelo, na Capela Sistina, em Roma. Velha, viril, de rosto e peitos enrugados, ela observa, espantada, a Queda de Adão e Eva. Miguelângelo representa a Criação e a Queda na mesma imagem, unificada por uma árvore corpulenta – verdejante ao lado da Criação, seca e desolada ao lado da Expulsão do Paraíso. Ninguém mais que Eliot terá sentido a força deste relato pictórico da Capela Sistina. De um lado, a alegria do casal inocente; do outro, os corpos recurvados pela dor e pela vergonha. À sombra da árvore verdejante, os olhos luminosos de Eva contrastam com o olhar apagado na luz implacável do meio dia. O magnífico corpo, estendido aos pés de Adão, dá a medida da miséria de Eva que se curva ao peso do Exílio.

É a mesma distância e a mesma tensão que opera nos deslocamentos de tom e de perspectiva na poesia de Eliot. A narrativa é reduzida a grandes elipses, mas cada elemento tem o valor de emblema ou de chave de um dos grandes relatos romanescos ou lendários, filosóficos ou teológicos da História universal.

Os Paraísos Artificiais

Charles Baudelaire

Ópio e Haxixe

(1860)

A
J. G. F.

Minha cara amiga,

O bom senso nos diz que as coisas da terra não existem senão muito pouco, e que a verdadeira realidade encontra-se somente nos sonhos. Para digerir a ventura natural, assim como a artificial é preciso antes ter coragem de engoli-la; e os que merecem talvez a ventura são justamente aqueles a quem a felicidade, tal como a concebem os mortais, fez sempre o efeito de um vomitivo.

Aos espíritos tolos parecerá singular, e mesmo impertinente, que um quadro de volúpias artificiais seja dedicado a uma mulher, fonte mais comum das volúpias mais naturais. Entretanto é evidente que, como o mundo natural penetra no espiritual, serve-lhe de alimento, e concorre assim para operar esse amálgama indefinível que chamamos nossa individualidade, a mulher é o ser que projeta a maior sombra ou a maior luz nos nossos sonhos. A mulher é fatalmente sugestiva; ela vive de uma outra vida além da sua; ela vive espiritualmente nas imaginações que ela freqüenta e que ela fecunda.

Pouco importa, aliás, que a razão desta dedicatória seja compreendida. Será mesmo tão necessário, para o contentamento do autor, que um livro qualquer seja compreendido, exceto por aquele ou por aquela para quem foi composto? Para tudo dizer, enfim, é indispensável que ele tenha sido escrito para alguém? Quanto a mim tenho tão pouco gosto pelo mundo vivo, que, semelhante a essas mulheres sensíveis e desocupadas que enviam, como se diz, pelos correios suas confidências a amigos imaginários, com muito gosto não escreverei senão para os mortos.

Mas não é a uma morta que dedico este pequeno livro; é a uma que, embora doente, está sempre ativa e viva em mim, e que neste momento volta todos os seus olhares ao Céu, esse lugar de todas as transfigurações. Pois, do mesmíssimo modo que de uma droga medonha, o ser humano desfruta deste privilégio de poder tirar gozos novos e sutis até mesmo da dor, da catástrofe e da fatalidade. Verás neste quadro um passeante sombrio e solitário, mergulhado no móvel vagalhão das multidões, e enviando o coração e o pensamento a uma Electra longínqua, que enxugava outrora a testa banhada de suor e refrescava os lábios pergaminhados pela febre; *e tu adivinharás a gratidão de um outro Orestes, cujos pesadelos muitas vezes vigiaste, e de quem dissipavas, com mão leve e maternal, o pavoroso sono.*

C. B.

Poema do Haxixe

I. O Gosto pelo Infinito

Os que sabem observar a si mesmos e que guardam a memória de suas impressões, os que souberam, como Hoffmann, construir seu barômetro espiritual, puderam por vezes notar, no observatório de seu pensamento, belas estações, dias venturosos, minutos deliciosos. Há dias em que o homem desperta com um gênio jovem e vigoroso. As pálpebras nem bem livres do sono que as selava, o mundo exterior se oferece a ele com um relevo poderoso, com uma nitidez de contornos, uma riqueza de cores admiráveis. O mundo moral abre suas vastas perspectivas, repletas de novas claridades. O homem gratificado por esta beatitude, infelizmente rara e passageira, sente-se a um tempo mais artista e mais justo, mais nobre, para tudo dizer numa palavra. Mas o que há de mais singular neste estado excepcional do espírito e dos sentidos, que posso, sem exagero, denominar paradisíaco, se eu o comparo às pesadas sombras da existência comum e cotidiana, é que não foi criado por nenhuma causa muito visível e fácil de definir. Será o resultado de uma boa higiene e de um regime de sábio? Tal é a primeira explicação que se oferece ao espírito; mas somos obrigados a reconhecer que muitas vezes essa maravilha, essa espécie de prodígio produz-se como se fosse o efeito de uma potência superior e invisível, exterior ao homem, depois de um período em que este abusou de suas faculdades físicas. Poderíamos dizer que é a recompensa das repetidas prédicas e dos ardores espirituais? É verdade que uma elevação constante do desejo, uma tensão das forças espirituais apontando para o céu, seria o regime mais apropriado para criar esta saúde moral, tão brilhante e tão gloriosa; mas em virtude de que lei absurda ela às vezes se manifesta após culpadas orgias da imaginação, após um abuso sofístico da razão, que é em sua aplicação honesta e razoável o que os exercícios de contorção são para a ginástica sadia? Eis por que prefiro considerar essa condição anormal do espírito uma verdadeira *graça*, como um espelho mágico onde o homem é convidado a se ver como belo, ou seja, tal como deveria e poderia ser; uma espécie de excitação angélica, um apelo à ordem sob uma forma cerimoniosa. Do mesmo modo, uma certa escola espiritualista, que tem seus representantes na Inglaterra e na América, considera os fenômenos sobrenaturais, tal como as aparições de fantasmas, de almas do outro mundo, etc., manifestações da vontade divina, preocupada em despertar no espírito do homem realidades invisíveis.

Além do mais, esse estado encantador e singular, em que todas as forças se equilibram, em que a imaginação, embora maravilhosamente poderosa, não arrasta atrás de si o sentido moral em perigosas aventuras, em que uma sensibilidade delicada não é mais torturada por nervos doentes, esses comuns conselheiros do crime ou do desespero, este estado maravilhoso, afirmo, não possui sintomas precursores. É tão imprevisto quanto o fantasma. É uma espécie de visitação, mas uma visitação intermitente, de que deveríamos tirar, se fôssemos sábios, a certeza de uma existência melhor e a esperança de atingi-la pelo exercício cotidiano de nossa vontade. Esta acuidade do pensamento, este entusiasmo dos sentidos e do espírito devem ter parecido ao homem, em todas as épocas, como o primeiro de todos os bens; eis por que, considerando somente a volúpia imediata, ele, sem se inquietar de violar as leis de sua constituição, procurou na ciência física, na farmacêutica, nos mais grosseiros licores, nos perfumes mais sutis, sob todos os climas e em todos os tempos, os meios de fugir, por algumas horas que fossem, ao seu habitáculo de lama, e como diz o autor de *Lazare*: "de arrebatar o Paraíso de uma só vez". Ai de nós! os vícios do homem, tão plenos de horror que se os suponha, contêm a prova (quando não de sua infinita expansão!) de seu gosto pelo infinito; apenas, esse é um gosto que erra muitas vezes o caminho. Poder-se-ia tomar no seu sentido metafórico o provérbio vulgar, *Todos os caminhos levam a Roma*, e aplicá-lo ao mundo moral; tudo leva à recompensa ou ao castigo, duas formas de eternidade. O espírito humano transborda de paixões; ele as tem até para *vender*, para servir-me de uma outra locução trivial; mas este espírito infeliz, cuja depravação natural é tão grande quanto a sua súbita aptidão, quase paradoxal, à caridade e às virtudes mais árduas, é fecundo em paradoxos que lhe permitem empregar no mal o excedente dessa paixão transbordante. Ele não acredita jamais se entregar em bloco. Ele esquece, em sua fatuidade, que está afrontando alguém mais fino e mais forte do que ele, e que o Espírito do Mal, mesmo quando alguém lhe entrega apenas um fio de cabelo, não demora em levar junto a cabeça.

Este senhor visível da natureza visível (falo do homem) quis criar, portanto, o Paraíso pela farmácia, pelas bebidas fermentadas, semelhante a um maníaco que substituísse móveis sólidos e jardins verdadeiros por decorações pintadas em telas e suspendidas em corrediças. É nesta depravação do sentido do infinito que reside, a meu ver, a razão de todos os excessos culpáveis, desde a embriaguez solitária e concentrada do literato, que, obrigado a buscar no ópio um alívio para uma dor física, e tendo assim descoberto uma fonte de gozos mórbidos, fez disso pouco a pouco sua única higiene assim como o sol de sua vida espiritual, até bebedeira mais repugnante dos subúrbios, que, cérebro pleno de fogo e glória, rola ridiculamente nas imundices da estrada.

Entre as drogas mais apropriadas a criar isso que chamo de *Ideal artificial*, deixando de lado os licores, que levam rapidamente ao furor material e abatem a força espiritual, e os perfumes cujo uso excessivo, embora fazendo mais sutil a imaginação do homem, esgota gradualmente suas forças físicas, as duas mais enérgicas substâncias, aquelas cujo emprego é mais cômodo e está ao alcance da mão, são o haxixe e o ópio. A análise dos efeitos misteriosos e dos gozos mórbidos que podem engendrar estas drogas, dos castigos inevitáveis que resultam de seu uso prolongado, e, enfim, da própria imoralidade implícita nesta procura de um falso ideal, constitui o objeto deste estudo.

O trabalho sobre o ópio foi feito, e de uma maneira tão impressionante, a um tempo médica e poética, que não ousaria acrescentar-lhe nada. Contentar-me-ei, portanto, com outro estudo, em dar a análise deste livro incomparável, que nunca foi traduzido na França em sua totalidade. O autor, homem ilustre, de uma imaginação poderosa e requintada, atualmente retirado e silencioso, ousou, com uma trágica candura, fazer o relato dos gozos e das torturas que encontrou outrora no ópio, e a parte mais dramática de seu livro é aquela onde fala dos esforços sobre-humanos de vontade que precisou desdobrar para escapar à danação à qual ele mesmo imprudentemente se consagrara.

Hoje falarei somente do haxixe, e falarei dele conforme as numerosas e minuciosas informações, extraídas de notas e confidências de homens inteligentes que se entregaram a ele por longo tempo. Somente, fundirei esses documentos variados num tipo de monografia, escolhendo uma alma, fácil, aliás, de explicar e definir, como tipo apropriado a experiências desta natureza.

II. Que é o Haxixe?

Os relatos de Marco Polo, de quem injustamente se zombou, como de alguns outros viajantes antigos, foram verificados por estudiosos e merecem nosso crédito. Não contarei, conforme ele próprio, como o Velho da Montanha encerrava, após tê-los embriagado com haxixe (daí haxixins ou Assassinos), num jardim pleno de delícias, aqueles dentre seus mais jovens discípulos aos quais queria dar uma idéia do paraíso, recompensa entrevista, por assim dizer, de uma obediência passiva e irrefletida. O leitor pode, relativamente à sociedade secreta dos haxixins, consultar o livro de Hammer e a tese de Silvestre de Sacy, incluído no tomo XVI das *Mémoires de l'Académie des Inscriptions et Belles-Lettres* (Atas da Academia das Inscrições e Belas Letras), e, relativamente à etimologia da palavra *assassino*, sua carta ao redator do *Moniteur*, inserida no número 359 do ano 1809. Heródoto conta que os Citas amontoavam grãos de cânhamo sobre os quais jogavam pedras enrubescidas ao fogo. Era para eles um banho de vapor mais perfumado que o de qualquer estufa grega, e o gozo ali era tão vivo que lhes arrancava gritos de júbilo.

O haxixe, com efeito, nos vem do Oriente; as propriedades excitantes do cânhamo eram bem conhecidas no antigo Egito, e o seu uso é muito difundido, sob diferentes nomes, na Índia, na Argélia e na Arábia Ditosa. Mas temos aqui perto de nós, ante nossos olhos, exemplos curiosos de embriaguez causada pelas emanações vegetais. Sem falar das crianças que, após terem brincado e rolado em montes de luzerna cortada, experimentam muitas vezes singulares vertigens, sabe-se que, assim que se faz a colheita do cânhamo, os trabalhadores, homens e mulheres, experimentam efeitos análogos; dir-se-ia que da colheita ergue-se um miasma que lhes turva maliciosamente o cérebro. A cabeça do ceifeiro está plena de turbilhões, às vezes repleta de devaneios. Em certos momentos, os membros enfraquecem e recusam-se ao serviço. Ouvimos falar de crises sonâmbulas muito freqüentes entre os camponeses russos, cuja causa, ao que se diz, deve ser atribuída ao uso do óleo da semente do cânhamo na preparação dos alimentos. Quem não conhece as extravagâncias das galinhas que comeram sementes de cânhamo, e o entusiasmo fogoso dos cavalos, que os camponeses, nas bodas e nas festas patronais, preparam para as cavalhadas com uma ração de grãos de cânhamo às vezes regada com vinho?

Entretanto, o cânhamo francês é impróprio para se transformar em haxixe, ou, ao menos, conforme experiências repetidas, impróprio para dar uma droga igual em potência ao haxixe. O haxixe, ou cânhamo indiano, *cannabis indica*, é uma planta da família das urticáceas, igual em tudo, salvo que não atinge a mesma altura, ao cânhamo dos nossos climas. Possui propriedades inebriantes muito extraordinárias que, desde alguns anos, chamou na França a atenção de estudiosos e de pessoas do mundo. Ele é mais ou é menos estimado conforme as diferentes proveniências; o de Bengala é o mais apreciado pelos amadores; contudo, os do Egito, de Constantinopla, da Pérsia e da Argélia desfrutam das mesmas propriedades, mas num grau inferior.

O haxixe (ou erva, isto é, a erva por excelência, como se os Árabes tivessem querido definir numa só palavra a *erva*, fonte de todas as volúpias imateriais) leva diferentes nomes, conforme a composição e o modo de preparação que sofreu no país onde foi colhido: na Índia, *bangie*; na África, *teriaki*; na Argélia e na Arábia Ditosa, *madjound*, etc. Não é indiferente colhê-lo em todas as épocas do ano; é quando está em flor que possui sua maior energia; os cumes floridos são, por conseguinte, as únicas partes empregadas nas diferentes preparações das quais temos algumas palavras a dizer.

O *extrato gorduroso* do haxixe, tal como o preparam os Árabes, obtém-se fazendo ferver os cumes da planta fresca na manteiga com um pouco de água. Passa-se por um filtro, após a evaporação completa de toda umidade, e obtém-se assim uma preparação que tem a aparência de uma pomada de coloração amarela esverdeada, e que possui um odor desagradável de haxixe e de manteiga rançosa. Sob esta forma é empregado em pequenas bolinhas de dois a quatro gramas; mas por causa de seu odor repugnante, que vai se intensificando com o tempo, os Árabes põem o extrato gorduroso na forma de geléia.

A mais usada destas geléias, o *dawamesk*, é uma mistura de extrato gorduroso, de açúcar e de diversos perfumes, tais como baunilha, canela, pistacho, amêndoas, almíscar. Às vezes, acrescenta-se-lhe um pouco de cantáridas, com um fim que nada tem de comum com os resultados corriqueiros do haxixe. Sob esta forma nova, o haxixe nada tem de desagradável, e pode-se tomá-lo em dose de quinze, vinte e trinta gramas, quer enrolado numa folha de pão ázimo, quer numa taça de café.

As experiências feitas por Smith, Gastinel e Decourtive tiveram por objetivo chegar à descoberta do princípio ativo do haxixe. Apesar de seus esforços, sua combinação química é ainda pouco conhecida; mas atribuem-se geralmente suas propriedades a uma matéria resinosa que ali se encontra em dose considerável, na proporção aproximada de dez por cem. Para obter esta resina, reduzem a planta a pó grosseiro, e lavam-na diversas vezes com álcool que em seguida é destilado para tirar uma parte; fazem evaporar até a consistência de extrato; tratam este extrato com água, que dissolve as matérias gomosas estranhas, e a resina sobra, enfim, no estado de pureza.

Este produto é mole, de uma coloração verde carregado, e possui em alto grau o odor característico do haxixe. Cinco, dez, quinze centigramas bastam para produzirem efeitos surpreendentes. Mas a haxixina, que se pode administrar na forma de pastilhas de chocolate ou de pequenas pílulas com gosto de gengibre, tem, como o dawamesk e o extrato gorduroso, efeitos mais ou menos vigorosos e de uma natureza muito variada, conforme o temperamento dos indivíduos e sua susceptibilidade nervosa. Melhor ainda é que o resultado varia no mesmo indivíduo. Ora será uma alegria imoderada e irresistível, ora uma sensação de bem-estar e de plenitude de vida, outras vezes um sono equívoco e atravessado de sonhos. Há fenômenos, contudo, que se reproduzem assaz regularmente, sobretudo em pessoas de um temperamento e de uma educação semelhantes; há uma espécie de unidade na variedade que me permitirá redigir sem grandes penas esta monografia da embriaguez de que falei há pouco.

Em Constantinopla, na Argélia e mesmo na França, algumas pessoas fumam haxixe misturada ao tabaco; mas ali os fenômenos em questão não se produzem senão de uma forma muito moderada e, por assim dizer, preguiçosa. Ouvi dizer que se havia recentemente, por meio da destilação, tirado do haxixe um óleo essencial que parece possuir uma virtude bem mais ativa que todas as preparações conhecidas até o presente; mas ele não foi o bastante estudado para que eu possa falar com segurança de seus resultados. Não é supérfluo acrescentar que o chá, o café e os licores são coadjuvantes poderosos que aceleram mais ou menos a eclosão desta misteriosa embriaguez?

III. O Teatro do Serafim

Que se experimenta? Que se vê? coisas maravilhosas, não é mesmo? espetáculos extraordinários? É belo? é terrível? é muito perigoso? – Tais são as perguntas habituais que endereçam, com uma curiosidade mesclada de medo, os ignorantes aos adeptos. Dir-se-ia uma impaciência infantil de saber, como a das pessoas que nunca deixaram o conforto da lareira, quando se encontram diante de um homem que retorna de países longínquos e desconhecidos. Imaginam a embriaguez do haxixe como um país prodigioso, um vasto teatro de prestidigitação e de escamoteação, onde tudo é miraculoso e imprevisto. É um preconceito, um equívoco completo. E porque, para o comum dos leitores e indagadores, a palavra haxixe comporta a idéia de um mundo estranho e transtornado, a esperança de sonhos prodigiosos (melhor seria dizer alucinações, que são, aliás, menos freqüentes do que se supõe), assinalarei já de início a importante diferença que separa os efeitos do haxixe dos fenômenos do sono. No sono, essa viagem aventurosa de todas as noites, existe algo de positivamente miraculoso; é um milagre cuja pontualidade embotou o mistério. Os sonhos do homem são de duas espécies. Alguns, plenos da vida habitual, de suas preocupações, de seus desejos, de seus vícios, combinam-se de maneira mais ou menos bizarra com os objetos entrevistos durante o dia, que se fixaram indiscretamente na vasta tela da memória. Eis o sonho natural; ele é o próprio homem. Mas a outra espécie de sonho! o sonho absurdo, imprevisto, sem relação nem conexão com o caráter, com a vida e com as paixões daquele que dorme! este sonho, que eu denominaria hieroglífico, representa evidentemente o lado sobrenatural da vida, e é justamente porque é absurdo que os antigos acreditaram-no divino. Como ele é inexplicável pelas causas naturais, atribuíram-lhe uma causa exterior ao homem; e ainda hoje, sem falar dos oniromantes, existe uma escola filosófica que vê em sonhos desta espécie ora uma censura, ora um conselho; em suma, um quadro simbólico e moral, engendrado no próprio espírito do homem que dorme. Trata-se de um dicionário que carece estudar, uma língua cuja chave os sábios podem encontrar.

    Na embriaguez do haxixe, nada semelhante. Não sairemos do sonho natural. A embriaguez, enquanto durar, será apenas, com efeito, um imenso sonho, mercê da intensidade das cores e da rapidez das concepções; mas ela guardará sempre a tonalidade particular do indivíduo. O homem quis sonhar, o sonho governará o homem; mas este sonho será mesmo o filho de seu pai. O ocioso esforçou-se em introduzir artificialmente o sobrenatural em sua vida e em seu pensamento; mas ele será apenas, depois de tudo e malgrado a energia acidental de suas sensações, o mesmo homem aumentado, o mesmo número elevado a uma altíssima potência. Está subjugado; mas, para a sua desgraça, assim está apenas por si mesmo, isto é, pela parte já dominante de si; *ele quis fazer um anjo, tornou-se uma besta*, momentaneamente poderosíssima, se é que se pode chamar poderosa uma sensibilidade excessiva, sem governo para moderá-la e explorá-la.

Que as pessoas do mundo e os ignorantes, curiosos em conhecer gozos excepcionais, saibam bem, portanto, que não encontrarão no haxixe nada de miraculoso, nada absolutamente além do natural excessivo. O cérebro e o organismo sobre os quais operam o haxixe apenas oferecerão seus fenômenos ordinários, individuais, aumentados, é verdade, quanto ao número e à energia, mas sempre fiéis à sua origem. O homem não escapará à fatalidade de seu temperamento físico e moral: o haxixe será, para as impressões e para os pensamentos familiares do homem, um espelho amplificador, mas um puro espelho.

Eis a droga diante de seus olhos: um pouco de geléia verde, grossa como uma noz, singularmente odorífera, a ponto de provocar certa repulsa e veleidades de náusea, como o faria, aliás, todo odor fino e mesmo agradável, levado ao máximo de potência e, por assim dizer, de densidade. Seja-me permitido assinalar, de passagem, que essa proposição pode ser invertida, e que o perfume mais repugnante, mais revoltante, tornar-se-ia talvez um prazer se fosse reduzido ao seu mínimo de quantidade e de expansão. – Eis, portanto, a felicidade! ela preenche a capacidade de uma pequena colher! a felicidade com todas suas embriaguezas,[1] com todas suas loucuras, todas as suas infantilidades! Você pode engolir sem medo; não se morre disso. Seus órgãos físicos não sofrerão nenhum golpe. Mais tarde, talvez, um apelo freqüente demais ao sortilégio diminuirá a força de sua vontade, talvez você será menos homem do que é hoje; mas o castigo está tão longe, e o desastre futuro é de natureza tão difícil de definir! Que risco você corre? amanhã, uma certa fadiga nervosa. Você não se arrisca todos os dias a grandes castigos por menores recompensas? Assim está dito: para dar-lhe mais força e expansão, você até mesmo dissolveu sua dose do denso extrato numa taça de café preto; tomou a precaução de manter o estômago livre, recusando pelas nove ou dez horas da tarde a refeição substancial, a fim de conceder ao veneno toda a liberdade de ação; quando muito, dentro de uma hora, você toma uma sopa leve. Você está agora suficientemente equipado para uma longa e singular viagem. O vapor assoviou, o velame está orientado, e você tem sobre os viajantes habituais

---

1) Preferi pluralizar o termo *embriaguez* a usar sinônimos que não preenchiam a acepção da palavra francesa *ivresses*. O termo deve sugerir ao mesmo tempo *gozo* e *ebriedade*. (N. do T.)

essa curiosa vantagem de ignorar para onde você vai. Você o quis; viva a fatalidade!

Presumo que você teve a precaução de escolher corretamente o momento para esta aventurosa expedição. Todo desregramento demanda um perfeito lazer. Sabe, além disso, que o haxixe cria o exagero não somente do indivíduo, mas também da circunstância e do meio; não tem deveres a cumprir, exigindo pontualidade e exatidão; nada de amarguras familiares; nada de dores amorosas. Convém estar alerta. Estas aflições, esta inquietação, esta lembrança de um dever que reclama a sua atenção e sua vontade numa determinada hora, acabariam soando como um dobre através da sua embriaguez e envenenaria o seu prazer. A inquietação viraria angústia; a amargura, tortura. Observadas todas estas condições, se o tempo está belo, se você estiver presente num meio favorável, como uma paisagem pitoresca ou um apartamento poeticamente decorado, e se, além disso, você pode contar com um pouco de música, então tudo está perfeito.

Há geralmente na embriaguez do haxixe três fases bastante fáceis de diferenciar, e não é uma coisa pouco curiosa observar, entre os novatos, os primeiros sintomas da primeira fase. Você ouviu falar vagamente dos maravilhosos efeitos do haxixe; sua imaginação preconcebeu uma idéia particular, algo como um ideal de embriaguez; Você está impaciente de saber se a realidade estará definitivamente à altura de sua esperança. Isso basta para lançá-lo logo de início num estado ansioso, muito favorável ao temperamento conquistador e invasor do veneno. A maior parte dos principiantes, no primeiro estágio da iniciação, queixa-se da lentidão dos efeitos; eles os aguardam com uma impaciência pueril, e, não agindo a droga com a rapidez que desejam, entregam-se a fanfarronadas de incredulidade que são engraçadíssimas para os velhos iniciados que sabem bem como o haxixe se governa. As primeiras pancadas, como os sintomas de uma tempestade há muito indecisa, aparecem e multiplicam-se no coração mesmo dessa incredulidade. É primeiro uma certa hilaridade, despropositada, irresistível, que se apodera de você. Estes acessos de alegria imotivada, das quais você quase se envergonha, reproduzem-se com freqüência, e intercalam momentos de estupor durante os quais você procura em vão o recolhimento. As palavras mais simples, as idéias mais triviais assumem uma fisionomia bizarra e nova; você se surpreende mesmo de tê-las achado tão simples até agora. Semelhanças e paralelos incongruentes, impossíveis de prever, trocadilhos intermináveis, esboços de cômico, jorram continuamente do cérebro. O demônio o invadiu; inútil insurgir-se contra tal hilaridade, dolorosa como cócegas. De vez em quando, você ri de si mesmo, da sua parvoíce e da sua demência, e seus companheiros, se você os tiver, riem igualmente do seu estado e do deles; mas, como eles o fazem sem malícia, você não tem rancor nenhum. Esta alegria, por turnos lânguida e pungente, este mal-estar no júbilo, esta insegurança, esta indecisão da moléstia, em geral não duram mais do que um curto espaço de tempo. Logo as relações de idéias tornam-se tão vagas, o fio condutor que interliga as suas concepções tão tênue, que somente os seus cúmplices o compreendem. E ainda assim, neste assunto e deste ponto de vista, nenhum meio de verificação. Talvez estes crêem compreendê-lo, e a ilusão é recíproca. Esta pândega e estas gargalhadas, que se assemelham a explosões, parecem uma verdadeira loucura, pelo menos uma parvoíce de maníaco, para todo homem que não se encontra no mesmo estado que você. Do mesmo modo, a sabedoria e o bom senso, a regularidade dos pensamentos de um expectador prudente que não se embriagou o regozija e diverte como um gênero particular de demência. Os papéis estão invertidos. O sangue-frio dele o impele aos derradeiros limites da ironia. Não é uma situação misteriosamente cômica a do homem que desfruta de uma alegria incompreensível para quem não se colocou no mesmo meio que ele? O louco vê o sábio com compaixão, e doravante a idéia de sua superioridade começa a despontar no horizonte de seu intelecto. Logo, ela se engrandecerá, crescerá e explodirá como um meteoro.

Fui testemunha de uma cena deste gênero que foi levada muito longe, e cujo grotesco só era inteligível para os que conheciam, ao menos pela observação de outrem, os efeitos da substância e a enorme diferença de diapasão que ela cria entre duas inteligências supostamente iguais. Um músico célebre, que ignorava as propriedades do haxixe, que talvez nunca ouvira falar dele, cai no meio de uma sociedade onde várias pessoas já o haviam experimentado. Tenta-se fazê-lo compreender seus maravilhosos efeitos. A estes prodigiosos relatos, ele sorri graciosamente, por complacência, como um homem que quer *posar* durante alguns minutos. Seu engano é imediatamente adivinhado por estes espíritos que o veneno aguçou, e os risos o ferem. Estas explosões de júbilo, estes trocadilhos, estas fisionomias alteradas, toda esta atmosfera insalubre o irrita e obriga a declarar, mais cedo talvez do que teria desejado, *que essa troça de artista é má, e que, além disso, ela deve ser bem cansativa para aqueles que a fizeram*. O cômico iluminou todos os espíritos como um brilho. Foi a reduplicação da alegria. "Esta troça pode ser boa para vocês, ele disse, mas para mim, não." – "É o bastante que ela seja boa para nós", retorquiu à maneira egoísta um dos afetados. Não sabendo se estava diante de verdadeiros loucos ou de pessoas que simulam loucura, nosso homem acredita que a melhor coisa a fazer é retirar-se; mas alguém fecha a porta e esconde a chave. Outro, ajoelhando-se diante dele, pede-lhe perdão em nome da sociedade, e lhe declara insolentemente, mas em lágrimas, que, a despeito de sua inferioridade espiritual, que excita talvez uma certa compaixão, todos ali estão imbuídos de profunda amizade por ele. Ele resigna-se a permanecer no recinto, e mesmo condescende, ante os pedidos veementes, a tocar um pouco de música. Mas os sons do violino, expandindo-se no apartamento como um novo contágio, *imolavam* (a palavra não é forte demais) ora um enfermo, ora um outro. Eram suspiros roucos e profundos, soluços súbitos, rios de lágrimas silenciosas. O músico espantado pára, e, aproximando-se daquele cuja beatitude era mais ruidosa, pergunta-lhe se ele está sofrendo muito e o que convinha fazer para aliviá-lo. Um dos assistentes, *um homem prático*, propõe limonada e ácidos. Mas o doente, êxtase nos olhos, olha os dois com um desprezo indescritível. Querer curar um homem doente de tanta vida, doente de júbilo!

Como se vê por esta anedota, a benevolência tem um lugar importantíssimo nas sensações causadas pelo haxixe; uma benevolência mole, preguiçosa, muda, e provocada pelo enternecimento dos nervos. Como prova desta observação, uma pessoa contou-me uma aventura que lhe ocorreu neste estado de embriaguez; e como guardara uma lembrança muito exata destas sensações, compreendo perfeitamente em que embaraço grotesco, inextricável o havia lançado esta diferença de diapasão e de nível de que falei há pouco. Não me recordo se o homem em questão estava na sua primeira ou segunda experiência. Teria tomado uma dose um pouco forte demais, ou o haxixe teria produzido, sem o concurso de nenhuma causa aparente (o que acontece com freqüência), efeitos muito mais vigorosos? Ele contou-me que através de seu gozo, esse gozo supremo de sentir-se pleno de vida e de crer-se pleno de gênio, ele encontrara repentinamente um objeto de terror. Ofuscado de início pela beleza das sensações, logo ficou espantado com ele. Perguntava-se o que viria a ser da sua inteligência e de seus órgãos, se aquele estado, que ele tomava como um estado sobrenatural, continuasse se agravando, se seus nervos ficassem cada vez mais delicados. Pela faculdade de ampliação que possui o olho espiritual do paciente, este medo deve ser um suplício inefável. "Eu era, ele dizia, como um cavalo agitado e correndo para um abismo, querendo parar, mas não o podendo. Com efeito, era um galope medonho, e meu pensamento, escravo da circunstância, do meio, do acidente e de tudo o que pode estar implicado na palavra *acaso*, tinha tomado um aspecto pura e absolutamente rapsódico. Tarde demais! eu me dizia sem cessar desesperadamente. Quando cessou esta maneira de sentir, que me pareceu durar um tempo infinito, e que talvez só tenha ocupado alguns minutos, quando acreditei poder enfim mergulhar na beatitude, tão cara aos orientais, que sucede àquela fase furibunda, fui oprimido por um novo *mal*. Uma nova inquietação, bem trivial e bem pueril, abateu-se sobre mim. Lembrei-me de súbito que estava convidado a um jantar, a uma noitada de homens sérios. De antemão me imaginei no meio de uma multidão sábia e discreta, onde todos são senhores de si, obrigado a esconder cuidadosamente o meu estado de espírito sob o brilho de numerosas lâmpadas. Estava certo que me sairia bem, mas também me sentia quase desfalecer ao pensar nos esforços de vontade que teria de despender. Por não sei que acidente, as palavras do Evangelho: "Desgraça àquele a quem sobrevém o escândalo!" acabavam de surgir na minha memória, e embora as querendo esquecer, aplicando-me em esquecê-las, repetia-as sem parar no meu espírito. Minha desgraça (pois era uma verdadeira desgraça) assumiu então proporções grandiosas. Decidi, apesar da minha fraqueza, empreender um ato enérgico e consultar um farmacêutico; pois ignorava os reativos, e queria, o espírito livre e isento, ir à sociedade, onde o dever me chamava. Mas à soleira da farmácia um súbito pensamento me invadiu, que me deteve alguns instantes e deu-me o que refletir. Acabara de me olhar, de passagem, no espelho de uma fachada, e meu rosto me deixara atônito. Aquela palidez, aqueles lábios retraídos, aqueles olhos arregalados! "Eu vou inquietar este bom homem, disse comigo, e por que besteira!" Acrescente a isso o sentimento de ridículo que queria evitar, o medo de encontrar pessoas da minha freqüentação na farmácia. Mas minha súbita benevolência por aquele boticário desconhecido dominava todos os meus outros sentimentos. Figurava este homem tão sensível quanto eu mesmo estava naquele instante funesto, e, como imaginava também que seu ouvido e sua alma deviam, como os meus, vibrar ao menor ruído, resolvi entrar no recinto na ponta dos pés. Não conseguiria mostrar, eu me dizia, suficiente discrição para com um homem cuja caridade vou excitar. E depois prometia-me anular o som de minha voz assim como o ruído dos meus passos: você a conhece, essa voz do haxixe? grave, profunda, gutural, e bastante semelhante à dos velhos comedores de ópio. O resultado foi o inverso do que esperava obter. Decidido a tranqüilizar o farmacêutico, espantei-o. Ele não conhecia nada desta *moléstia*, nunca ouvira falar dela. Entretanto me olhava com uma curiosidade fortemente mesclada de desconfiança. Terá me tomado por um louco, um malfeitor ou um mendigo? Nem isso, nem aquilo, sem dúvida; mas todas estas idéias absurdas atravessaram o meu espírito. Fui obrigado a explicar-lhe longamente (que cansaço!) o que era a resina do cânhamo e a que uso se prestava, repetindo-lhe incessantemente que não havia perigo, e que apenas pedia um meio de abrandamento ou de reação, insistindo freqüentemente sobre o sincero pesar que experimentava por causar-lhe tal aborrecimento. Enfim, – compreenda bem toda a humilhação que havia para mim nestas palavras – pediu-me simplesmente que me *retirasse*. Tal foi a recompensa pela minha caridade e pela minha benevolência exageradas. Fui à minha noitada; não escandalizei ninguém. Ninguém adivinhou os esforços sobre-humanos que precisei fazer para parecer como todos os outros. Mas não esquecerei jamais as torturas de uma embriaguez ultrapoética, constrangidas pelo decoro e contrariadas por um dever!"

Embora naturalmente inclinado a simpatizar com todas as dores que nascem da imaginação não pude me impedir de rir deste relato. O homem que mo fez não se corrigiu. Continuou esperando da geléia maldita a excitação que convém antes encontrar em si; mas como se trata de um homem prudente, posicionado, *um homem do mundo*, diminuiu as doses, o que lhe permitiu aumentar-lhes a freqüência. Apreciará mais tarde os frutos podres de sua higiene.

Retomo o desenvolvimento regular da embriaguez. Após esta primeira fase de alegria infantil há como que um apaziguamento momentâneo. Mas novos acontecimentos logo se anunciam por uma sensação de frescor nas extremidades (que pode inclusive manifestar-se como um frio muito intenso em alguns indivíduos) e uma grande fraqueza em todos os membros; você tem, então, mãos de manteiga, e, em sua cabeça, em todo o seu ser, você sente um estupor e uma estupefação embaraçosos. Os olhos dilatam; Estão como que esticados em todos os sentidos por um êxtase implacável. O rosto é inundado de palidez. Os lábios se estreitam e vão entrando na boca, com este movimento de anelação que caracteriza a ambição de um homem atormentado por grandes projetos, oprimido por vastos pensamentos, ou concentrando sua respiração para tomar fôlego. A garganta, por assim dizer, se fecha. O palato é secado por uma sede que seria infinitamente doce satisfazer, não fossem as delícias da preguiça mais agradáveis e não se opusessem elas ao menor deslocamento do corpo. Suspiros roucos e profundos escapam do peito, como se o seu *antigo* corpo não pudesse suportar os desejos e a atividade de sua *nova* alma. De vez em quando, um arrepio o atravessa e comanda um movimento involuntário, como estes sobressaltos que, ao final de uma jornada de trabalho ou numa noite tempestuosa, precedem o sono definitivo.

Antes de ir mais longe, desejo, a propósito desta sensação de frescor de que falava acima, contar ainda uma anedota que servirá para mostrar a que ponto os efeitos, mesmo puramente físicos, podem variar conforme o indivíduo. Desta vez é um literato que fala, e, em algumas passagens de seu relato, poder-se-ão, creio, encontrar os indícios de um temperamento literário.

"Eu tinha tomado – ele me disse – uma dose moderada do extrato gorduroso, e tudo ia o melhor possível. A crise de euforia doentia durara pouco tempo, e encontrava-me num estado de languidez e assombro que era quase de felicidade. Assim, eu me prometia uma noitada tranqüila e sem preocupações. Infelizmente o acaso me coagiu a acompanhar alguém ao espetáculo. Assumi com bravura meu papel, decidido a disfarçar meu imenso desejo de preguiça e imobilidade. Estando reservados todos os carros do bairro convinha que me resignasse a fazer o longo trajeto a pé, atravessar os ruídos discordantes dos carros, as conversas estúpidas dos passantes, todo um oceano de trivialidades. Um ligeiro frescor já se manifestara na ponta dos meus dedos; logo transformou-se num frio pungente, como se tivesse mergulhado as duas mãos num balde de água gelada. Mas não era um sofrimento; esta sensação quase aguda penetrava-me antes como uma volúpia. Contudo, parecia-me que este frio me invadia tanto mais conforme a demora daquela interminável viagem. Perguntei duas ou três vezes à pessoa que me acompanhava se realmente fazia frio; respondeu-me, ao contrário, que a temperatura era mais que branda. Instalado enfim na sala, fechado no camarote que me estava destinado, com três ou quatro horas de repouso à minha frente, acreditei-me na terra prometida. Os pensamentos que rechaçara durante a caminhada, com toda a pobre energia de que podia dispor, finalmente irromperam, e abandonei-me livremente ao meu mudo frenesi. O frio aumentava sem parar, e, mesmo assim, via pessoas vestidas com roupas leves, ou mesmo secando a testa com ar de cansaço. Esta idéia alegre me conquistou, que era um homem privilegiado, ao qual fora concedido, exclusivamente, o direito de sentir frio no verão numa sala de espetáculos. Esse frio crescia a ponto de tornar-se alarmante; mas eu estava sobretudo dominado pela curiosidade de saber a que grau ele poderia descer. Enfim, chegou a tal ponto, tornou-se tão completo, tão geral, que todas minhas idéias, por assim dizer, congelaram; eu era uma lasca de gelo pensante; via-me como uma estátua talhada num bloco de gelo; e esta louca alucinação causava-me orgulho, excitava em mim um bem-estar moral que não lhe saberia definir. O que aumentava o meu abominável gozo era a certeza de que todos os assistentes ignoravam minha natureza e de quanta superioridade tinha sobre eles; e, depois, a felicidade de pensar que meu companheiro não duvidara um só instante de que bizarras sensações eu estava possuído! Eu empunhava a recompensa da minha dissimulação e a minha volúpia excepcional era um verdadeiro segredo.

"Além do mais, eu mal tinha entrado no meu camarim, quando meus olhos foram assaltados por uma impressão de escuridão que parecia ter para mim algum parentesco com a idéia de frio. É bastante possível que estas duas idéias tenham-se reciprocamente emprestado força. Você sabe que o haxixe invoca sempre magnificências da luz, esplendores gloriosos, cascatas de ouro líquido; toda luz lhe é boa, a que jorra em lençóis e a que se agarra como palha nas pontas e nas asperezas, os candelabros dos salões, os círios do mês de Maria, as avalanches de rosa nos ocasos do sol. Parecia que este miserável lustre expandia uma luz bastante insuficiente para aquela insaciável sede de claridade; Acreditei entrar, como já lhe disse, num mundo de trevas, que, ademais, espessava-se gradualmente, enquanto sonhava com noite polar e inverno eterno. Quanto à cena (era uma cena consagrada ao gênero cômico), somente ela era luminosa, infinitamente pequena e situada longe, muito longe, como na ponta de um imenso estereoscópio. Não lhe direi que escutava os comediantes, sabe bem que isso é impossível; de vez em quando, meu pensamento enganchava ao acaso trechos de frase, e, à semelhança de uma hábil dançarina, servia-se deles como de um trampolim para alçar-se a longínquos devaneios. Poder-se-ia supor que um drama, tomado desta maneira, carece de lógica e de encadeamento; desengane-se; eu descobria um sentido muito sutil no drama criado pela minha distração. Nada nele me chocava, e eu me assemelhava um pouco àquele poeta que, assistindo representarem *Éster* pela primeira vez, achava muito natural que Aman fizesse uma declaração de amor à rainha. Como se pode adivinhar, era o instante quando este se lança aos pés de Éster para implorar perdão aos seus crimes. Se todos os dramas fossem compreendidos conforme este método ganhariam com isso grandes belezas, mesmo os de Racine.

"Os comediantes pareciam-me excessivamente pequenos e cercados de um contorno preciso e estudado, como as figuras de Meissonier. Eu via distintamente, não somente os detalhes mais minuciosos de seus ornamentos, como os desenhos de tecido, costuras, botões, etc., mas ainda a linha de separação da fronte falsa com a verdadeira, o branco, o azul e o vermelho, e todos os recursos de maquiagem. E estes liliputianos estavam revestidos de uma claridade fria e mágica, como aquela que um vidro muito nítido acrescenta à pintura a óleo. Quando pude enfim sair desta caverna de trevas congeladas e que, dissipando-se a fantasmagoria interior, voltei a mim, experimentei uma lassidão tão grande como nunca me causara um trabalho puxado e forçado."

Com efeito é neste período da embriaguez que se manifesta uma nova fineza, uma acuidade superior em todos os sentidos. O olfato, a visão, a audição, o tato participam igualmente deste progresso. Os olhos visam o infinito. O ouvido capta sons quase imperceptíveis em meio ao mais vasto tumulto. É então que começam as alucinações. Os objetos exteriores assumem lentamente, sucessivamente aparências singulares; deformam-se e transformam-se. Depois aparecem os equívocos, os enganos e as transposições de idéias. Os sons revestem-se de cores, e as cores contêm uma música. Tudo isso, alguém dirá, não tem nada além do muito natural, e todo cérebro poético, num estado são e normal, concebe facilmente estas analogias. Mas já adverti o leitor de que não há nada de positivamente sobrenatural na embriaguez do haxixe; somente, estas analogias assumem aqui uma vivacidade extraordinária; elas penetram, elas invadem, cumulam o espírito com o seu caráter despótico. As notas musicais tornam-se números, e se o seu espírito possui alguma aptidão matemática, a melodia, a harmonia escutada, guardando sempre seu caráter voluptuoso e sensual, transforma-se numa vasta operação aritmética, na qual os números engendram os números e cujas fases e engendramento você acompanha com facilidade inexplicável e com uma agilidade semelhante à do executante.

Ocorre, às vezes, que a personalidade desaparece e que a objetividade, que é a província dos poetas panteístas, se desenvolve em você tão anormalmente que a contemplação dos objetos exteriores o faz esquecer a sua própria existência, e que você logo se confunde com eles. Seu olhar fixa-se numa árvore harmoniosa curvada pelo vento; em poucos segundos, o que no cérebro de um poeta não seria mais do que uma comparação naturalíssima tornar-se-á no seu uma realidade. Primeiramente, você empresta à arvore suas paixões, seu desejo ou sua melancolia; os gemidos e oscilações dela tornam-se os seus, e logo você é a árvore. Da mesma maneira, o pássaro que plana ao fundo do azul *representa* de início o infinito anseio de voar para além das coisas humanas; mas eis que você já é o próprio pássaro. Eu o imagino sentado e fumando. Sua atenção repousará um pouco de tempo demais sobre as nuvens azuladas que emanam do cachimbo. A idéia de uma evaporação, lenta, sucessiva, eterna, dominará seu espírito, e logo você aplicará esta idéia aos próprios pensamentos, à sua matéria pensante. Por um equívoco singular, por uma espécie de transposição ou de qüiproquó intelectual, você se sentirá evaporando, e atribuirá ao cachimbo (no qual você se sente agachado e comprimido como fumo) a estranha faculdade de *fumá-lo*.

Felizmente, esta interminável imaginação durou apenas um minuto, pois um intervalo de lucidez, com um grande esforço, permitiu-lhe examinar a pêndula. Mas uma outra cadeia de idéias o arrasta; ela o rolará por um minuto ainda em seu vivo turbilhão, e este outro minuto será uma outra eternidade. Pois as proporções de tempo e do ser estão completamente desarranjadas pela multidão e pela intensidade das sensações e idéias. Dir-se-ia que se vivem várias vidas de homens no espaço de uma hora. Não é você então semelhante a um romance fantástico, mas vivo ao invés de escrito? Não há mais equação entre os órgãos e os gozos; e é sobretudo desta consideração que surge a culpa aplicável a este perigoso exercício onde a liberdade desaparece.

Quando falo de alucinações não se deve tomar a palavra no seu sentido mais estrito. Uma nuança importantíssima distingue a alucinação pura, tal como freqüentemente os médicos têm a oportunidade de estudar, da alucinação ou, antes, do equívoco dos sentidos no estado mental provocado pelo haxixe. No primeiro caso, a alucinação é repentina, perfeita e fatal; além do mais, ela não encontra pretexto nem escusa no mundo dos objetos exteriores. O doente vê uma forma, ouve sons, onde eles não existem. No segundo caso, a alucinação é progressiva, quase voluntária, e ela só se torna perfeita, só amadurece pelo concurso da imaginação. Enfim, ela possui um pretexto. O som falará, dirá coisas distintas, mas existe um som. O olhar inebriado do homem tomado pelo haxixe verá formas estranhas; mas, antes de serem estranhas e monstruosas, estas formas foram simples e naturais. A energia, a vivacidade verdadeiramente falante da alucinação na embriaguez não enfraquece em nada esta diferença original. Aquela tem uma raiz no meio ambiente e, no tempo presente, esta não a tem.

Para melhor fazer compreender esta efervescência da imaginação, esta maturação do sonho e este parto poético ao qual está condenado um cérebro intoxicado pelo haxixe, contarei mais uma anedota. Desta vez, não é um jovem ocioso quem fala, não é tampouco um homem letrado; é uma mulher, uma mulher um pouco madura, curiosa, de um espírito excitável, e que, tendo cedido ao desejo de se fazer iniciar no veneno, descreve assim, para uma outra mulher, o principal de suas visões. Transcrevo literalmente:

"Por mais bizarras e novas que sejam as sensações que tirei da minha loucura de doze horas (doze ou vinte? na verdade, nada sei disso), não mais retornaria a ela. A excitação espiritual é viva demais, a fadiga que dela resulta grande demais; e, para dizer tudo, vejo algo de criminoso nesta criancice. Eu cedia enfim à curiosidade; e, depois, era uma loucura em comum, na casa de velhos amigos, onde não via grande mal em faltar um pouco à dignidade. Antes de tudo, devo lhe dizer que este maldito haxixe é uma substância bem pérfida; a gente se sente um pouco desembaraçada da embriaguez, mas não passa de uma calma ilusória. Há repousos, e, depois, retomadas. Assim, por volta das dez horas da noite, encontrava-me num destes estados momentâneos; acreditava-me liberta desta superabundância de vida que me causara sem dúvida muitos gozos, mas que não vinham sem inquietação e medo. Pus-me a jantar com prazer, como que extenuada por uma longa viagem. É que, até o momento, por precaução, abstivera-me de comer. Mas, antes mesmo de retirar-me da mesa, meu delírio me apanhou mais uma vez, como um gato um rato, e o veneno começou novamente a brincar com meu pobre cérebro. Embora minha residência seja a pouca distância do castelo de nossos amigos e tivesse um carro ao meu dispor, senti-me de tal maneira coagida pelo desejo de sonhar e de me abandonar àquela irresistível loucura, que aceitei com alegria o convite que eles me fizeram de ali ficar até o dia seguinte. Você conhece o castelo; sabe que eles o arranjaram, prepararam e *reconfortaram* à moderna toda a parte habitada pelos senhores do lugar, mas que a parte geralmente desabitada foi deixada como era, com seu velho estilo e suas velhas decorações. Decidiu-se que se improvisaria para mim um quarto de dormir nesta parte do castelo, e se escolheu para tal fim o quarto menor, uma espécie de saleta um pouco desbotada e decrépita, mas nem por isso menos encantadora. Convém que eu o descreva o melhor possível, para que compreenda a singular visão de que fui vítima, visão que me ocupou uma noite inteira, sem que tenha tido o lazer de aperceber-me da fuga das horas.

"Esta saleta é pequeníssima, estreitíssima. À altura da cornija, o teto se arredonda em abóbada; as paredes estão cobertas de espelhos estreitos e alongados, separados por painéis onde estão pintadas paisagens no estilo negligente dos cenários. À altura da cornija, sobre as quatro paredes, estão representadas diversas figuras alegóricas, algumas em atitudes de repouso, outras correndo e volteando. Em cima delas, alguns pássaros brilhantes e flores. Atrás das figuras eleva-se uma caniçada pintada à engana-vista e seguindo naturalmente a curva do teto. Este teto é dourado. Todos os interstícios entre as molduras e as figuras estão, portanto, cobertos de ouro, e, ao centro, o ouro é interrompido somente pelo entrelaçado geométrico da caniçada ilusionista. Você vê que isso assemelha-se um pouco a uma *gaiola* muito distinta, a uma belíssima gaiola para um enorme pássaro. Convém acrescentar que a noite estava belíssima, muito transparente, a lua muito clara, a ponto que, mesmo depois que apaguei a vela, toda essa decoração manteve-se visível, não iluminada pelo olho de meu espírito, como você poderia acreditar, mas aclarada por aquela noite límpida, cujos clarões prendiam-se a todo aquele bordado de ouro, de espelhos e cores variegadas.

"Fiquei inicialmente atônita de ver grandes espaços se estenderem à minha frente, ao meu lado, de todos os lados; eram límpidos rios e paisagens verdejantes mirando-se em águas tranqüilas. Você adivinha aqui o efeito dos painéis refletidos pelos espelhos. Erguendo os olhos vi um pôr-do-sol semelhante ao metal em fusão que se resfria. Era o ouro do teto; mas a caniçada levou-me a pensar que estava numa espécie de jaula ou de casa aberta de todos os lados sobre o espaço e que estava separada de todas estas maravilhas apenas pelas barras de minha magnífica prisão. Primeiro ria de minha ilusão; mas quanto mais olhava, mais a magia aumentava, mais ela ganhava vida, transparência e despótica realidade. Desde então, a idéia de clausura dominou-me o espírito, sem prejudicar demais, convém dizê-lo, os vários prazeres que tirava do espetáculo que se estendia em cima e ao redor de mim. Considerava-me encerrada desde muito, desde milhares de anos talvez, naquela gaiola suntuosa, em meio àquelas paisagens feéricas, entre aqueles horizontes maravilhosos. Sonhava com a *Bela no bosque dormindo* (A Bela Adormecida), com a expiação a cumprir, com a futura libertação. Acima de minha cabeça voavam pássaros brilhantes dos trópicos, e, como meu ouvido percebia o som das sinetas no pescoço dos cavalos que caminhavam ao longe sobre a grande estrada, os dois sentidos fundindo suas impressões numa única idéia, atribuía aos pássaros aquele canto misterioso do cobre, e acreditava que cantavam com uma garganta de metal. Evidentemente falavam de mim e celebravam meu cativeiro. Macacos saltitantes, sátiros bufões pareciam divertir-se às custas daquela prisioneira estendida, condenada à imobilidade. Mas todas as divindades mitológicas me olhavam com um sorriso encantador, como para me encorajar a suportar pacientemente o sortilégio, e todas as pupilas escorregavam no canto das pálpebras como que para se prenderem ao meu olhar. Concluí disso que se faltas antigas, se alguns pecados por mim desconhecidos haviam merecido este castigo temporário, eu podia contar, mesmo assim, com uma bondade superior, que, mesmo condenando-me à prudência, me ofereceria prazeres mais graves que os prazeres de boneca que preenchem a nossa mocidade. Você vê que as considerações morais não estavam ausentes de meu sonho; mas devo confessar que o prazer de contemplar estas formas e estas cores brilhantes, e de acreditar-me como o centro de um drama fantástico, absorvia freqüentemente todos os outros pensamentos. Este estado durou muito tempo, muito e muito tempo... Durou até de manhã? Ignoro-o. Repentinamente vi o sol matinal instalado no meu quarto; experimentava um vivo estupor, e malgrado todos os esforços de memória que pude fazer, foi-me impossível saber se tinha dormido ou pacientemente sofrido uma deliciosa insônia. Ainda há pouco era a noite, e, agora, o dia! E, no entanto, tinha vivido muito tempo, oh! muito tempo!... A noção do tempo ou, antes, a medida do tempo estando abolida, a noite inteira não era mensurável para mim senão pela multidão de meus pensamentos. Tão longa quanto ela me tenha parecido desse ponto de vista, aparentava, todavia, que não tinha durado senão alguns segundos, ou mesmo que ela não tinha acontecido na eternidade.

"Não lhe falo do meu cansaço... foi imenso. Costuma-se dizer que o entusiasmo dos poetas e dos criadores assemelha-se ao que experimentei, se bem que eu tenha sempre imaginado que as pessoas encarregadas de nos comover devessem possuir um temperamento muito calmo; mas, se o delírio poético se assemelha ao que me ocasionou uma pequena colher de geléia, creio que os prazeres do público custam bem caro aos poetas, e não é sem um certo bem-estar, uma certa satisfação prosaica, que finalmente senti-me *em casa*, na minha *residência* intelectual, quero dizer na vida real."

Eis uma mulher evidentemente razoável; nós nos serviremos, porém, de seu relato apenas para dele tirar algumas notas úteis que completarão esta descrição muito sumária das principais sensações geradas pelo haxixe. Ela falou da ceia como de um prazer vindo muito a propósito, no momento em que uma calmaria momentânea, mas que parecia definitiva, permitia-lhe retornar à vida real. Com efeito, existem, como já disse, intermitências e calmas enganosas, e muitas vezes o haxixe condiciona uma fome voraz, quase sempre uma sede excessiva. Somente, o jantar ou a ceia, em vez de trazer um repouso definitivo, cria esta nova duplicação, esta crise vertiginosa de que se queixava essa dama, e que foi seguida por uma série de visões encantadoras, com ligeiros laivos de terror aos quais ela se resignara positivamente e de muito bom grado. A fome e a sede tirânicas em questão não podem ser saciadas sem um certo esforço. Pois o homem sente-se tão acima das coisas materiais, ou, antes, ele está tão abatido pela sua embriaguez, que precisa desenvolver uma longa coragem para remover uma garrafa ou um garfo.

A crise definitiva determinada pela digestão dos alimentos é realmente violentíssima: é impossível lutar; e semelhante estado não seria suportável se durasse demasiado tempo e se logo depois não cedesse lugar a uma outra fase de embriaguez, que, no caso supracitado, traduziu-se em visões esplêndidas, docemente aterradoras e, ao mesmo tempo, plenas de consolações. Este novo estado é o que os orientais chamam o *kief*. Não é mais algo de turbilhonado e tumultuado; é uma beatitude calma e imóvel, uma resignação gloriosa. Há muito tempo você não é mais seu próprio mestre, mas você não se aflige. A dor e a idéia de tempo desapareceram, ou se, de vez em quando, ousam se reproduzir, fazem-no somente transfiguradas pela sensação dominante; e são agora, relativamente à sua forma habitual, o que é a melancolia poética para a dor positiva.

Mas, antes de tudo, assinalemos que no relato desta dama (foi com este fim que o transcrevi), a alucinação é de um gênero bastardo, e tira sua razão de ser do espetáculo exterior; o espírito não é senão um espelho onde o meio circundante se reflete transformado de maneira exagerada. Em seguida vemos intervir o que chamaria naturalmente de alucinação moral: o sujeito crê-se submetido a uma expiação; mas o temperamento feminino, que é pouco adequado à análise, não lhe permitiu notar o singular caráter otimista da dita alucinação. O olhar benevolente das divindades do Olimpo está poetizado por um verniz essencialmente *haxixiano*. Não direi que esta dama bordejou o remorso; mas seus pensamentos, momentaneamente voltados à melancolia e ao pesar foram rapidamente coloridos de esperança. É uma observação que teremos ainda ocasião de verificar.

Ela falou do cansaço do dia seguinte: com efeito, este cansaço é grande; mas ele não se manifesta imediatamente, e, quando você é obrigado a reconhecê-lo, não é sem espanto. Pois inicialmente, quando você constatou que um novo dia ergueu-se no horizonte de sua vida, você experimenta um bem-estar espantoso; acredita gozar de uma maravilhosa leveza de espírito. Mas mal você se levantou, e um velho resto de embriaguez o segue e o retarda, como a grilheta de sua recente servidão. As pernas frágeis não o conduzem senão com timidez, e a todo instante você teme quebrar-se como um frágil objeto. Uma forte languidez (há pessoas que pretendem que ela não é desprovida de encanto) apodera-se de seu espírito e expande-se através de suas faculdades como um nevoeiro numa paisagem. Ei-lo, por algumas horas ainda, incapaz de trabalho, de ação e de energia. Trata-se de uma punição da prodigalidade ímpia com que você consumiu o fluído nervoso. Você disseminou sua personalidade aos quatro ventos do céu, e, agora, que punição você não sofre para juntá-la e concentrá-la!

IV. O Homem-Deus

É tempo de deixar de lado todo este malabarismo e estes grandes marionetes, nascidos da fumaça dos cérebros infantis. Não temos que falar de coisas mais graves? das modificações dos sentimentos humanos, e, numa só palavra, da *moral* do haxixe?

Até o presente não fiz senão uma monografia abreviada da embriaguez; limitei-me a acentuar-lhe os traços principais, sobretudo os traços materiais. Mas o que é mais importante, creio, para o homem espiritual é conhecer a ação do veneno sobre a parte espiritual do homem, ou seja, a ampliação, a deformação e o exagero de seus sentimentos habituais e de suas percepções morais, que ali apresentam, numa atmosfera excepcional, um verdadeiro fenômeno de refração.

O homem que, tendo-se abandonado longamente ao ópio ou ao haxixe, pôde encontrar, enfraquecido que estava pelo hábito de sua servidão, a energia necessária para libertar-se, parece-me como um prisioneiro evadido. Ele me inspira mais admiração que o homem prudente que nunca falhou, tendo tido sempre o cuidado de evitar a tentação. Os ingleses servem-se freqüentemente, a propósito dos comedores de ópio, de termos que não podem parecer excessivos senão aos inocentes a quem são desconhecidos os horrores desta degradação: *enchained, fettered, enslaved!* Cadeias, com efeito, junto às quais todas as outras, cadeias do dever, cadeias do amor ilegítimo, não são mais do que tramas de véus e teias de aranha! Espantosas núpcias do homem consigo mesmo! "Eu me tornara um escravo do ópio; ele me tinha em suas malhas, e todos meus trabalhos e planos haviam assumido as cores dos meus sonhos," disse o esposo de Ligéia; mas, em quantas maravilhosas passagens Edgar Poe, esse poeta incomparável, este filósofo irrefutado, que convém sempre citar a propósito das moléstias misteriosas do espírito, descreve os sombrios e atraentes esplendores do ópio! O amante da luminosa Berenice, Egoeu o metafísico, fala de uma alteração de suas faculdades, que o constrange a dar um valor anormal, monstruoso, aos fenômenos mais simples: "Refletir infatigavelmente durante longas horas, a atenção fixada em alguma citação pueril à margem ou no texto de um livro, – permanecer absorto, a maior parte de um dia de verão, numa sombra bizarra, alongando-se obliquamente sobre a tapeçaria ou sobre o assoalho, – esquecer de mim mesmo durante uma noite inteira a vigiar a chama retilínia de uma lâmpada ou as brasas de uma lareira, – sonhar dias inteiros com o perfume de uma flor, – repetir de maneira monótona uma palavra vulgar qualquer, até que o som, à força de ser repetido, deixasse de apresentar ao espírito uma idéia qualquer, – tais eram algumas das mais comuns e menos perniciosas aberrações de minhas faculdades mentais, aberrações que, sem dúvida, não carecem absolutamente de exemplo, mas que desafiam certamente toda explicação e toda análise. "E o nervoso Auguste Bedloe que, todas as manhãs, antes do seu passeio, engole sua dose de ópio nos confessa que o principal benefício que ele tira deste envenenamento cotidiano é o de tomar por todas as coisas, mesmo as mais triviais, um interesse exagerado: "Entretanto, o ópio produzira o seu efeito costumeiro, que é o de investir todo o mundo exterior de uma intensidade de interesse. No estremecimento de uma folha, – na cor de uma fibra da relva, – na forma de um trevo, – no burburinho de uma abelha, – no brilho de uma gota de orvalho, – no suspiro do vento, – nos vagos aromas fugitivos da floresta, – produzia-se todo um mundo de inspirações, uma procissão magnífica e variegada de pensamentos desordenados e rapsódicos."

Assim se exprime, pela boca de seus personagens, o mestre do horrível, o príncipe do mistério. Estas duas características do ópio são perfeitamente aplicáveis ao haxixe; neste caso como no outro, a inteligência, livre há pouco, torna-se escrava; mas a palavra *rapsódico*, que define tão bem um fluxo de pensamentos sugerido e comandado pelo mundo exterior e pelo acaso das circunstâncias, é de uma verdade mais veraz e mais terrível no caso do haxixe. Aqui, o raciocínio não é mais um destroço à mercê de todas as correntes, e o fluxo dos pensamentos é *infinitamente mais* acelerado e mais *rapsódico*. Isso quer dizer, creio eu, de uma maneira suficientemente clara, que o haxixe é, em seu efeito presente, muito mais veemente que o ópio, muito mais inimigo da vida regular, numa palavra, muito mais perturbador. Ignoro se dez anos de intoxicação pelo haxixe trarão desastres iguais aos causados por dez anos de regime de ópio; digo que, quanto ao momento presente e para o dia seguinte, o haxixe possui resultados mais funestos; um é um sedutor pacífico, o outro um demônio desordenado.

Desejo, nesta última parte, definir e analisar a devastação moral causada por esta perigosa e deliciosa ginástica, devastação tão grande, perigo tão profundo que aqueles que retornam do combate apenas levemente avariados, parecem-me bravos fugitivos da caverna de um Proteu multiforme, Orfeus vencedores do Inferno. Que se tome, se se quiser, esta forma de linguagem como uma metáfora excessiva, eu confirmarei que os venenos excitantes parecem-me não somente um dos mais terríveis e mais confiáveis meios de que dispõe o Espírito das Trevas para aliciar e sujeitar a deplorável humanidade, mas mesmo uma de suas encarnações mais perfeitas.

Desta vez, para abreviar minha tarefa e tornar mais clara minha análise, em vez de colidir anedotas esparsas, acumularei sobre um só personagem fictício uma massa de observações. Preciso assim supor uma alma de minha escolha. Nas suas *Confissões*, De Quincey afirma com razão que o ópio, em vez de adormecer o homem, excita-o, mas que o excita seguindo apenas a sua via natural, e que assim, para julgar as maravilhas do ópio, seria absurdo recorrer a um comerciante de bois; pois este sonhará apenas com bois e pastagens. Ora, não devo descrever as grosseiras fantasias de um criador inebriado pelo haxixe; quem as leria com prazer? quem consentiria em lê-las? Para idealizar meu objeto, devo concentrar todos os seus raios num único círculo, devo polarizálos; e o círculo trágico onde os agruparei será, como já disse, uma alma de minha escolha, alguma coisa de análoga àquilo que o século XVIII chamava o *homem sensível*, àquilo que a escola romântica nomeava *o homem incompreendido*, e àquilo que as famílias e a massa burguesa rotulam geralmente com o epíteto de *original*.

Um temperamento metade nervoso, metade bilioso, tal é o mais favorável às evoluções de semelhante embriaguez; acrescentemos um espírito cultivado, exercido nos estudos da forma e da cor; um coração terno, fatigado pelo infortúnio, mas ainda pronto para o rejuvenescimento; poderemos mesmo, se assim quiser, admitir faltas antigas, e, o que deve resultar disso numa natureza facilmente excitável, senão remorsos positivos, pelo menos o pesar do tempo profanado e do mal cometido. O gosto pela metafísica, o conhecimento das diferentes hipóteses da filosofia sobre o destino humano, não são certamente complementos inúteis, – não mais que este amor à virtude, à virtude abstrata, estóica ou mística, que se encontra em todos os livros de que a infância moderna faz seu alimento, como o mais alto pico que uma alma distinta pode alcançar. Se juntamos a tudo isso uma grande fineza de sentido que omiti como condição suplementar, creio que reuni os elementos gerais mais comuns do homem sensível moderno, disto que se poderia chamar a *forma banal da originalidade*. Vejamos agora o que se tornará esta individualidade levada ao excesso pelo haxixe. Acompanhemos esta procissão da imaginação humana até o seu último e mais esplêndido lugar de repouso, até a crença do indivíduo na sua própria divindade.

Se você é uma destas almas, o seu amor inato à forma e à cor encontrará já de início um imenso pasto nos primeiros desenvolvimentos de sua embriaguez. As cores ganharão uma energia inabitual e entrarão no cérebro com uma intensidade vitoriosa. Delicadas, medíocres, ou mesmo ruins, as pinturas dos tetos ganharão uma vida espantosa; os mais grosseiros papéis pintados que forram as paredes dos albergues se abrirão como esplêndidos dioramas. As ninfas de carnes deslumbrantes olham-no com grandes olhos mais profundos e mais límpidos que o céu e a água; os personagens da antiguidade, enfarpelados com suas vestes sacerdotais ou militares, trocam com você solenes confidências num simples olhar. A sinuosidade das linhas é uma linguagem definitivamente clara, onde você lê a agitação e o desejo das almas. Desenvolve-se, contudo, aquele estado misterioso e temporário do espírito, em que a profundidade da vida, sobrecarregada com os seus múltiplos problemas, revela-se inteiramente no espetáculo, por mais natural e trivial que ele seja, que se tem diante dos olhos – onde o primeiro objeto a aparecer torna-se símbolo falante. Fourier e Swedenborg, um com suas *analogias*, o outro com suas *correspondências*, encarnaram-se no vegetal e no animal que cai diante de seu olhar, e, em vez de ensinarem com a voz, eles o doutrinam pela forma e pela cor. A inteligência da alegoria assume em você proporções que lhe eram desconhecidas; notaremos, de passagem, que a alegoria, este gênero tão *espiritual*, que os pintores desajeitados nos acostumaram a desprezar, mas que é verdadeiramente uma das formas primitivas e mais naturais da poesia, reconquista seu legítimo domínio na inteligência iluminada pela embriaguez. O haxixe então derrama-se sobre toda a vida como um verniz mágico; ele a colore em solenidade e ilumina toda a sua profundidade. Paisagens encrespadas, horizontes fugidios, perspectivas de cidades embranquecidas pela lividez cadavérica do temporal ou iluminadas pelas ardências concentradas de sóis crepusculares, – profundidade do espaço, alegoria da profundidade do tempo, – a dança, o gesto ou a declamação dos comediantes, se você se meteu num teatro, – a primeira frase ouvida, se seus olhos pousam sobre um livro, – tudo enfim, a universalidade dos seres ergue-se à sua frente com nova glória até então insuspeitada. A gramática, a árida gramática, converte-se numa espécie de feitiçaria evocatória; as palavras ressuscitam cobertas de carne e osso, o substantivo, na sua majestade substancial, o adjetivo, roupa transparente que o veste e o colore como um verniz, e o verbo, anjo do movimento, que dá balanço à frase. A música, outra linguagem cara aos preguiçosos e aos espíritos profundos que buscam a distração na variedade do trabalho, fala-lhe de você mesmo e conta-lhe o poema de sua vida: ela se incorpora a você, você se funde a ela. Ela fala de sua paixão, não de uma forma vaga e indefinida, como ela faz nas suas noitadas displicentes, num dia de ópera, mas de uma maneira minuciosa, positiva, cada movimento do ritmo marcando um movimento conhecido de sua alma, cada nota transformando-se em palavra, e o poema inteiro entrando no seu cérebro como um dicionário dotado de vida.

Não convém acreditar que todos estes fenômenos se produzem no espírito confusamente, com o acento aberrante da realidade e com a desordem da vida exterior. O olho interior transforma tudo e dá a cada coisa o complemento de beleza que lhe falta para que seja verdadeiramente digna de agradar. É também a essa fase essencialmente voluptuosa e sensual que convém associar o amor às águas límpidas, correntes ou estagnadas, que se desenvolve tão admiravelmente na embriaguez cerebral de alguns artistas. Os espelhos tornam-se um pretexto para esta divagação que se assemelha a uma sede espiritual, aliada a uma sede física que seca a garganta e da qual falei anteriormente; as águas fugidias, os *jogos* de água, as cascatas harmoniosas, a imensidão azul do mar, correm, cantam, dormem com um encanto inexprimível. A água se estende como uma verdadeira encantatriz, e, ainda que não acredite muito nas loucuras furiosas causadas pelo haxixe, não afirmaria que a contemplação de um abismo límpido fosse de todo sem perigo para um espírito afeito ao espaço e ao cristal e que a antiga fábula de Ondina não possa converter-se para o entusiasta numa trágica realidade.

Creio ter suficientemente falado do crescimento monstruoso do tempo e do espaço, duas idéias sempre relacionadas, mas que o espírito afronta então sem tristeza e sem medo. Ele olha com uma certa delícia melancólica através dos anos profundos, e mergulha audaciosamente em infinitas perspectivas. Adivinhou-se, presumo, que este crescimento anormal e tirânico aplica-se igualmente a todos os sentimentos e a todas as idéias: assim à benevolência; Creio ter dado dela uma amostra assaz bela; assim à idéia de beleza, assim ao amor. A idéia de beleza deve naturalmente apoderar-se de um vasto lugar num temperamento espiritual tal como o imaginei. A harmonia, o balanço das linhas, a euritmia nos movimentos, apresentam-se ao sonhador como necessidades, como *deveres*, não somente para todos os seres da criação, mas para si mesmo, o sonhador, que, neste período da crise, está dotado de uma maravilhosa aptidão para compreender o ritmo imortal e universal. E se nosso fanático carece de beleza pessoal, não pense que ele sofre por muito tempo pela confissão a qual está obrigado, nem que ele se vê como uma nota discordante no mundo de harmonia e de beleza improvisado pela sua imaginação. Os sofismas do haxixe são numerosos e admiráveis, tendendo geralmente ao otimismo, e um dos principais, o mais eficaz, é o que transforma o desejo em realidade. O mesmo acontece, sem dúvida, em muitos casos da vida habitual, mas aqui com quanto mais ardor e sutileza! Ademais, como um ser tão bem dotado para compreender a harmonia, uma espécie de sacerdote do Belo, poderia fazer uma exceção e uma mácula em sua própria teoria? A beleza moral e sua potência, a graça e suas seduções, a eloqüência e suas proezas, todas estas idéias logo se apresentam como corretivos de uma fealdade indiscreta, depois como consolos, enfim como aduladores perfeitos de um cetro imaginário.

Quanto ao amor, já vi algumas pessoas animadas de uma curiosidade de escolar, procurar informar-se junto àquelas que estavam familiarizadas ao consumo do haxixe. Que poderá ser esta embriaguez do amor, já tão poderosa em seu estado natural, quando ela estiver encerrada dentro de outra embriaguez, como um sol dentro de outro sol? Tal é a pergunta que se erguerá numa multidão de espíritos que chamarei os basbaques do mundo intelectual. Para responder a um subentendido desonesto, a esta parte da pergunta que não ousa produzir-se, encaminharei o leitor a Plínio, que em algum lugar falou das propriedades do cânhamo, de modo a dissipar sobre o sujeito algumas tantas ilusões. Sabe-se, além disso, que a atonia é o resultado mais comum do abuso que os homens fazem de seus nervos e das substâncias capazes de excitá-los. Ora, como não se trata aqui de potência efetiva, mas de emoção ou de susceptibilidade, rogaria simplesmente ao leitor considerar que a imaginação de um homem nervoso, inebriado com haxixe é elevada a um grau prodigioso, tão pouco auferível quanto a força extrema possível ao vento num tufão, e seus sentidos sutilizados a um ponto quase tão difícil de definir. É, portanto, permitido acreditar que uma leve carícia, a mais inocente de todas, um aperto de mão, por exemplo, pode ter um valor centuplicado pelo estado atual da alma e dos sentidos, e conduzi-los talvez, e muito rapidamente, até esta síncope que é considerada pelos vulgares mortais como o *summum* da felicidade. Mas que o haxixe acorda, numa imaginação quase sempre ocupada com coisas do amor, lembranças ternas, às quais a dor e o sofrimento dão até mesmo um novo brilho, isto é indubitável. Não é menos certo que uma forte dose de sensualidade mistura-se a estas agitações do espírito; e, aliás, não é inútil assinalar, o que bastaria para constatar sobre este ponto a imoralidade do haxixe, que uma seita de Ismaelitas (é dos Ismaelitas que saíram os Assassinos) levava as suas adorações bem além do imparcial Lingam, isto é, até o culto absoluto e exclusivo da metade feminina do símbolo. Não haveria nada de mais natural, todo homem sendo a representação da história, do que ver uma heresia obscena, uma religião monstruosa produzir-se no espírito que se pôs frouxamente à mercê de uma droga infernal, e que sorri à dilapidação de suas próprias faculdades.

    Porque vimos manifestar-se na embriaguez do haxixe uma benevolência singular aplicada mesmo aos desconhecidos, uma espécie de filantropia antes feita de piedade do que de amor (é aqui que se mostra o primeiro gérmen do espírito satânico que se desenvolverá de uma maneira extraordinária), mas que vai até o medo de afligir quem quer que seja, adivinha-se em que pode transformar-se a sentimentalidade localizada, aplicada a uma pessoa querida, desempenhando ou tendo desempenhado um papel importante na vida moral do doente. O culto, a adoração, a prece, os sonhos de felicidade projetam-se e lançam-se com a energia ambiciosa e o estopim de um fogo de artifício; como a pólvora e as matérias corantes do fogo, eles se ofuscam e desvanecem nas trevas. Não há combinação sentimental à qual não pode prestar-se o dócil amor de um escravo do haxixe. O gosto pela proteção, um sentimento de paternidade ardente e devotada podem misturar-se a uma sensualidade culpada que o haxixe saberá sempre perdoar e absolver. Vai mais longe ainda. Suponho faltas cometidas deixando traços amargos na alma, um marido ou um amante não contemplando senão com tristeza (no seu estado normal) um passado turvado por temporais; estas amarguras podem então se transformar em doçuras; a necessidade de perdão torna a imaginação mais hábil e mais suplicante, e o próprio remorso, neste drama diabólico que só se exprime através de um longo monólogo, pode operar como excitante e reaquecer poderosamente o entusiasmo do coração. Sim, o remorso! Fiz mal em dizer que o haxixe parecia, para um espírito verdadeiramente filosófico, como um perfeito instrumento satânico? O remorso, singular ingrediente do prazer, é logo afogado na deliciosa contemplação do remorso, numa espécie de análise voluptuosa; e esta análise é tão rápida, que o homem, esse diabo natural, para falar como os Swedenborgianos, não percebe quanto ela é involuntária, e quanto, de segundo em segundo, ele aproxima-se da perfeição diabólica. Ele *admira* seu remorso e glorifica-se dele, enquanto vai perdendo sua liberdade.

Eis, portanto, o meu homem hipotético, o espírito de minha escolha, que chega a este patamar de júbilo e de serenidade onde está *obrigado* a admirar-se. Toda contradição desfaz-se, todos os problemas filosóficos tornam-se límpidos, ou pelo menos assim parecem. Tudo é matéria para o gozo. A plenitude da vida efetiva inspira-lhe um orgulho desmesurado. Nele fala uma voz (ai dele, que a voz é a sua!) que lhe diz: "Tens agora o direito de te considerares superior a todos os homens; ninguém conhece nem poderia compreender tudo que pensas e tudo que sentes; seriam mesmo incapazes de apreciar a benevolência que te inspiram. És um rei que os passantes desconhecem, que vive na solidão de sua convicção: mas que te importa? Não possuis este soberano desprezo que torna a alma tão boa?"

Podemos supor, contudo, que, de vez em quando, uma lembrança corrosiva atravessa e corrompe esta felicidade. Uma sugestão fornecida pelo exterior pode reanimar um passado desagradável à contemplação. De quantas ações estúpidas e vis não está pleno o passado, que são verdadeiramente indignas deste rei do pensamento, e que lhe maculam a dignidade ideal? Creia que o homem do haxixe enfrentará corajosamente estes fantasmas plenos de reproches, e que mesmo saberá tirar destas lembranças assustadoras novos elementos de prazer e orgulho. Tal será a evolução de seu raciocínio: passada a primeira sensação de dor, ele analisará curiosamente essa ação ou esse sentimento cuja lembrança perturbou sua atual glorificação, os motivos que então o faziam agir, as circunstâncias de que estava cercado, e se ele não encontra nestas circunstâncias razões suficientes, se não para absolver, ao menos para atenuar seu pecado, não imagine que ele se sente vencido! Observo o seu raciocínio como a mecânica de uma engrenagem sob um vidro transparente: "Esta ação ridícula, desprezível e vil, cuja lembrança por um instante me agitou, está em completa contradição com minha verdadeira natureza, minha natureza atual, e a própria energia com a qual a condeno, a diligência inquisitorial com a qual a analiso e julgo, provam minhas elevadas e divinas aptidões para a virtude. Quantos homens se encontrariam no mundo tão hábeis em julgar-se e tão severos em condenar-se?" E não somente ele condena-se como glorifica-se. A horrível lembrança assim absorvida na contemplação de uma virtude ideal, de uma caridade ideal, de um gênio ideal, ele entrega-se candidamente à sua triunfante orgia espiritual. Vimos que, contrafazendo de maneira sacrílega o sacramento da penitência, a um tempo penitente e confessor, ele se dera uma fácil absolvição, ou, pior ainda, ele tirara de sua condenação um novo alimento para seu orgulho. Agora, da contemplação de seus sonhos e de seus projetos de virtude, ele chega à sua aptidão prática para a virtude; a energia amorosa com a qual ele abraça este fantasma de virtude parece-lhe uma prova suficiente, peremptória, da energia viril necessária para o cumprimento de seu ideal. Ele confunde completamente o sonho com a ação, e sua imaginação aquecendo-se mais e mais ante o espetáculo sedutor de sua própria natureza corrigida e idealizada, substituindo esta imagem fascinante de si mesmo pelo seu indivíduo real, tão pobre de vontade, tão rico em vaidade, ele finda por decretar sua apoteose nestes termos nítidos e simples, que contêm para ele todo um mundo de abomináveis gozos: *"Eu sou o mais virtuoso de todos os homens!"*

Isso não os faz lembrar de Jean-Jacques, que também, depois de se ter confessado ao universo, não sem uma certa volúpia, ousou lançar o mesmo grito de triunfo (ou ao menos a diferença é bem pequena) com a mesma sinceridade e a mesma convicção? O entusiasmo com o qual ele admirava a virtude, o enternecimento nervoso que lhe enchia os olhos de lágrimas, vendo uma bela ação ou pensando todas as belas ações que teria querido realizar, bastavam para dar-lhe uma idéia superlativa de seu valor moral. Jean-Jacques inebriara-se sem haxixe.

Seguirei adiante a análise desta vitoriosa monomania? Explicarei como, sob o império do veneno, meu homem logo se faz o centro do universo? como ele transforma-se na expressão viva e exagerada do provérbio que diz que a paixão atrai tudo para si? Ele acredita em sua virtude e em seu gênio; não se adivinha o fim? Todos os objetos circundantes são igualmente sugestões que agitam nele um mundo de pensamentos, todos mais coloridos, mais vivazes, mais sutis do que nunca, e revestidos de um verniz mágico. "Estas cidades magníficas, ele diz consigo, onde os prédios soberbos estão escalonados como nos cenários, – estes belos navios ao balanço das águas da enseada num ócio nostálgico, e que possuem o ar de traduzir nosso pensamento: Quando partimos para a felicidade? – estes museus que transbordam de belas formas e de cores inebriantes, – estas bibliotecas, onde se acumulam os trabalhos da Ciência e os sonhos da Musa, – estes instrumentos reunidos que falam com uma só voz, – estas mulheres encantatrizes, mais encantadoras ainda pela ciência do adereço e da economia do olhar, – todas estas coisas foram criadas *para mim, para mim, para mim!* Para mim a humanidade trabalhou, foi martirizada, imolada, – para servir de alimento, de *pabulum*, ao meu implacável apetite de emoção, de conhecimento e de beleza!" Eu salto e abrevio. Ninguém se impressionará que um pensamento final, supremo, jorre do cérebro do sonhador: *"Eu tornei-me Deus!"* que um grito selvagem, ardente, desprenda-se de seu peito com energia tal, com tal potência de projeção, que, se as vontades e as crenças de um homem embriagado tivessem uma virtude eficaz, este grito poria em desordem os anjos disseminados nos caminhos do céu: "Eu sou um Deus!" Mas logo este tufão de orgulho transforma-se numa temperatura de beatitude calma, muda, repousada, e a universalidade dos seres mostra-se colorida e como iluminada por uma aurora sulfurosa. Se por acaso uma vaga lembrança desliza na alma deste deplorável bem-aventurado: Não haveria aí um outro Deus? acredite que ele se erguerá diante daquele, que discutirá suas vontades e que o afrontará sem terror. Qual é o filósofo francês que, para troçar das doutrinas alemãs modernas dizia: "Sou um deus que jantou mal? Esta ironia não inquietaria um espírito elevado pelo haxixe; ele responderia tranqüilamente: "É possível que eu tenha jantado mau, mas sou um Deus."

V. Moral

Mas o dia seguinte! o terrível dia seguinte! todos os órgãos relaxados, fatigados, os nervos distendidos, a palpitante ânsia de chorar, a impossibilidade de aplicar-se a um trabalho contínuo, ensina-o cruelmente que você jogou um jogo proibido. A hedionda natureza, espoliada de sua iluminação da véspera, assemelha-se aos melancólicos restos de uma festa. A vontade sobretudo está atacada, de todas as faculdades a mais preciosa. Diz-se, e é quase verdade, que esta substância não causa nenhum mal físico, nenhum mal grave, ao menos. Mas pode-se afirmar que um homem incapaz de ação, e propício somente aos sonhos, se portaria realmente bem, mesmo quando todos seus membros estariam em bom estado? Ora, conhecemos bastante a natureza humana para saber que um homem que pode, com uma colherada de geléia, obter para si instantaneamente todos os bens do céu e da terra, jamais ganhará a milionésima parte do mesmo pelo trabalho. Alguém se imagina um Estado onde todos os cidadãos inebriam-se com haxixe? Que cidadãos! que guerreiros! que legisladores! Mesmo no Oriente, onde o uso é tão disseminado, há governos que compreenderam a necessidade de proscrevê-lo. Com efeito é proibido ao homem, sob a pena de degradação e de morte intelectual, desarranjar as condições primordiais de sua existência e romper o equilíbrio de suas faculdades com os meios onde elas estão destinadas a se mover, em um palavra, desarranjar o seu destino para substituí-lo por uma fatalidade de novo gênero. Lembremo-nos de Melmoth, este admirável emblema. Seu espantoso sofrimento reside na desproporção entre suas maravilhosas faculdades, adquiridas instantaneamente por um pacto satânico, e o meio onde, como criatura de Deus, está obrigado a viver. E nenhum dos que ele quer seduzir consentem comprar dele, nas mesmas condições, seu terrível privilégio. Com efeito, todo homem que não aceita as condições da vida, vende sua alma. É fácil apreender a relação que existe entre as criações satânicas dos poetas e as criaturas vivas que se devotaram aos excitantes. O homem quis ser Deus, e eis que ali está, em virtude de uma lei moral incontrolável, caído mais baixo do que a sua natureza real. É uma alma que se vende a varejo.

Balzac pensava certamente que não há para o homem maior vergonha nem sofrimento mais pungente que a abdicação de sua vontade. Eu o vi uma vez, numa reunião onde estava em questão os efeitos prodigiosos do haxixe. Ele escutava e questionava com uma atenção e uma vivacidade divertidas. As pessoas que o conheceram reconhecem que ele devia estar interessado. Mas a idéia de pensar contra a própria vontade chocava-o vivamente. Apresentou-se-lhe o dawamesk; ele examinou-o, farejou-o e devolveu-o sem tocá-lo. A luta entre a curiosidade quase infantil e sua repugnância pela abdicação traía-se no seu rosto expressivo de modo impressionante. O amor pela dignidade arrebatou-o. Com efeito é difícil figurar-se esse teórico da *vontade*, este gêmeo espiritual de Louis Lambert, consentindo em perder uma parcela desta preciosa *substância*.

Malgrado os admiráveis serviços que produziram o éter e o clorofórmio, parece-me que do ponto de vista da filosofia espiritualista o mesmo estigma moral aplica-se a todas as invenções modernas que tendem a diminuir a liberdade humana e a indispensável dor. Não foi sem uma certa admiração que ouvi uma vez o paradoxo de um oficial que me contava a operação cruel praticada sobre um general francês em El-Aghouat, e da qual este morreu, apesar do clorofórmio. Este general era um homem bravíssimo, e mesmo algo mais, uma destas almas a que se aplica naturalmente o termo: cavalheiresco. "Não era, ele me dizia, de clorofórmio que ele precisava, mas dos olhares de todo o exército e da música dos regimentos. Assim talvez ele tivesse sido salvo!" O cirurgião não era da opinião deste oficial; mas o capelão teria certamente admirado estes sentimentos.

É realmente supérfluo, após todas estas considerações, insistir sobre o caráter imoral do haxixe. Que eu o compare ao suicídio, a um suicídio lento, a uma arma sempre sangrenta e sempre aguçada, nenhum espírito razoável terá algo a contestar. Que eu o assimile à feitiçaria, à magia, que deseja, pela operação sobre a matéria, e por arcanos dos quais nada prova a falsidade e tampouco a eficácia, conquistar um domínio interdito ao homem ou permitido somente àquele que é julgado digno dele, nenhuma alma filosófica censurará esta comparação. Se a Igreja condena a magia e a feitiçaria, é porque elas militam contra os desígnios de Deus, porque suprimem o trabalho do tempo e querem tornar supérfluas as condições de pureza e de moralidade; e porque ela, a Igreja, somente considera como legítimos, como verdadeiros, os tesouros recebidos pela boa intenção assídua. Chamamos de vigarista o jogador que descobriu o meio de jogar sem perda; como nomearemos o homem que quer comprar, com um pouco de dinheiro, a felicidade e o gênio? É a própria infalibilidade do meio que constitui a sua imoralidade, como a infalibilidade suposta da magia impõe-lhe seu estigma infernal. Deveria acrescentar que o haxixe, como todos os júbilos solitários, torna inútil o indivíduo para os homens e a sociedade supérflua para o indivíduo, levando-o incessantemente a admirar a si mesmo e precipitando-o dia a dia ao golfo luminoso onde ele admira seu rosto de Narciso?

Se ainda, ao preço de sua dignidade, de sua honestidade e de seu livre-arbítrio, o homem pudesse tirar do haxixe grandes benefícios espirituais, fazer dele uma espécie de máquina de pensar, um instrumento fecundo? É uma questão que muitas vezes ouvi, e a respondo. Primeiramente, como longamente expliquei, o haxixe não revela ao indivíduo nada além do próprio indivíduo. É verdade que este indivíduo é, por assim dizer, elevado ao cubo e impelido ao extremo, e como é igualmente correto que a memória das impressões sobrevive à orgia, a esperança destes *utilitários* não parece ao primeiro aspecto totalmente desprovida de razão. Mas eu lhes pedirei observar que os pensamentos, dos quais eles esperam tirar tão grande partido, não são realmente tão belos quanto parecem sob o seu travestimento momentâneo e cobertos de mágicos ouropéis. Brotam da terra mais que do céu, e devem uma grande parte de sua beleza à agitação nervosa, à avidez com a qual o espírito lança-se sobre eles. Segundo, esta esperança é um círculo vicioso: admitamos um instante que o haxixe dá, ou pelo menos aumenta o gênio, eles esquecem que é da natureza do haxixe diminuir a vontade, e que assim ele concede de um lado aquilo que ele retira do outro, isto é, a imaginação sem a faculdade de tirar dela proveito. Enfim convém considerar, supondo um homem bastante reto e vigoroso para subtrair-se a esta alternativa, um outro perigo, fatal, terrível, que é aquele de todos os hábitos. Todos logo convertem-se em necessidades. Aquele que recorrer a um veneno *para* pensar logo não poderá mais pensar *sem* veneno. Alguém pode imaginar a sorte medonha de um homem cuja imaginação paralisada não saberia mais funcionar sem o auxílio do haxixe ou do ópio?

Nos estudos filosóficos, o espírito humano, imitando a marcha dos astros, deve seguir uma curva que o leve de volta ao seu ponto de partida. Concluir é fechar um ciclo. No início falei deste estado maravilhoso, onde o espírito do homem encontrava-se às vezes jogado como por uma graça especial; disse que aspirando incessantemente a reaquecer suas esperanças e elevar-se ao infinito, mostrava, em todos os países e em todos os tempos, um gosto frenético por todas as substâncias, mesmo perigosas, que, exaltando sua personalidade, podiam suscitar um instante aos seus olhos este paraíso de ocasião, objeto de todos os seus desejos, e enfim que este espírito arrojado, penetrando, sem o saber, no inferno, testemunhava assim sua grandeza original. Mas o homem não está tão abandonado, tão privado de meios honestos para ganhar o céu, que esteja obrigado a invocar a farmácia e a feitiçaria; não tem necessidade de vender sua alma para pagar as carícias inebriantes e a amizade das huris. Que paraíso é este que se compra ao preço de sua salvação eterna? Afiguro-me um homem (um brâmane talvez, um poeta, ou filósofo cristão?) depositado sobre o Olimpo íngreme da espiritualidade; ao seu redor as Musas de Rafael ou de Mantegna, para consolá-lo de seus longos jejuns e de sua preces assíduas, combinam as danças mais nobres, olham-no com os seus olhares mais doces e com os sorrisos mais deslumbrantes; o divino Apolo, esse mestre em todo saber (o de Francavilla, de Albert Dürer, de Goltzius ou de outro, que importa? Não existe um Apolo para todo o homem que o mereça?), acaricia com seu arco as cordas mais vibrantes. Abaixo dele, ao pé da montanha, nos espinheiros e na lama, a turba dos humanos, o bando dos ilotas, simula as caretas do gozo e solta uivos que a picada do veneno arranca; o poeta entristecido diz consigo: "Estes desafortunados que nem jejuaram, nem rezaram, e que recusaram a redenção pelo trabalho, pedem à magia negra os meios de se alçarem, de uma só vez, à existência sobrenatural. A magia os engana e cria para eles uma falsa felicidade e uma falsa luz; ao passo que nós, poetas e filósofos, nós regeneramos nossa alma pelo trabalho contínuo e pela contemplação; pelo exercício assíduo da vontade e da nobreza permanente da intenção, criamos para nosso usufruto um jardim de verdadeira beleza. Confiantes na palavra que diz que a fé remove as montanhas realizamos o único milagre para o qual Deus nos concedeu a licença!"

Charles Baudelaire

J. Barbey D'Aurevilly

I

Houvesse apenas talento n'*As Flores do Mal* de Charles Baudelaire, e haveria certamente o suficiente para fixar a atenção da Crítica e cativar os conhecedores; mas, nesse livro, já de início difícil de caracterizar, e sobre o qual é nosso dever impedir toda confusão e todo equívoco, existe bem outra coisa além do talento para atiçar os espíritos e apaixoná-los... Charles Baudelaire, o tradutor das obras completas de Edgar Poe, que introduziu à França o bizarro contista, e que introduzirá, incessantemente, o poderoso poeta em que se desdobrou o contista; Baudelaire, que, em gênio, parece o irmão segundo de seu querido Edgar Poe, já dispersara, aqui e ali, algumas de suas poesias. Sabe-se a impressão que produziram então. À primeira aparição, ao primeiro odor dessas *Flores do Mal*, tal como as denominou, dessas flores (convém dizê-lo com ênfase, pois trata-se das *Flores do Mal*!) horríveis de fulvo brilho e aroma, proclamou-se de todos os lados a sua asfixia e que estava envenenado o ramalhete! As moralidades delicadas diziam que ele mataria como as tuberosas matam as parturientes, e ele mata, com efeito, do mesmo modo. É um preconceito! Numa época tão depravada pelos livros como é a nossa, *As Flores do Mal*, ousemos dizê-lo, não causarão grande dano. E não causarão grande dano, não somente porque somos os Mitrídates das drogas hediondas que temos engolido há vinte e cinco anos, mas também por uma razão muito mais segura, tirada do acento – da profundidade do acento – de um livro que, acreditamos, deverá produzir o efeito absolutamente contrário àquele que alguns fingem temer. Acreditai no título somente em parte! Não são *Flores do Mal* este livro de Baudelaire. Trata-se do mais violento extrato que já se fez dessas flores malditas. Ora, a tortura que deverá produzir semelhante veneno salva dos perigos de sua embriaguez!

Tal é a moralidade, inesperada, involuntária talvez, mas definitiva, que sairá desse livro, cruel e audaz, cuja idéia embargou a imaginação de um artista. Revoltante como a verdade, que muitas vezes se encontra – ai de nós – no mundo da Queda, esse livro será moral à sua maneira; e nada de sorrir! essa maneira não é senão a da própria Onipotente Providência, que envia o castigo após o crime, a moléstia após o excesso, o remorso, a tristeza, o tédio, todas as vergonhas e todas as dores que nos degradam e nos devoram, por termos transgredido as suas leis. O poeta das *Flores do Mal* expressou, um a um, todos os fatos divinamente vingativos. Sua Musa os foi buscar no seu próprio coração entreaberto, e arrancou-os com mão tão impiedosamente encarniçada quanto a do romano que arrancava as próprias entranhas. Certamente! o autor das *Flores do Mal* não é um Catão. Ele não é nem da Útica, nem de Roma. Não é nem o estóico, nem o censor. Mas quando se trata de dilacerar a alma humana através da sua, ele é tão determinado e tão impassível quanto aquele que dilacerou somente o seu corpo, após uma leitura de Platão. A Potência que puniu a vida é ainda mais impassível do que ele! Os seus sacerdotes, é verdade, fazem prédicas para ela. Mas eis que ela só se faz ver pelos golpes que nos inflige. Ei-las, as suas vozes! como disse Joana d'Arc, Deus, ele é o talião infinito. Desejaram o mal e o mal engendrar. Acharam bom o venenoso néctar, e o tomaram em tão altas doses que a natureza humana soçobra e um dia se dissolve por isso. Semearam o grão amargo; colheram as flores funestas. Baudelaire, que tantas vezes as colheu, não disse que essas Flores do mal eram belas, que cheiravam bem, que com elas convinha ornar a fronte e encher as mãos, e que isso tudo era a sabedoria. Ao contrário, assim as nomeando, ele as murchou. Numa época em que o sofisma fortalece a frouxidão e que cada um é o doutrinador de seus vícios, Baudelaire nada disse a favor daqueles que ele modelou tão energicamente em seus versos. Ninguém o acusará de tê-los tornado amáveis. Surgem ali hediondos, nus, frementes, em parte devorados por si mesmos, tal como os concebemos no inferno. Eis, com efeito, o avanço da herança infernal que todo culpado de seus dias no mundo traz em seu peito. O poeta, terrível e aterrorizado, quis que respirássemos a abominação desta pavorosa corbelha que ele carrega, pálida canéfora, sobre sua cabeça, arrepiada de horror. Eis um grande espetáculo! Desde aquele culpado, cosido num saco que quebrava sob as pontes úmidas e sombrias da Idade Média, gritando que era preciso passar uma justiça, nada se viu de mais trágico que a tristeza dessa poesia culpada, que carrega o fardo de seus vícios sobre a fronte lívida. Deixemo-la passar também! Podemos vê-la como uma justiça, a justiça de Deus!

II

Após ter dito isso, não somos nós que afirmaremos que a poesia das *Flores do Mal* é poesia pessoal. Sem dúvida, sendo o que somos, todos deixamos cair (e mesmo os mais fortes) algum trapo sangrento de nosso coração nas nossas obras, e o poeta das *Flores do Mal* está submetido a essa lei como todos nós. O que fazemos questão de constatar é que, contrariamente à maioria dos líricos atuais, tão preocupados com seu egoísmo e com suas pobres pequenas impressões, a poesia de Baudelaire é menos um derramamento de um sentimento individual que uma firme concepção de seu espírito. Conquanto bastante lírico de expressão e de elã, o poeta das *Flores do Mal* é, no fundo, um poeta dramático. Tem nisso o seu futuro. Seu livro é um drama anônimo do qual ele é o autor universal, e eis por que não chicaneia nem com o horror, nem com o desgosto, nem com nada que pode produzir de mais hediondo a natureza humana corrompida. Tampouco Shakespeare e Molière chicanearam com o detalhe revoltante da expressão, quando pintaram, este, o seu Iago, aquele, o seu Tartufo. Para eles, toda a questão era somente esta: "Existem hipócritas e pérfidos?" Se existiam convinha que se expressassem como hipócritas e pérfidos. Eram celerados que falavam, os poetas eram inocentes! Um dia mesmo (a anedota é conhecida), Molière lembrou isso à margem do seu Tartufo, ao lado de um verso por demais odioso, e Baudelaire teve a fraqueza... ou a precaução de Molière.

Neste livro, onde tudo é verso, até mesmo o prefácio, encontra-se uma nota em prosa que não pode deixar nenhuma dúvida, não somente sobre o modo de proceder do autor das *Flores do Mal*, mas ainda sobre a noção que ele se fez da Arte e da Poesia; pois Baudelaire é um artista de vontade, de reflexão e de combinação antes de tudo. "Fiel – ele diz – ao seu doloroso programa, o autor das Flores do mal obrigou-se, como perfeito comediante, a conformar seu espírito a todos os sofismas assim como a todas as corrupções." Isto é positivo. Somente os que não querem compreender não compreendem. Assim, como o velho Goethe, que se transformou em mercador de pastilhas turcas em seu *Divã*, e nos deu também um livro de poesia – mais dramática do que lírica também, e que é talvez sua obra-prima –, o autor das *Flores do Mal* se fez celerado, blasfemador, ímpio de pensamento, absolutamente como Goethe se fez Turco. Representou uma comédia; mas é a comédia sangrenta de que fala Pascal. Este profundo sonhador que está no fundo de todo o grande poeta perguntou-se, em Baudelaire, em que se transformaria a poesia ao passar por um cérebro organizado, por exemplo, como o de Calígula ou de Heliogábalo, e *As Flores do Mal* – estas monstruosas! – brotaram para a instrução e para a humilhação de todos nós; pois não é inútil – ora, vamos! – saber o que pode florescer na estrumeira do cérebro humano, decomposto por nossos vícios. É uma boa lição. Somente, por uma inconseqüência que nos toca e da qual conhecemos a causa, misturam-se a estas poesias, por isso mesmo imperfeitas do ponto de vista absoluto do autor, gritos de uma alma cristã, doente de infinito, que rompe a unidade da obra terrível, e que Calígula e Heliogábalo não teriam engendrado. O Cristianismo de tal maneira nos penetrou que ele falseia até mesmo as nossas concepções de arte voluntária nos espíritos mais enérgicos e mais preocupados. Que o nome seja o do autor das *Flores do Mal* – um grande poeta que não se acredita cristão e que, em seu livro, positivamente não o quer ser – não se têm impunemente dezoito mil anos de Cristianismo atrás de si. Isso é mais forte que nós! Inútil ser um artista terrível, de visão a mais centrada, de vontade a mais contida; inútil jurar-se ateu como Shelley, furioso como Leopardi, impessoal como Shakespeare, indiferente a tudo exceto à beleza como Goethe: anda-se por algum tempo assim, miserável e soberbo, comediante à vontade na máscara consumada dos seus traços pintados e caricatos. Ocorre que subitamente, por trás de uma das suas poesias mais amargamente calmas ou mais cruelmente selvagens, ele se descobre novamente cristão num meio-tom inesperado, numa derradeira palavra que detona – mas que, para nós, detona deliciosamente no coração:

> Ah! Senhor! dai-me a força e a coragem
> De contemplar meu coração e meu corpo sem desgosto!

Entretanto, convém concedê-lo, estas inconseqüências, quase fatais, são raríssimas no livro de Baudelaire. O artista, vigilante e de uma perseverança inaudita na fixa contemplação de sua idéia, não foi demasiadamente vencido.

III

Essa idéia, já o dissemos por tudo o que precede, é o pessimismo mais acabado. A literatura *satânica*, que já data de muito, mas que possuía um lado romanesco e falso, não produziu senão contos de fazer arrepiar, ou balbucios de criança, se comparada a estas realidades pavorosas e a estas poesias nitidamente articuladas, onde a erudição do mal em todas as coisas mescla-se à ciência da palavra e do ritmo. Pois, quanto a Charles Baudelaire, chamar arte a sua sábia maneira de escrever em verso não seria dizer o bastante. É quase um artifício. Espírito de pesquisas laboriosas, o autor das *Flores do Mal* é um retorcido em literatura, e seu talento, que é incontestável, trabalhado, lavrado, complicado com paciência de chinês, é a própria flor do mal engendrada nas estufas quentes de uma Decadência. Quanto à língua e o *fazer*, Baudelaire, que saúda no frontispício de sua coleção Théophile Gautier como seu mestre, é desta escola que crê que tudo está perdido, e *mesmo a honra*, à primeira rima pobre, na poesia mais esguia e vigorosa. É um destes materialistas refinados e ambiciosos que só concebem uma perfeição – a perfeição material –, e que a sabem às vezes realizar; mas, quanto à inspiração, ele é bem mais profundo que sua escola, e ele se antecipou tanto em descer à sensação, donde esta escola não sairá jamais, que acabou se vendo sozinho, como um leão de originalidade. Sensualista, mas o mais profundo dos sensualistas, e furioso por ser somente isto, o autor das *Flores do Mal* vai, na sensação, até o limite extremo, até aquela misteriosa porta do Infinito contra a qual ele se choca, mas que ele não sabe abrir, e, tomado de cólera, ele se curva sobre a língua e derrama nela a sua fúria. Imaginai esta língua, mais plástica ainda que poética, manuseada e talhada como o bronze e a pedra, e onde a frase possui espiralados e caneluras; imaginai algo do gótico florido ou da arquitetura mourisca aplicado a esta simples construção que possui um sujeito, um regime e um verbo; depois, nesses espiralados e nessas caneluras de uma frase, que ganham formas tão variegadas quanto ganharia um cristal, suponhai todas as pimentas, todos os álcoois, todos os venenos, minerais, vegetais, animais; e aqueles, os mais ricos e os mais abundantes, se pudéssemos vê-los, que escapam ao coração do homem: e tereis a poesia de Baudelaire, esta poesia sinistra e violenta, dilacerante e assassina, da qual nada se aproxima nas mais negras obras desta época que se sente desfalecer. Aquela é, na sua íntima ferocidade, de um tom desconhecido na literatura. Se em alguns lugares, como na peça *A Giganta*, ou no *Don Juan nos Infernos* – um grupo de mármore branco e negro, uma poesia de pedra (di sasso) como o Comendador –, Baudelaire lembra a forma de Victor Hugo, mas condensada e sobretudo purificada; se, em alguns outros, como *A Carcaça*, a única poesia espiritualista do compêndio, na qual o poeta se vinga da podridão odiada com a imortalidade de uma querida lembrança:

> Agora, ó minha beleza! dizei ao verme
> Que vos comerá com beijos,
> Que eu guardei a forma e a essência divina
> Dos meus amores decompostos!

lembramos de Auguste Barbier... por toda parte alhures o autor das *Flores do Mal* é ele mesmo e ergue-se acima de todos os talentos desta época. Um crítico dizia outro dia (Thierry, do *Moniteur*) numa apreciação superior: para encontrar qualquer parentesco para esta poesia implacável, para este verso brutal, condensado e sonoro, versos de bronze que suam sangue, é preciso retroceder a Dante, Magnus Parens! É a honra de Charles Baudelaire ter podido evocar, num espírito delicado e justo, uma lembrança tão grandiosa!

Com efeito, existe Dante no autor das *Flores do Mal*; mas é um Dante de uma época caída, é o Dante ateu e moderno, o Dante vindo depois de Voltaire, numa época que não terá o seu São Tomás de Aquino. O poeta das *Flores*, que ulceram o seio no qual elas repousam, não possui o grande semblante de seu majestoso predecessor, e isso não é culpa sua. Pertence a uma época perturbada, cética, trocista, nervosa, que se contorce em ridículas esperanças de transformações e de metempsicoses; não tem a grande fé do poeta católico, que lhe dava a calma augusta da segurança em todas as dores da vida. O caráter da poesia das *Flores do Mal*, à exceção de algumas raras passagens que o desespero acabou por congelar, é a perturbação, a fúria, é o olhar convulsionado, e não o olhar sobriamente claro e límpido do Visionário de Florença. A Musa de Dante, meditativa, viu o inferno; a das *Flores do Mal* o respira com uma narina crispada como a do cavalo que aspira uma granada! Aquela vem do inferno, esta para lá se dirige. Se a primeira é mais augusta, a outra é talvez mais comovente. Não possui o maravilhoso épico que eleva tão alto a imaginação e acalma os terrores na serenidade da qual os gênios totalmente excepcionais sabem revestir suas obras mais apaixonadas. Possui, ao contrário, as horríveis realidades que conhecemos, e que enojam demais para permitir mesmo a opressiva serenidade do desprezo. Baudelaire não quis ser, no seu livro *Flores do Mal*, um poeta satírico, e ele o é, no entanto, se não na conclusão e no ensinamento, ao menos na elevação da alma, nas imprecações e nos gritos. Ele é o misantropo da vida culpada, e muitas vezes ao lê-lo se imagina que, se Timo de Atenas tivesse possuído o gênio de Arquíloco, ele teria conseguido escrever assim sobre a natureza humana e insultá-la, descrevendo-a!

IV

Não podemos nem queremos citar nenhum destes poemas, e eis porque: uma peça citada não teria mais do que o seu valor individual, e não convém aqui nos enganarmos! neste livro cada poema tem, para além do sucesso dos detalhes ou da fortuna do pensamento, um valor importantíssimo de unidade e de situação, que não convém perder destacando as partes. Os artistas, que vêem as linhas sob o luxo ou sob a eflorescência da cor, perceberão perfeitamente que aqui existe uma arquitetura secreta, um plano calculado pelo poeta, meditativo e voluntário. *As Flores do Mal* não são, postas em seqüência, como tantos fragmentos líricos, dispersados pela inspiração e colididos sem outra razão que a de os reunir. São menos poemas que uma obra poética da mais completa unidade. Do ponto de vista da arte e da sensação estética perderiam muito em não serem lidas na ordem em que o poeta, que sabe bem o que faz, as arranjou. Mas perderiam ainda mais do ponto de vista do efeito moral que assinalados no início.

Este efeito, ao qual convém sempre retornar, evitemos debilitá-lo! O que impedirá o desastre deste veneno, servido nesta taça, é a sua força! O espírito dos homens, que ele estilhaçaria em átomos, não é capaz de absorvê-lo em tais proporções sem o vomitar, e uma tal contração imposta ao espírito destes tempos, insípido e debilitado, pode salvá-lo, arrancando-o pelo horror à sua frouxa lassidão. Os Solitários têm diante de si as cabeças da morte, quando dormem. Eis aqui um Rancé, sem a fé, que cortou a cabeça do ídolo material de sua vida; que, como Calígula, procurou no íntimo o que amava, e que grita o nada de tudo, espreitando-o! Não credes que se tem aqui algo patético e salutar?... Quando um homem e uma poesia desceram a tal extremo – quando desceram tão baixo na consciência da incurável desgraça que está no fundo de todas as volúpias da existência, poesia e homem não podem mais elevar-se. Charles Baudelaire não é um destes poetas que tem apenas um livro na cabeça e que o vão repetindo sempre. Mas quer tenha ressecado a sua veia poética (o que não acreditamos!) porque exprimiu e espremeu o coração do homem até não sobrar senão uma esponja podre, quer, ao contrário, a tenha deixado escorrer numa primeira espuma, convém agora que se cale – pois há palavras supremas sobre o mal da vida –, ou fale uma outra língua. Depois das *Flores do Mal*, só há duas coisas a fazer, para o poeta que as fez desabrolhar: ou explodir o cérebro... ou se fazer cristão!

V

Muito já se falou destes *Paraísos artificiais*. Se não se ocupam muito com o outro, ocupam-se de boa vontade com este. É mais cômodo. Qualquer um se sai bem com um punhado desta droga que aí está e com uma colher de café. O haxixe e o ópio! Diabo! (E é bem diabo a palavra certa!) O ópio e o haxixe! mas isso não passa de uma guloseima! Antes era o café e o chá, excitantes de que falou Balzac como Balzac falou de tudo, isto é, como grande mestre, mesmo quando escarnece, o rabelaisiano de que Rabelais ficaria orgulhoso como de um filho, se estivesse vivo, e se não fosse ciumento!... Antes era o tabaco, o tabaco do qual o doutor Clavel dizia, há quatro dias, que "somente ele poderia transformar o mundo moderno em um vasto hospital de velhos, de incuráveis e de alienados". Mas tudo isso não bastava. Será que nada bastará para esta ambiciosa de Razão?... Impotência que quer o infinito... impossível!

O ópio e o haxixe – as preocupações do momento, como o magnetismo e o sonambulismo; pois somos tão estúpidos quanto os séculos da alquimia e da astrologia judiciária! –, que matéria para a curiosidade e para as dissertações de todos gêneros de basbaques, mas sobretudo dos "basbaques da ordem intelectual", como os chama Baudelaire. E tanto mais porque Baudelaire, que nos vai contar... as suas maravilhas, é um viajante que retorna destas Índias concentradas que se chamam o haxixe e o ópio, como o pobre e grande Dante retornou do Inferno, conta-se, verde de um terror subjugado. O haxixe e o ópio é o inferno de Charles Baudelaire. É o inferno moderno da sensação superexcitada e esgotada, do nervo ressequido em sua derradeira gota de licor. Inferno verdadeiro, e *paraísos... artificiais*!

Ah! o outro inferno era mais belo sem dúvida. Tinha mais variedade, mais grandeza e mais espetáculos do que este outro que hoje se chama paraíso, provavelmente por antítese. Que há de surpreendente? "O ópio e o haxixe – diz, com justiça, Baudelaire – nada revelam ao indivíduo senão o indivíduo." Ora, já está bem arruinado, o indivíduo. Lamentável Narciso, que se entediava com a contemplação de si e que, para entreter-se, faz caretas frente ao espelho, onde se admira, o *eu* que já está farto do *eu*! A alma humana, cativa da matéria, crê que suas paixões sejam um refúgio, e que jogar-se da janela da sua prisão é lançar-se a elas, e ela se joga; mas é no tédio que cai, tédio ainda mais escavado pela queda, mais profundo e mais negro! Por outro lado, *O Inferno* de Dante, por ser mais belo, é também um poema, em todo o esplendor desta dificuldade imensa e superada, escrito em tercetos que parecem contorcidos raios de relâmpago, do sol e da lua, ao passo que *Os Paraísos artificiais* de Baudelaire são um livro de prosa, de descrição e de análise psicofisiológica que ele escreveu sobre a lembrança, absolutamente como um naturalista estuda com a lupa as fibrilas de uma folha de amoreira.

Pois bem, pouco importa, malgrado a ciência e malgrado a prosa, também existe poeta e poesia nessa análise, a qual se concede a honra de ser seca, exata, precisa, rebuscada nas mais minúsculas coisas, costeando aquilo que, dentro em breve, deixará de ser: o abismo do nada – sobre as bordas do qual amam passear os senhores fazedores de análise! Sim! felizmente existe aqui um poema e um poeta! Toda esta minuciosa dissecação de estados patológicos miseráveis, nos quais o homem perdeu o equilíbrio e a possessão de si, encontrando tão somente a ridícula felicidade da sensação, está revestida da expressão que faria ler tudo e perdoar quase tudo.

É evidente que o autor não é joguete desta droga que ele saboreou. É evidente que o poeta está acima do poema (pois, quanto à expressão, este livro é um poema), e que, ao contrário de Dante, que foi o poeta da fé candidata em harmonia com as crenças-verdade, ele é o poeta da ironia retorcida que zomba de nós, desejando primeiro fazer-nos inveja, para, depois, fazer-nos medo. Jogo de poeta! Baudelaire, eu vos advirto, está ali inteiro. Açular o desejo de tocar esta maçã da delícia e da perdição, depois atiçar o medo de a ter tocado, e, finalmente, zombar de Eva, de Adão e da maçã, eis o que quis este Satã... para rir, nestes *Paraísos artificiais*, que são *Paraísos perdidos*.

Certamente, nada disso se viu nas resenhas que se fez deste livro curioso. Uns viram ali um estudo acuradíssimo, costuradíssimo, atomizadíssimo, onde nada se esquece das sensações e dos matizes de sensações pelas quais se transita nos estados que ele descreve... e prefiro acreditar nisto tudo do que ir lá ver. E os outros, boa gente, – *os melhores filhos do mundo* – tomaram Baudelaire por um moralista cristão. Ele teria, por puro acaso, carambolado! Certamente! Baudelaire tem espírito demais para ser, quando for moralista, de uma outra moral que não a moral cristã; mas, embora suas conclusões contra estas drogas, alienadoras da liberdade e da inteligência humanas, mas cuja história escreve por demais poeticamente, sejam conclusões que o cristianismo pode reconhecer, não é – olhemos bem! – um moralista o que encontramos no fundo destes *Paraísos artificiais... ou*, antes, atrás. Está ali uma outra pessoa. Está ali o poeta zombeteiro e quase mistificador conhecido sob o nome de Charles Baudelaire, que olha por cima do livro o efeito do dito livro sobre o bom público.

Quanto a mim, pedirei a permissão de pôr de lado o livro e ir até o autor, que eu amo! Sei bem que ele protestará. Sei bem que ele guarda uma teoria toda pronta a me opor (é o seu leque, desta fêmea!) e que essa teoria proíbe à Crítica honesta penetrar no pensamento do autor, adentrar-lhe a consciência. Mas se isto é verdade, a Crítica está morta e morta de um sopapo. Ela não tem mais necessidade nem de lógica, nem de profundidade. Pois bem, não queremos que a Crítica seja morta e morra de uma morte tão feia. Nós nos permitimos até mesmo induções de nós a Deus! Parece-me aceitável que podemos nos permitir, além disso, induções do livro de Baudelaire ao próprio Baudelaire, sem lhe faltar o respeito e a simpatia.

VI

Eu disse que Baudelaire era poeta. Quem não o sabe, quem não leu estas *Flores do Mal* cujo verdadeiro nome devia ser *As Flores Malditas*, poesias cruéis, envenenadas, de uma volúpia sinistra, que teriam perdão no desespero, não fosse o desespero um mal a mais, e depois das quais, tivesse o autor a lógica das sensações, outra coisa não se seguiria que um tiro de pistola ou... o pé de uma cruz!

Um dia falaremos melhor, aliás, destas *Flores do Mal*, das quais Baudelaire, neste momento, refaz o ramalhete, acrescentando-lhe flores mais sadias. Baudelaire pode ser inocentado? Os poetas, estes poderosos enfermos, não são sempre responsáveis por suas fraquezas. Estes singulares camaleões, que ao prisma de seu tempo enviam cores mais brilhantes do que aquelas que dele recebem, fantasiam-se quase sempre com alguma paixão de seu tempo, a qual eles, certamente, não teriam experimentado, caso tivessem vindo mais cedo ou mais tarde... Milton, o cantor da Revolta, é de um tempo em que os costumes eram regicidas. No século 19, que queríeis que fosse um poeta que viesse depois do *René* de Chateaubriand e do materialismo de Broussais, e que juntando os restos de Musset, a estrela na fronte, que ele extinguira no regato, traduzisse friamente, mas poderosamente, com brilhos a menos, mas com correção mais sábia, as embriaguezas das quais Musset morrera sem ter cantado o horror? Ele seria – meu Deus! – o autor das *Flores do Mal*, e talvez não pudesse ser outra coisa.

Mas isto não é tudo; o autor, tão particular, das *Flores do Mal*, este poeta frio, macio, gracioso e terrível à maneira das serpentes desenvolvera as suas tendências... serpentinas na convivência e na intimidade de toda a sua vida intelectual com uma outra... jibóia que não ele, com um gênio pleno de combinação, de ironia solene, de frieza profunda. Quero falar do americano Edgar Poe, de quem nos deu uma tradução verdadeira como a Paixão e eloqüente como ela; Edgar Poe, cuja influência ele deixou pesar sobre si tão profundamente, que eu bem que o desafiaria a suprimi-la agora.

Ora, este Edgar Poe, convém dizê-lo, mesmo reconhecendo o seu gênio, no fundo não é mais do que um *sensacionalista* sublime, que despreza o seu público e prova-lho, sem lho dizer, construindo uma literatura para domá-lo, este público americano que ama os *tours de force*, e para deixá-lo de olhos arregalados no terror das *extraordinárias* histórias que conta. Enfim, Vamburgh deste leão! Certamente, Baudelaire, que por natureza possui uma queda para a ironia que sua fisionomia ainda infantil devia revelar à sua mãe, teria em sua intimidade com Poe aprendido, mesmo se não tivesse possuído em si o germe, a arte amarga e hipócrita desta mistificação implacável que Swift possuiu um dia, mas que, pelo exagero e efeito que desejam produzir, tanto Poe como Baudelaire ultrapassaram.

E o que não poderia deixar de ser aconteceu. É esta ironia natural e cultivadíssima que foi a Musa do poeta das *Flores do Mal*. Pintor a frio de horrores a frio, mas pintor habilíssimo, que, em suas *Flores do Mal*, se faz poeticamente um Heliogábalo *artificial*, assim como, nos seus *Paraísos artificiais*, ele se faz o Satã que tenta e apavora e que zomba depois de ter seduzido e apavorado, Baudelaire, que é de seu tempo, achou gentil e engraçado contar-nos uma *História extraordinária*, digna de Poe e esquecida por este, e de nos contar de maneira a nos provocar desejos de fumar ópio, embora dizendo para não se fazer nada disso, sob a pena de destruição, de desonra moral e de indignidade. Nunca houve, me parece, um plano tão bem velado, mas também tão transparente. Eis toda a moral de sua peça, ou, antes, de sua *História*! Surpreender-nos entre o desejo e o remorso, entre a curiosidade e a vergonha, depois rir do que faremos... ou do que não faremos... Abstinentes ou arrependidos! Bom, frio e profundo gracejo, consumado solenemente, mas não com o riso silencioso de Perneiras-de-couro; pois o riso silencioso de Perneiras-de-couro era ainda um riso, e Baudelaire não ri!

VII

E a prova do que digo está em todas as páginas, nestes *Paraísos artificiais*. O autor, que é poeta, compreende admiravelmente as impostações teatrais de sua idéia. Tem sempre a expressão burilada; mas, às vezes, o seu buril queima! É para melhor queimar o desejo. É como no *Chapeuzinho Vermelho*: "É para melhor te comer, minha netinha!", ou te fazer melhor comer haxixe, meu filho! Malgrado a mesquinhez destes sonhos produzidos pelo ópio ou pelo haxixe, e que nada revelam ao homem senão o homem, ou seja, o que ele já conhece muito bem, o autor dos *Paraísos* tem passagens que arrebatarão as imaginações sonhadoras, as quais cavalgam a expressão como um hipogrifo! "Vocês sabem – ele diz, e diz outras tantas! – que o haxixe invoca sempre magnificências da luz, esplendores gloriosos, cascatas de ouro líquido; toda luz lhe é boa, a que jorra em lençóis e a que se agarra como palha em pontas e asperezas, os candelabros dos salões, os círios do mês de Maria, as avalanches de rosa nos ocasos do sol (imagem nova!)." E após este golpe de varinha mágica, ele acrescenta, algumas páginas adiante, com acento inefável, que "mas mal você se levantou, e um velho resto de embriaguez (embriaguez de ontem) o segue e o retarda, como a grilheta de sua recente servidão".

    Homem amável! Está contente de tê-la aberto! Satã todo em veludos! Satã lisonjeador, delicioso, pleno de precauções e advertências, moralista enfim, porque é mais cômico assim e porque eles acreditam, as boas pessoas! Baudelaire me lembra muitas vezes este *kief* oriental de que ele fala, este estado de visões esplêndidas e *docemente aterradoras e ao mesmo tempo repletas de consolações*. Bonito estado, excelentes e sumarentos epítetos! Entretanto, creio agora que fui longe demais ao dizer que Baudelaire não ria nunca, Perneiras-de-couro do ópio, mais duro no gatilho que o Perneiras-de-couro dos grandes bosques. Pois bem, exceção ao seu uso, parece que vejo aqui uma ponta de riso silencioso!

    Portanto, como sempre, um poeta, mas não mais o poeta das *Flores do Mal*, que era trágico, mas um inesperado poeta cômico, ei-lo, neste exato momento, o autor dos *Paraísos artificiais*. Embora seja sério de aparência, através de suas inúmeras noções, cientificamente consolidadas – uma literatura *sui generis* sobre as duas substâncias das quais ele se ocupa –, através, enfim, de descrições da embriaguez, este abismo que ele desce passo a passo, parando a cada degrau para descrevê-lo, de todos os lados, o cômico sai (malgrado ele?) de Baudelaire, deste epicurista profundo, porém sombrio, que diz: "Eis o gozo e eis a ruína! Sois um Deus, mas jantastes mal, e em breve não mais tereis estômago!" E a coisa (este cômico) torna-se tão forte, tão forte e tão visível, que nos perguntamos se o haxixe ainda zomba dele quando nos narra as *estroinices* no cérebro humano, ou se, ele, o narrador, zomba de nós e pretende ser nosso haxixe? Questão eterna! Tomai as diversas especialidades dos objetos que Baudelaire admite em suas experiências, o relato "do literato", onde encontrais, por exemplo, caricaturas e contorções da imaginação como estas: "você se sentirá evaporando, e atribuirá ao cachimbo (no qual você se sente agachado e comprimido como fumo), a estranha faculdade de *"fumá-lo"*; tomai o relato de *A Dama um pouco madura*, e dizei se tudo isso não é coisa de um cômico para quem o haxixe não é senão a ocasião, e de um cômico ainda mais picante porque é... hipócrita. Há ainda o relato do "senhor" que vai ao farmacêutico para se desembriagar, que é uma obra-prima que Swift teria assinado, mas não a teria talvez escrito. Acrescentai-o ao cômputo; colocai-o junto a todos os aforismos, tranqüilamente impudentes, deste sibarita pleno de calma: "todo esboço perfeito demanda um perfeito lazer", etc., e confessai que existe aqui um somatório de cômico para entreter uma peça de teatro, e desejemos firmemente que *O Ébrio*, que será o próximo drama de Baudelaire, seja tão divertido, em cores negras, quanto o seus *Paraísos artificiais*.

VIII

Eles dividem-se em dois livros. Eu falei somente daquele que pertence mais particularmente a Baudelaire: o livro que trata do haxixe; o outro, que trata do ópio e cujo paraíso é bem inferior ao paraíso do primeiro, foi traduzido ou, pelo menos, fortemente inspirado em Quincey, um velho tomador de ópio que foi outrora poeta na Inglaterra, e que, sem dúvida, não se fartara o bastante de sua poesia para inebriar-se e sentir-se vivo. Cérebro de versejador! Como tudo é irônico nestas diabólicas histórias, Quincey viveu setenta e cinco anos daquilo que o teria matado setenta vezes. Teria caído no idiotismo. Ele borbulhou de tanto espírito – ou, pelo menos, do espírito que ele possuía – até a sua última hora.

Assim foi Quincey. Mais feliz que Edgar Poe, que morreu de *delirium tremens* provocado pelo ópio. É verdade que a esta droga acrescentava doses de aguardente de fazer rolar no chão todo um regimento de postilhões apeados! Quincey foi mais feliz que Poe, mas foi um homem de menor organização, de menor paixão, de menor intensidade. Charles Baudelaire, que introduziu Edgar Poe na literatura francesa (e é uma boa introdução), parece querer nela introduzir este outro espírito doente de seu vício, que ele nos mostra mais valioso do que é. O que ele cita dele não vale – com certeza! – o que dele ele diz.

De minha parte creio que ele fez desse poeta uma poesia, uma nova *Flor do Mal*, cujo cálice ele nos apresenta, premendo-lhe as folhas de modo a nos fazer vê-lo em seu mistério e em sua sofredora esquisitice. Como o impagável apreciador de ameixas, nos *Personagens* de La Bruyère, ele abre esta ameixa doentia e envenenada, divide-a, cheira-a, e diz: "que polpa! que sabor! saboreai!" Nós a havíamos saboreado e pouco nos preocupamos com esta rainha-claudia do ópio. Tirai deste livro de Quincey, que Baudelaire inventa e elogia, alguns fragmentos onde o tradutor se vê acima do traduzido, por exemplo: *As Três Nossas-Senhoras da tristeza*, cujo desenvolvimento alegórico é muito belo e pungente, e tereis neste tomador de ópio – que é mais interessante quando fala de si sem ópio do que quando se empanturra com oito mil gotas desta droga – tereis nele nada mais do que um humorista, macilento e deformado, do país dos humoristas negros. Quanto a Quincey, este não possui a força velada e cômica que sempre brilha em Baudelaire, quando nos conta o efeito do haxixe. Os efeitos, entretanto, assemelham-se bastante, mas os homens diferem... Monógrafo obstinado da embriaguez, que deve pintá-la dramaticamente após tê-la descrito cientificamente, Baudelaire poderá tornar-se um Hogarth à sua maneira; mas um Hogarth literário, mais forte e mais fino que o outro Hogarth. Trata-se de uma organização artística refletida que sabe mergulhar igualmente no sonho e na realidade a não sei quantas braças, e nos trazer às vezes coisas medonhas ou encantadoras, desconhecidas à luz dos livros comuns... Somente, ele não precisa se colocar atrás de ninguém: nem atrás de Quincey, nem mesmo atrás de Poe. Que ele seja ele mesmo! Nós agora não queremos mais Baudelaire Poe do que Baudelaire Quincey. Nós queremos Baudelaire! Teria ele pudor de sua originalidade?... Eis o que seria original... e até demais!

Este livro terminou
de ser impresso no dia
15 de abril de 2005
nas oficinas da
Associação Palas Athena,
em São Paulo, São Paulo.